CW01621972

Le Livre de Poche Jeunesse

Michel Strogoff

Jules Verne

Jules Verne est né à Nantes en 1828. Très jeune, les voyages l'attirent : en 1839, à l'insu de ses parents, il s'engage comme mousse à bord d'un navire en partance pour les Indes. Rattrapé in extremis par son père, il jure de ne plus voyager qu'« en rêve ». Après des études de droit à Paris, il choisit la carrière des lettres. À 24 ans, il a déjà publié plusieurs récits et une comédie. Jules Verne meurt en 1905, laissant une œuvre immense : soixante-quatre romans, plusieurs ouvrages de vulgarisation et une quinzaine de pièces de théâtre.

Du même auteur :

- Vingt mille lieues sous les mers
- Voyage au centre de la Terre (texte intégral)
- Voyage au centre de la Terre (texte abrégé)
- De la Terre à la Lune
- Cinq semaines en ballon (texte intégral)
- Cinq semaines en ballon (texte abrégé)
- Deux ans de vacances
- L'île mystérieuse
- Le tour du monde en 80 jours (texte intégral)
- Le tour du monde en 80 jours (texte abrégé)

Jules Verne

Michel Strogoff

Première partie

1

Une fête au Palais-Neuf

« Sire, une nouvelle dépêche.
— D'où vient-elle ?
— De Tomsk.
— Le fil est coupé au-delà de cette ville ?
— Il est coupé depuis hier.
— D'heure en heure, général, fais passer un télégramme à Tomsk, et que l'on me tienne au courant.
— Oui, Sire », répondit le général Kissoff.

Ces paroles étaient échangées à deux heures du matin, au moment où la fête, donnée au Palais-Neuf, était dans toute sa magnificence.

Le principal personnage du bal, celui qui donnait cette fête, et auquel le général Kissoff avait attribué une qualification réservée aux souverains, était simplement vêtu d'un uniforme d'officier des chasseurs de la garde. Ce n'était point affectation de sa part, mais habitude d'un homme peu sensible aux recherches de l'apparat. Sa tenue contrastait avec les costumes superbes qui se mélangeaient autour de lui, et c'est même ainsi qu'il se montrait, la plupart du temps, au milieu de son escorte de Géorgiens, de Cosaques, de Lesghiens, éblouissants escadrons, splendidement revêtus des brillants uniformes du Caucase.

Cependant, le général Kissoff attendait que l'officier auquel il venait de communiquer la dépêche expédiée de Tomsk lui donnât l'ordre de se retirer, mais celui-ci restait silencieux. Il avait pris le télégramme, il l'avait lu, et son front s'assombrit davantage. Sa main se porta même involontairement à la garde de son épée et remonta vers ses yeux, qu'elle voila un instant. On eût dit que l'éclat des lumières le blessait et qu'il recherchait l'obscurité pour mieux voir en lui-même.

« Ainsi, reprit-il après avoir conduit le général Kissoff dans l'embrasure d'une fenêtre, depuis hier nous sommes sans communication avec le grand-duc mon frère ?

— Sans communication, Sire, et il est à craindre que les dépêches ne puissent bientôt plus passer la frontière sibérienne.

— Mais les troupes des provinces de l'Amour et d'Iakoutsk, ainsi que celles de la Transbaikalie, ont reçu l'ordre de marcher immédiatement sur Irkoutsk ?

— Cet ordre a été donné par le dernier télégramme que nous avons pu faire parvenir au-delà du lac Baïkal.

— Quant aux gouvernements de l'Yeniseisk, d'Omsk, de Sémipalatinsk, de Tobolsk, nous sommes toujours en communication directe avec eux depuis le début de l'invasion ?

— Oui, Sire, nos dépêches leur parviennent, et nous avons la certitude, à l'heure qu'il est, que les

Tartares ne se sont pas avancés au-delà de l'Irtyche et de l'Obi.

— Et du traître Ivan Ogareff, on n'a aucune nouvelle ?

— Aucune, répondit le général Kissoff. Le directeur de la police ne saurait affirmer s'il a passé ou non la frontière.

— Que son signalement soit immédiatement envoyé à Nijni-Novgorod, à Perm, à Ekaterinbourg, à Kassimow, à Tioumen, à Ichim, à Omsk, à Elamsk, à Kolyvan, à Tomsk, à tous les postes télégraphiques avec lesquels le fil correspond encore !

— Les ordres de Votre Majesté vont être exécutés à l'instant, répondit le général Kissoff.

— Silence sur tout ceci ! »

Puis, ayant fait un signe de respectueuse adhésion, le général, après s'être incliné, se confondit d'abord dans la foule, et quitta bientôt les salons, sans que son départ eût été remarqué.

Quant à l'officier, il resta rêveur pendant quelques instants, et lorsqu'il revint se mêler aux divers groupes de militaires et d'hommes politiques qui s'étaient formés sur plusieurs points des salons, son visage avait repris tout le calme dont il s'était un moment départi.

Cependant, le fait grave qui avait motivé ces paroles, rapidement échangées, n'était pas aussi ignoré que l'officier des chasseurs de la garde et le général Kissoff pouvaient le croire. On n'en parlait pas officiellement, il est vrai, ni même officieusement, puisque les langues n'étaient pas déliées « par ordre », mais quelques hauts personnages avaient été informés plus ou moins exactement des événements qui s'accomplissaient au-delà de la frontière. En tout cas, ce qu'ils ne savaient peut-être qu'à peu près, ce dont ils ne s'entretenaient pas, même entre membres du corps diplomatique, deux invités qu'aucun uniforme, aucune décoration ne signalait à cette réception du Palais-Neuf, en causaient à voix basse et paraissaient avoir reçu des informations assez précises.

De ces deux hommes, l'un était Anglais, l'autre Français, tous deux grands et maigres – celui-ci brun comme les Méridionaux de la Provence, celui-là roux comme un gentleman du Lancashire. L'Anglo-Normand, compassé, froid, flegmatique, économe de mouvements et de paroles, semblait ne parler ou gesticuler que sous la détente d'un ressort qui opérait à intervalles réguliers. Au contraire, le Gallo-Romain, vif, pétulant, s'exprimait tout à la fois des lèvres, des yeux, des mains, ayant vingt manières de rendre sa pensée, lorsque son interlocuteur paraissait n'en avoir qu'une seule, immuablement stéréotypée dans son cerveau.

Ces dissemblances physiques eussent facilement frappé le moins observateur des hommes ; mais un physionomiste, en regardant d'un peu près ces deux étrangers, aurait nettement déterminé le contraste physiologique qui les caractérisait, en disant que si le Français était « tout yeux », l'Anglais était « tout oreilles ».

Il convient de faire observer que cette perfection de la vue et de l'ouïe chez ces deux hommes les servait merveilleusement dans leur métier, car l'Anglais était un correspondant du *Daily Telegraph*, et le Français, un correspondant du... De quel journal ou de quels journaux, il ne le disait pas, et lorsqu'on le lui demandait, il répondait plaisamment qu'il correspondait avec « sa cousine Madeleine ». Au fond, ce Français, sous son apparence légère, était très perspicace et très fin. Tout en parlant un peu à tort et à travers, peut-être pour mieux cacher son désir d'apprendre, il ne se livrait jamais. Sa loquacité même le servait à se taire, et peut-être était-il plus serré, plus discret que son confrère du *Daily Telegraph.*

Et si tous deux assistaient à cette fête, donnée au Palais-Neuf dans la nuit du 15 au 16 juillet, c'était en qualité de journalistes, et pour la plus grande édification de leurs lecteurs.

Le correspondant français se nommait Alcide Jolivet. Harry Blount était le nom du correspondant anglais. Ils venaient de se rencontrer pour la première fois à cette fête du Palais-Neuf, dont ils avaient été chargés de rendre compte dans leur journal. La discordance de leur caractère, jointe à une certaine jalousie de métier, devait les rendre assez peu sympathiques l'un à l'autre. Cependant, ils ne s'évitèrent pas et cherchèrent plutôt à se pressentir réciproquement sur les nouvelles du jour.

« Vraiment, monsieur, cette petite fête est charmante ! dit d'un air aimable Alcide Jolivet, qui crut devoir entrer en conversation par cette phrase éminemment française.

— J'ai déjà télégraphié : splendide ! répondit froidement Harry Blount, en employant ce mot, spécialement consacré pour exprimer l'admiration quelconque d'un citoyen du Royaume-Uni.

— Cependant, ajouta Alcide Jolivet, j'ai cru devoir marquer en même temps à ma cousine...

— Votre cousine ?... répéta Harry Blount d'un ton surpris, en interrompant son confrère.

— Oui... reprit Alcide Jolivet, ma cousine Madeleine... C'est avec elle que je corresponds ! Elle aime à être informée vite et bien, ma cousine !... J'ai donc cru devoir lui marquer que, pendant cette fête, une sorte de nuage avait semblé obscurcir le front du souverain.

— Pour moi, il m'a paru rayonnant, répondit Harry Blount, qui voulait peut-être dissimuler sa pensée à ce sujet.

— Et, naturellement, vous l'avez fait « rayonner » dans les colonnes du *Daily Telegraph* !

— Précisément.

— Vous rappelez-vous, monsieur Blount, dit Alcide Jolivet, ce qui s'est passé à Zakret en 1812 ?

— Je me le rappelle comme si j'y avais été, monsieur, répondit le correspondant anglais.

— Alors, reprit Alcide Jolivet, vous savez qu'au milieu d'une fête donnée en son honneur, on annonça à l'empereur Alexandre que Napoléon venait de passer le Niémen avec l'avant-garde française. Cependant, l'empereur ne quitta pas la fête, et, malgré l'extrême gravité d'une nouvelle qui pouvait lui coûter l'empire, il ne laissa pas percer plus d'inquiétude...

— Que ne vient d'en montrer notre hôte, lorsque le général Kissoff lui a appris que les fils télégraphiques venaient d'être coupés entre la frontière et le gouvernement d'Irkoutsk.

— Ah ! vous connaissez ce détail ?

— Je le connais.

— Quant à moi, il me serait difficile de l'ignorer, puisque mon dernier télégramme est allé jusqu'à Oudinsk, fit observer Alcide Jolivet avec une certaine satisfaction.

— Et le mien jusqu'à Krasnoiarsk seulement, répondit Harry Blount d'un ton non moins satisfait.

— Alors vous savez aussi que des ordres ont été envoyés aux troupes de Nikolaevsk ?

— Oui, monsieur, en même temps qu'on télégraphiait aux Cosaques du gouvernement de Tobolsk de se concentrer.

— Rien n'est plus vrai, monsieur Blount, ces mesures m'étaient également connues, et croyez bien que mon aimable cousine en saura dès demain quelque chose !

— Exactement comme le sauront, eux aussi, les lecteurs du *Daily Telegraph*, monsieur Jolivet.

— Voilà ! Quand on voit tout ce qui se passe !...

— Et quand on écoute tout ce qui se dit !...

— Une intéressante campagne à suivre, monsieur Blount.

— Je la suivrai, monsieur Jolivet.

— Alors, il est possible que nous nous retrouvions sur un terrain moins sûr peut-être que le parquet de ce salon !

— Moins sûr, oui, mais...

— Mais aussi moins glissant ! » répondit Alcide Jolivet, qui retint son collègue, au moment où celui-ci allait perdre l'équilibre en se reculant.

Et, là-dessus, les deux correspondants se séparèrent, assez contents, en somme, de savoir que l'un n'avait pas distancé l'autre. En effet, ils étaient à deux de jeu.

En ce moment, les portes des salles contiguës au grand salon furent ouvertes. Là se dressaient plusieurs vastes tables merveilleusement servies et chargées à profusion de porcelaines précieuses et de vaisselle d'or. Sur la table centrale, réservée aux princes, aux princesses et aux membres du corps diplomatique, étincelait un surtout d'un prix inestimable, venu des fabriques de Londres, et autour de ce chef-d'œuvre d'orfèvrerie miroitaient, sous le feu des lustres, les mille pièces du plus admirable service qui fût jamais sorti des manufactures de Sèvres.

Les invités du Palais-Neuf commencèrent alors à se diriger vers les salles du souper.

À cet instant, le général Kissoff, qui venait de rentrer, s'approcha rapidement de l'officier des chasseurs de la garde.

« Eh bien ? lui demanda vivement celui-ci, ainsi qu'il avait fait la première fois.

— Les télégrammes ne passent plus Tomsk, Sire.

— Un courrier à l'instant ! »

L'officier quitta le grand salon et entra dans une vaste pièce y attenant. C'était un cabinet de travail, très simplement meublé en vieux chêne, et situé à l'angle du Palais-Neuf. Quelques tableaux, entre autres plusieurs toiles signées d'Horace Vernet, étaient suspendus au mur.

L'officier ouvrit vivement la fenêtre, comme si l'oxygène eût manqué à ses poumons, et il vint respirer, sur un large balcon, cet air pur que distillait une belle nuit de juillet.

Sous ses yeux, baignée par les rayons lunaires, s'arrondissait une enceinte fortifiée, dans laquelle s'élevaient deux cathédrales, trois palais et un arsenal. Autour de cette enceinte se dessinaient trois villes distinctes, Kitaï-Gorod, Beloï-Gorod, Zemlianoï-Gorod, immenses quartiers européens, tartares ou chinois, que dominaient les tours, les clochers, les minarets, les coupoles de trois cents églises, aux dômes verts, surmontés de croix d'argent. Une petite rivière, au cours sinueux, réverbérait çà et là les rayons de la lune. Tout cet ensemble formait une curieuse mosaïque de maisons diversement colorées, qui s'enchâssait dans un vaste cadre de dix lieues.

Cette rivière, c'était la Moskowa, cette ville, c'était Moscou, cette enceinte fortifiée, c'était le Kremlin, et l'officier des chasseurs de la garde, qui, les bras croisés, le front songeur, écoutait vaguement le bruit jeté par le Palais-Neuf sur la vieille cité moscovite, c'était le czar.

2

Russes et Tartares

Si le czar avait si inopinément quitté les salons du Palais-Neuf, au moment où la fête qu'il donnait aux autorités civiles et militaires et aux principaux notables de Moscou était dans tout son éclat, c'est que de graves événements s'accomplissaient alors au-delà des frontières de l'Oural. On ne pouvait plus en douter, une redoutable invasion menaçait de soustraire à l'autonomie russe les provinces sibériennes.

La Russie asiatique ou Sibérie couvre une aire superficielle de cinq cent soixante mille lieues et compte environ deux millions d'habitants. Elle s'étend depuis les monts Ourals, qui la séparent de la Russie d'Europe, jusqu'au littoral de l'océan Pacifique. Au sud, c'est le Turkestan et l'empire chinois qui la délimitent suivant une frontière assez indéterminée ; au nord, c'est l'océan Glacial depuis la mer de Kara jusqu'au détroit de Behring. Elle est divisée en gouvernements ou provinces, qui sont ceux de Tobolsk, d'Yeniseisk, d'Irkoutsk, d'Omsk, de Iakoutsk ; elle comprend deux districts, ceux d'Okhotsk et de Kamtschatka, et possède deux pays, maintenant soumis à la domination moscovite, le pays des Kirghis et le pays des Tchouktches.

Deux gouverneurs généraux représentent l'autorité suprême des czars en ce vaste pays. L'un réside à Irkoutsk, capitale de la Sibérie orientale ; l'autre réside à Tobolsk, capitale de la Sibérie occidentale.

Aucun chemin de fer ne sillonne encore ces immenses plaines, dont quelques-unes sont véritablement d'une extrême fertilité. On y voyage en tarentass ou en télègue, l'été ; en traîneau, l'hiver.

Une seule communication, mais une communication électrique, joint les deux frontières ouest et est de la Sibérie au moyen d'un fil qui mesure plus de huit mille verstes de long (8 536 kilomètres)[1].

C'est ce fil, tendu d'Ekaterinbourg à Nikolaevsk, qui avait été coupé, d'abord en avant de Tomsk, et, quelques heures plus tard, entre Tomsk et Kolyvan.

Le czar était, depuis quelques instants, immobile à la fenêtre de son cabinet, lorsque les huissiers en ouvrirent de nouveau la porte. Le grand maître de police apparut sur le seuil.

« Entre, général, dit le czar d'une voix brève, et dis-moi tout ce que tu sais d'Iran Ogareff.

— C'est un homme extrêmement dangereux, Sire, répondit le grand maître de police.

---

1. La verste vaut 1 067 mètres, c'est-à-dire un peu plus d'un kilomètre.

— Il avait rang de colonel ?

— Oui, Sire.

— C'était un officier intelligent ?

— Très intelligent, mais impossible à maîtriser, et d'une ambition effrénée qui ne reculait devant rien. Il s'est bientôt jeté dans de secrètes intrigues, et c'est alors qu'il a été cassé de son grade par Son Altesse le grand-duc, puis exilé en Sibérie.

— À quelle époque ?

— Il y a deux ans. Gracié après six mois d'exil par la faveur de Votre Majesté, il est rentré en Russie.

— Et, depuis cette époque, n'est-il pas retourné en Sibérie ?

— Oui, Sire, il y est retourné, mais volontairement cette fois », répondit le grand maître de police.

Et il ajouta, en baissant un peu la voix :

« Il fut un temps Sire, où, quand on allait en Sibérie, on n'en revenait pas !

— Eh bien, moi vivant, la Sibérie est et sera un pays dont on revient ! »

Le czar avait le droit de prononcer ces paroles avec une véritable fierté, car il a souvent montré, par sa clémence, que la justice russe savait pardonner.

« En dernier lieu, où était Ivan Ogareff ?

— Dans le gouvernement de Perm.

— En quelle ville ?

— À Perm même.

— Qu'y faisait-il ?

— Il semblait inoccupé, et sa conduite n'offrait rien de suspect.

— Il n'était pas sous la surveillance de la haute police ?

— Non, Sire.

— À quel moment a-t-il quitté Perm ?

— Vers le mois de mars.

— Pour aller ?...

— On l'ignore.

— Et, depuis cette époque, on ne sait ce qu'il est devenu ?

— On ne le sait.

— Eh bien, je le sais, moi ! répondit le czar. Des avis anonymes, qui n'ont pas passé par les bureaux de la police, m'ont été adressés, et, en présence des faits qui s'accomplissent maintenant au-delà de la frontière, j'ai tout lieu de croire qu'ils sont exacts !

— Voulez-vous dire, Sire, s'écria le grand maître de police, qu'Ivan Ogareff a la main dans l'invasion tartare ?

— Oui, général, et je vais t'apprendre ce que tu ignores. Ivan Ogareff, après avoir quitté le gouvernement de Perm, a passé les monts Ourals. Il s'est jeté en Sibérie, dans les steppes kirghises, et, là, il a tenté, non sans succès, de soulever ces populations nomades. Il est alors descendu plus au sud, jusque dans le Turkestan libre. Là, aux khanats de Boukhara, de Khokhand, de Koundouze, il a trouvé des chefs disposés à jeter leurs hordes tartares dans les provinces sibériennes et à provoquer une invasion générale de l'empire russe en Asie. Le mouvement a été fomenté secrètement, mais il vient d'éclater comme un coup de foudre, et maintenant les voies et moyens de communication sont coupés entre la Sibérie occidentale et la Sibérie orientale ! De plus, Ivan Ogareff, altéré de vengeance, veut attenter à la vie de mon frère ! »

Le czar s'était animé en parlant et marchait à pas précipités. Le grand maître de police ne répondit rien, mais il se disait, à part lui, qu'au temps où les empereurs de Russie ne graciaient jamais un exilé, les projets d'Ivan Ogareff n'auraient pu se réaliser.

Quelques instants s'écoulèrent, pendant lesquels il garda le silence. Puis, s'approchant du czar, qui s'était jeté sur un fauteuil :

« Votre Majesté, dit-il, a sans doute donné des ordres pour que cette invasion fût repoussée au plus vite ?

— Oui, répondit le czar. Le dernier télégramme qui a pu passer à Nijni-Oudinsk a dû mettre en mouvement les troupes des gouvernements d'Yeniseisk, d'Irkoutsk, d'Iakoutsk, celles des provinces de l'Amour et du lac Baïkal. En même temps, les régiments de Perm et de Nijni-Novgorod et les Cosaques de la frontière se dirigent à marche forcée vers les monts Ourals ; mais, malheureusement, il faudra plusieurs semaines avant qu'ils puissent se trouver en face des colonnes tartares !

— Et le frère de Votre Majesté, Son Altesse le grand-duc, en ce moment isolé dans le gouvernement d'Irkoutsk, n'est plus en communication directe avec Moscou ?

— Non.

— Mais il doit savoir, par les dernières dépêches, quelles sont les mesures prises par Votre Majesté et quels secours il doit attendre des gouvernements les plus rapprochés de celui d'Irkoutsk ?

— Il le sait, répondit le czar, mais ce qu'il ignore, c'est qu'Ivan Ogareff, en même temps que le rôle de rebelle, doit jouer le rôle de traître, et qu'il a en lui un ennemi personnel et acharné. C'est au grand-duc qu'Ivan Ogareff doit sa première disgrâce, et, ce qu'il y a de plus grave, c'est que cet homme n'est pas connu de lui. Le projet d'Ivan Ogareff est donc de se rendre à Irkoutsk, et là, sous un faux nom, d'offrir ses services au grand-duc. Puis, après qu'il aura capté sa confiance, lorsque les Tartares auront investi Irkoutsk, il livrera la ville, et avec elle mon frère, dont la vie est directement menacée. Voilà ce que je sais par mes rapports, voilà ce que ne sait pas le grand-duc, et voilà ce qu'il faut qu'il sache !

— Eh bien, Sire, un courrier intelligent, courageux...

— Je l'attends.

— Et qu'il fasse diligence, ajouta le grand maître de police, car permettez-moi d'ajouter, Sire, que c'est une terre propice aux rébellions que cette terre sibérienne !

— Veux-tu dire, général, que les exilés feraient cause commune avec les envahisseurs ? s'écria le czar, qui ne fut pas maître de lui-même devant cette insinuation du grand maître de police.

— Que Votre Majesté m'excuse !... répondit en balbutiant le grand maître de police, car c'était bien véritablement la pensée que lui avait suggérée son esprit inquiet et défiant.

— Je crois aux exilés plus de patriotisme ! reprit le czar.

— Il y a d'autres condamnés que les exilés politiques en Sibérie, répondit le grand maître de police.

— Les criminels ! Oh ! général, ceux-là je te les abandonne ! C'est le rebut du genre humain. Ils ne sont d'aucun pays. Mais le soulèvement, ou plutôt l'invasion n'est pas faite contre l'empereur, c'est contre la Russie, contre ce pays, que les exilés n'ont pas perdu toute espérance de revoir... et qu'ils reverront !... Non, jamais un Russe ne se liguera avec un Tartare pour affaiblir, ne fût ce qu'une heure, la puissance moscovite ! »

Le czar avait raison de croire au patriotisme de ceux que sa politique tenait momentanément éloignés. La clémence, qui était le fond de sa justice, quand il pouvait en diriger lui-même les effets, les adoucissements considérables qu'il avait adoptés dans l'application des ukases, si terribles autrefois, lui garantissaient qu'il ne pouvait se méprendre. Mais, même sans ce puissant élément de succès apporté à l'invasion tartare, les circonstances n'en étaient pas moins très graves, car il était à craindre qu'une grande partie de la population kirghise ne se joignît aux envahisseurs.

Depuis longtemps, en effet, les Tartares du Turkestan, et principalement ceux des khanats de Boukhara, de Khokhand, de Koundouze, cherchaient, aussi bien par la force que par la persuasion, à soustraire les hordes kirghises à la domination moscovite.

À cette époque, le khanat le plus important et le plus redoutable était celui de Boukhara. La Russie avait déjà eu à lutter plusieurs fois avec ses chefs, qui, dans un intérêt personnel et pour leur imposer un autre joug, avaient soutenu l'indépendance des Kirghis contre la domination moscovite. Le chef actuel, Féofar-Khan, marchait sur les traces de ses prédécesseurs.

Appuyé sur les autres khans – principalement ceux de Khokhand et de Koundouze, guerriers cruels et pillards, tout disposés à se jeter dans des entreprises chères à l'instinct tartare –, aidé des chefs qui commandaient à toutes les hordes de l'Asie centrale, il s'était mis à la tête de cette invasion, dont Ivan Ogareff était l'âme. Ce traître, poussé par une ambition insensée autant que par la haine, avait régularisé le mouvement de manière à couper la grande route sibérienne. Fou, en vérité, s'il croyait pouvoir entamer l'empire moscovite ! Sous son inspiration, l'émir – c'est le titre que prennent les khans de Boukhara – avait lancé ses hordes au-delà de la frontière russe. Il avait envahi le gouvernement de Sémipalatinsk, et les Cosaques, qui se trouvaient en trop petit nombre sur ce point, avaient dû reculer devant lui. Il s'était avancé plus loin que le lac Balkhach, entraînant les populations kirghises sur son passage. Pillant, ravageant, enrôlant ceux qui se soumettaient, capturant ceux qui résistaient, il se transportait d'une ville à l'autre, suivi de ces impedimenta de souverain oriental, qu'on pourrait appeler sa maison civile, ses femmes et ses esclaves – le tout avec l'audace impudente d'un Gengis-Khan moderne.

Le seul agent qui ne craint ni le froid ni le chaud, celui que ni les rigueurs de l'hiver ni les chaleurs de l'été ne peuvent arrêter, qui vole avec la rapidité de la foudre, le courant électrique, ne pouvait plus se propager à travers la steppe, et il n'était plus possible de prévenir le grand-duc, enfermé dans Irkoutsk, du danger dont le menaçait la trahison d'Ivan Ogareff.

Un courrier seul pouvait remplacer le courant interrompu.

Il devrait, pour traverser les rangs des rebelles et des envahisseurs, déployer à la fois un courage et une intelligence pour ainsi dire surhumains. Mais, avec de la tête et du cœur, on va loin !

« Trouverai-je cette tête et ce cœur ? » se demandait le czar.

3

Michel Strogoff

La porte du cabinet impérial s'ouvrit bientôt, et l'huissier annonça le général Kissoff.

« Ce courrier ? demanda vivement le czar.

— Il est là, Sire, répondit le général Kissoff.

— Tu as trouvé l'homme qu'il fallait ?

— J'ose en répondre à Votre Majesté.

— Il était de service au palais ?

— Oui, Sire.

— Tu le connais ?

— Personnellement, et plusieurs fois il a rempli avec succès des missions difficiles.

— À l'étranger ?

— En Sibérie même.

— D'où est-il ?

— D'Omsk. C'est un Sibérien.

— Il a du sang-froid, de l'intelligence, du courage ?

— Oui, Sire, il a tout ce qu'il faut pour réussir là où d'autres échoueraient peut-être.

— Son âge ?

— Trente ans.

— C'est un homme vigoureux ?

— Sire, il peut supporter jusqu'aux dernières limites le froid, la faim, la soif, la fatigue.

— Il a un corps de fer ?

— Oui, Sire.

— Et un cœur ?...

— Un cœur d'or.

— Il se nomme ?...

— Michel Strogoff.

— Est-il prêt à partir ?

— Il attend dans la salle des gardes les ordres de Votre Majesté.

— Qu'il vienne », dit le czar.

Quelques instants plus tard, le courrier Michel Strogoff entrait dans le cabinet impérial.

Michel Strogoff était haut de taille, vigoureux, épaules larges, poitrine vaste. Ce beau et solide garçon, bien campé, bien planté, n'eût pas été facile à déplacer malgré lui, car, lorsqu'il avait posé ses deux pieds sur le sol, il semblait qu'ils s'y fussent enracinés. Sur sa tête, carrée du haut, large de front, se crépelait une chevelure abondante, qui s'échappait en boucles, quand il la coiffait de la casquette moscovite. Ses yeux étaient d'un bleu foncé, avec un regard droit, franc, inaltérable, et ils brillaient sous une arcade dont les muscles sourciliers, contractés faiblement, témoignaient d'un courage élevé, « ce courage sans colère des héros », suivant l'expression des physiologistes. Son nez puissant, large de narines, dominait une bouche symétrique avec les lèvres un peu saillantes de l'être généreux et bon.

Michel Strogoff était vêtu d'un élégant uniforme militaire, qui se rapprochait de celui des officiers de chasseurs à cheval en campagne, bottes, éperons, pantalon demi-collant, pelisse bordée de fourrure et agrémentée de soutaches jaunes sur fond brun. Sur sa large poitrine brillaient une croix et plusieurs médailles.

Michel Strogoff appartenait au corps spécial des courriers du czar, et il avait rang d'officier parmi ces hommes d'élite. Ce qui se sentait particulièrement dans sa démarche, dans sa physionomie, dans toute sa personne, et ce que le czar reconnut sans peine, c'est qu'il était « un exécuteur d'ordres ».

En vérité, si un homme pouvait mener à bien ce voyage de Moscou à Irkoutsk, à travers une contrée envahie, surmonter les obstacles et braver les périls de toutes sortes, c'était, entre tous, Michel Strogoff.

Circonstance très favorable à la réussite de ses projets, Michel Strogoff connaissait admirablement le pays qu'il allait traverser, et il en comprenait les divers idiomes, non seulement pour l'avoir déjà parcouru, mais parce qu'il était d'origine sibérienne.

Son père, le vieux Pierre Strogoff, mort depuis dix ans, habitait la ville d'Omsk, située dans le gouvernement de ce nom, et sa mère, Marfa Strogoff, y demeurait encore. C'était là, au milieu des steppes sauvages des provinces d'Omsk et de Tobolsk, que le redoutable chasseur sibérien avait élevé son fils Michel « à la dure », suivant l'expression populaire. De sa véritable profession, Pierre Strogoff était chasseur. Été comme hiver, aussi bien par les chaleurs torrides que par des froids qui dépassent quelquefois cinquante degrés au-dessous de zéro, il courait la plaine durcie, les halliers de mélèzes et de bouleaux, les forêts de sapins, tendant ses trappes, guettant le petit gibier au fusil et le gros gibier à la fourche ou au couteau. Le gros gibier n'était rien de moins que l'ours sibérien, redoutable et féroce animal dont la taille égale celle de ses congénères des mers glaciales. Pierre Strogoff avait tué plus de trente-neuf ours, c'est-à-dire que le quarantième était tombé sous ses coups – et l'on sait, à en croire les légendes cynégétiques de la Russie, combien de chasseurs ont été heureux jusqu'au trente-neuvième ours, qui ont succombé devant le quarantième !

Pierre Strogoff avait donc dépassé sans avoir reçu même une égratignure le nombre fatal. Depuis ce moment, son fils Michel, âgé de onze ans, ne manqua plus de l'accompagner dans ses chasses, portant la « ragatina », c'est-à-dire la fourche, pour venir en aide à son père, armé seulement du couteau. À quatorze ans, Michel Strogoff avait tué son premier ours, tout seul – ce qui n'était rien – mais, après l'avoir dépouillé, il avait traîné la peau du gigantesque animal jusqu'à la maison paternelle, distante de plusieurs verstes, ce qui indiquait chez l'enfant une vigueur peu commune.

Cette vie lui profita, et, arrivé à l'âge de l'homme fait, il était capable de tout supporter, le froid, le chaud, la faim, la soif, la fatigue. C'était, comme le Yakoute des contrées septentrionales, un homme de fer. Il savait rester vingt-quatre heures sans manger, dix nuits sans dormir, et se faire un abri en pleine steppe, là où d'autres se fussent morfondus à l'air. Tous les secrets de son père lui étaient connus. Il avait appris à se guider sur des symptômes presque imperceptibles, projection des aiguilles de glaces, disposition des menues branches d'arbre, émanations apportées des dernières limites de l'horizon, foulée d'herbes dans la forêt, sons vagues qui traversaient l'air, détonations lointaines, passage d'oiseaux dans l'atmosphère embrumée, mille détails qui sont mille jalons pour qui sait les reconnaître. De plus, trempé dans les neiges, comme un damas dans les eaux de Syrie, il avait une santé de fer, ainsi que l'avait dit le général Kissoff, et, ce qui était non moins vrai, un cœur d'or.

L'unique passion de Michel Strogoff était pour sa mère, la vieille Marfa, qui n'avait jamais voulu quitter l'ancienne maison des Strogoff, à Omsk, sur les bords de l'Irtyche, là où le vieux chasseur et elle vécurent si longtemps ensemble. Lorsque son fils la quitta, ce fut le cœur gros, mais en lui promettant de revenir toutes les fois qu'il le pourrait, promesse qui fut toujours religieusement tenue.

Il avait été décidé que Michel Strogoff, à vingt ans, entrerait au service personnel de l'empereur de Russie, dans le corps des courriers du czar. Le jeune Sibérien, hardi, intelligent, zélé, de bonne conduite, eut d'abord l'occasion de se distinguer spécialement dans un voyage au Caucase, au milieu d'un pays difficile, soulevé par quelques remuants successeurs de Shamyl, puis, plus tard, pendant une importante mission qui l'entraîna jusqu'à Petropolowski, dans le Kamtschatka, à l'extrême limite de la Russie asiatique. Durant ces longues tournées, il déploya des qualités merveilleuses de sang-froid, de prudence, de courage, qui lui valurent l'approbation et la protection de ses chefs, et il fit rapidement son chemin.

Quant aux congés qui lui revenaient de droit, après

ces lointaines missions, jamais il ne négligea de les consacrer à sa vieille mère – fût-il séparé d'elle par des milliers de verstes et l'hiver rendît-il les routes impraticables, Cependant, et pour la première fois, Michel Strogoff, qui venait d'être très employé dans le sud de l'empire, n'avait pas revu la vieille Marfa depuis trois ans, trois siècles ! Or, son congé réglementaire allait lui être accordé dans quelques jours, et il avait déjà fait ses préparatifs de départ pour Omsk, quand se produisirent les circonstances que l'on sait. Michel Strogoff fut donc introduit en présence du czar, dans la plus complète ignorance de ce que l'empereur attendait de lui.

Le czar, sans lui adresser la parole, le regarda pendant quelques instants et l'observa d'un œil pénétrant, tandis que Michel Strogoff demeurait absolument immobile.

Puis, le czar, satisfait de cet examen, sans doute, retourna près de son bureau, et, faisant signe au grand maître de police de s'y asseoir, il lui dicta à voix basse une lettre qui ne contenait que quelques lignes.

La lettre libellée, le czar la relut avec une extrême attention, puis il la signa, après avoir fait précéder son nom de ces mots : « *Byt po sémou* », qui signifient : « Ainsi soit-il », et constituent la formule sacramentelle des empereurs de Russie.

La lettre fut alors introduite dans une enveloppe, que ferma le cachet aux armes impériales.

Le czar, se relevant alors, dit à Michel Strogoff de s'approcher.

Michel Strogoff fit quelques pas en avant et demeura de nouveau immobile, prêt à répondre.

Le czar le regarda encore une fois bien en face, les yeux dans les yeux. Puis, d'une voix brève :

« Ton nom ? demanda-t-il.

— Michel Strogoff, Sire.

— Ton grade ?

— Capitaine au corps des courriers du czar.

— Tu connais la Sibérie ?

— Je suis Sibérien.

— Tu es né ?...

— À Omsk.

— As-tu des parents à Omsk ?

— Oui, Sire.

— Quels parents ?

— Ma vieille mère. »

Le czar suspendit un instant la série de ses questions. Puis, montrant la lettre qu'il tenait à la main :

« Voici une lettre, dit-il, que je te charge, toi, Michel Strogoff, de remettre en main propre au grand-duc et à nul autre que lui.

— Je la remettrai, Sire.

— Le grand-duc est à Irkoutsk.

— J'irai à Irkoutsk.

— Mais il faudra traverser un pays soulevé par des rebelles, envahi par des Tartares, qui auront intérêt à intercepter cette lettre.

— Je le traverserai.

— Tu te défieras surtout d'un traître, Ivan Ogareff, qui se rencontrera peut-être sur ta route.

— Je m'en défierai.

— Passeras-tu par Omsk ?

— C'est mon chemin, Sire.

— Si tu vois ta mère, tu risques d'être reconnu. Il ne faut pas que tu voies ta mère ! »

Michel Strogoff eut une seconde d'hésitation.
« Je ne la verrai pas, dit-il.
— Jure-moi que rien ne pourra te faire avouer ni qui tu es ni où tu vas !
— Je le jure.
— Michel Strogoff, reprit alors le czar, en remettant le pli au jeune courrier, prends donc cette lettre, de laquelle dépend le salut de toute la Sibérie et peut-être la vie du grand-duc mon frère.
— Cette lettre sera remise à Son Altesse le grand-duc.
— Ainsi tu passeras quand même ?
— Je passerai, ou l'on me tuera.
— J'ai besoin que tu vives !
— Je vivrai et je passerai », répondit Michel Strogoff.
Le czar parut satisfait de l'assurance simple et calme avec laquelle Michel Strogoff lui avait répondu.
« Va donc, Michel Strogoff, dit-il, va pour Dieu, pour la Russie, pour mon frère et pour moi ! »
Michel Strogoff salua militairement, quitta aussitôt le cabinet impérial, et, quelques instants après, le Palais-Neuf.
« Je crois que tu as eu la main heureuse, général, dit le czar.
— Je le crois, Sire, répondit le général Kissoff, et Votre Majesté peut être assurée que Michel Strogoff fera tout ce que peut faire un homme.
— C'est un homme, en effet », dit le czar.

4

De Moscou à Nijni-Novgorod

La distance que Michel Strogoff allait franchir entre Moscou et Irkoutsk était de cinq mille deux cents verstes (5 523 kilomètres). Lorsque le fil télégraphique n'était pas encore tendu entre les monts Ourals et la frontière orientale de la Sibérie, le service des dépêches se faisait par des courriers dont les plus rapides employaient dix-huit jours à se rendre de Moscou à Irkoutsk. Mais c'était là l'exception, et cette traversée de la Russie asiatique durait ordinairement de quatre à cinq semaines, bien que tous les moyens de transport fussent mis à la disposition de ces envoyés du czar.

Telle était la situation, que Michel Strogoff envisagea nettement, et il se prépara à lui faire face.

D'abord, il ne se trouvait plus dans les conditions ordinaires d'un courrier du czar. Cette qualité, il fallait même que personne ne pût la soupçonner sur son passage. Dans un pays envahi, les espions fourmillent.

Lui reconnu, sa mission était compromise. Aussi, en lui remettant une somme importante, qui devait suffire à son voyage et le faciliter dans une certaine mesure, le général Kissoff ne lui donna-t-il aucun ordre écrit portant cette mention : service de l'empereur, qui est le Sésame par excellence. Il se contenta de le munir d'un « podaroshna ».

Ce podaroshna était fait au nom de Nicolas Korpanoff, négociant, demeurant à Irkoutsk. Il autorisait Nicolas Korpanoff à se faire accompagner, le cas échéant, d'une ou plusieurs personnes, et, en outre, il était, par mention spéciale, valable même pour le cas où le gouvernement moscovite interdirait à tous autres nationaux de quitter la Russie.

Le podaroshna n'est autre chose qu'un permis de prendre les chevaux de poste ; mais Michel Strogoff ne devait s'en servir que dans le cas où ce permis ne risquerait pas de faire suspecter sa qualité, c'est-à-dire tant qu'il serait sur le territoire européen. Michel Strogoff ne devait pas l'oublier : il n'était plus un courrier, mais un simple marchand, Nicolas Korpanoff, qui allait de Moscou à Irkoutsk, et, comme tel, soumis à toutes les éventualités d'un voyage ordinaire.

Passer inaperçu – plus ou moins rapidement –, mais passer, tel devait être son programme.

Les quatorze cents premières verstes (1 493 kilomètres), mesurant la distance comprise entre Moscou et la frontière russe, ne devaient offrir aucune difficulté. Chemin de fer, voitures de poste, bateaux à vapeur, chevaux des divers relais, étaient à la disposition de tous, et, par conséquent, à la disposition du courrier du czar.

Donc, ce matin même du 16 juillet, n'ayant plus

rien de son uniforme, muni d'un sac de voyage qu'il portait sur son dos, vêtu d'un simple costume russe, tunique serrée à la taille, ceinture traditionnelle du moujik, larges culottes, bottes sanglées à la jarretière, Michel Strogoff se rendit à la gare pour y prendre le premier train. Il ne portait point d'armes, ostensiblement du moins ; mais sous sa ceinture se dissimulait un revolver, et, dans sa poche, un de ces larges coutelas qui tiennent du couteau et du yatagan, avec lesquels un chasseur sibérien sait éventrer proprement un ours, sans détériorer sa précieuse fourrure.

Le train dans lequel Michel Strogoff prit place devait le déposer à Nijni-Novgorod. Là s'arrêtait, à cette époque, la voie ferrée qui, reliant Moscou à Saint-Pétersbourg, doit se continuer jusqu'à la frontière russe. C'était un trajet de quatre cents verstes environ (426 kilomètres), et le train allait les franchir en une dizaine d'heures. Michel Strogoff, une fois arrivé à Nijni-Novgorod, prendrait, suivant les circonstances, soit la route de terre, soit les bateaux à vapeur du Volga, afin d'atteindre au plus tôt les montagnes de l'Oural.

Michel Strogoff s'étendit donc dans son coin, comme un digne bourgeois que ses affaires n'inquiètent pas outre mesure, et qui cherche à tuer le temps par le sommeil.

Néanmoins, comme il n'était pas seul dans son compartiment, il ne dormit que d'un œil et il écouta de ses deux oreilles.

En effet, le bruit du soulèvement des hordes kirghises et de l'invasion tartare n'était pas sans avoir transpiré quelque peu. Les voyageurs, dont le hasard faisait ses compagnons de voyage, en causaient, mais non sans quelque circonspection.

Ces voyageurs, ainsi que la plupart de ceux que transportait le train, étaient des marchands qui se rendaient à la célèbre foire de Nijni-Novgorod. Monde nécessairement très mêlé, composé de Juifs, de Turcs, de Cosaques, de Russes, de Géorgiens, de Kalmouks et autres, mais presque tous parlant la langue nationale.

On discutait donc le pour et le contre des graves événements qui s'accomplissaient alors au-delà de l'Oural, et ces marchands semblaient craindre que le gouvernement russe ne fût amené à prendre quelques mesures restrictives, surtout dans les provinces confinant à la frontière – mesures dont le commerce souffrirait certainement.

Il faut le dire, ces égoïstes ne considéraient la guerre, c'est-à-dire la répression de la révolte et la lutte contre l'invasion, qu'au seul point de vue de leurs intérêts menacés. La présence d'un simple soldat, revêtu de son uniforme – et l'on sait combien l'importance de l'uniforme est grande en Russie –, eût certainement suffi à contenir les langues de ces marchands. Mais, dans le compartiment occupé par Michel Strogoff, rien ne pouvait faire soupçonner la présence d'un militaire, et le courrier du czar, voué à l'incognito, n'était pas homme à se trahir.

Si, dans ce compartiment, le sujet des conversations particulières ne variait guère, il ne variait pas davantage dans les autres voitures du train ; mais partout un observateur eût observé une extrême circonspection dans les propos que les causeurs échangeaient entre eux. Lorsqu'ils se hasardaient quelquefois sur le domaine des faits, ils n'allaient jamais jusqu'à pressentir les intentions du gouvernement moscovite, ni à les apprécier.

C'est ce qui fut très justement remarqué par l'un des voyageurs d'un wagon placé en tête du train. Ce voyageur – évidemment un étranger – regardait de tous ses yeux et faisait vingt questions auxquelles on ne répondait que très évasivement. À chaque instant, penché hors de la portière, dont il tenait la vitre baissée, au vif désagrément de ses compagnons de voyage, il ne perdait pas un point de vue de l'horizon de droite. Il demandait le nom des localités les plus insignifiantes, leur orientation, quel était leur commerce, leur industrie, le nombre de leurs habitants, la moyenne de la mortalité par sexe, etc., et tout cela il l'inscrivait sur un carnet déjà surchargé de notes.

C'était le correspondant Alcide Jolivet, et s'il faisait tant de questions insignifiantes, c'est qu'au milieu de tant de réponses qu'elles amenaient, il espérait surprendre quelque fait intéressant « pour sa cousine ». Mais, naturellement, on le prenait pour un espion, et on ne disait pas devant lui un mot qui eût trait aux événements du jour.

Aussi, voyant qu'il ne pouvait rien apprendre de relatif à l'invasion tartare, écrivit-il sur son carnet :

« Voyageurs d'une discrétion absolue. En matière politique, très durs à la détente. »

Et tandis qu'Alcide Jolivet notait minutieusement ses impressions de voyage, son confrère, embarqué comme lui dans le même train, et voyageant dans le même but, se livrait au même travail d'observation dans un autre compartiment. Ni l'un ni l'autre ne s'étaient rencontrés, ce jour-là, à la gare de Moscou, et ils ignoraient réciproquement qu'ils fussent partis pour visiter le théâtre de la guerre.

Seulement, Harry Blount, parlant peu, mais écoutant beaucoup, n'avait point inspiré à ses compagnons de route les mêmes défiances qu'Alcide Jolivet. Aussi ne l'avait-on pas pris pour un espion, et ses voisins, sans se gêner, causaient-ils devant lui, en se laissant même aller plus loin que leur circonspection naturelle n'aurait dû le comporter. Le correspondant du *Daily Telegraph* avait donc pu observer combien les événements préoccupaient ces marchands qui se rendaient à Nijni-Novgorod, et à quel point le commerce avec l'Asie centrale était menacé dans son transit.

Aussi n'hésita-t-il pas à noter sur son carnet cette observation on ne peut plus juste :

« Voyageurs extrêmement inquiets. Il n'est question que de la guerre, et ils en parlent avec une liberté qui doit étonner entre le Volga et la Vistule ! »

Les lecteurs du *Daily Telegraph* ne pouvaient manquer d'être aussi bien renseignés que la « cousine » d'Alcide Jolivet.

Et, de plus, comme Harry Blount, assis à la gauche du train, n'avait vu qu'une partie de la contrée, qui était assez accidentée, sans se donner la peine de regarder la partie de droite, formée de longues plaines, il ne manqua pas d'ajouter avec l'aplomb britannique :

« Pays montagneux entre Moscou et Wladimir. »

À la station de Wladimir, le train s'arrêta pendant quelques minutes, – ce qui parut suffire au correspondant du *Daily Telegraph* pour prendre, au double point de vue physique et moral, un aperçu extrêmement complet de cette ancienne capitale de la Russie.

À la gare de Wladimir, de nouveaux voyageurs montèrent dans le train. Entre autres, une jeune fille se présenta à la portière du compartiment occupé par Michel Strogoff.

Une place vide se trouvait devant le courrier du czar. La jeune fille s'y plaça, après avoir déposé près d'elle un modeste sac de voyage en cuir rouge qui semblait former tout son bagage. Puis, les yeux baissés, sans même avoir regardé les compagnons de route que le hasard lui donnait, elle se disposa pour un trajet qui devait durer encore quelques heures.

Michel Strogoff ne put s'empêcher de considérer attentivement sa nouvelle voisine. Comme elle se trouvait placée de manière à aller en arrière, il lui offrit même sa place, qu'elle pouvait préférer, mais elle le remercia en s'inclinant légèrement.

Cette jeune fille devait avoir de seize à dix-sept ans. Sa tête, véritablement charmante, présentait le type slave dans toute sa pureté – type un peu sévère, qui la destinait à devenir plutôt belle que jolie, lorsque quelques années de plus auraient fixé définitivement ses traits. D'une sorte de fanchon qui la coiffait s'échappaient à profusion des cheveux d'un blond doré. Ses yeux étaient bruns avec un regard velouté d'une douceur infinie. Son nez droit se rattachait à ses joues, un peu maigres et pâles, par des ailes légèrement mobiles. Sa bouche était finement dessinée, mais il semblait qu'elle eût, depuis longtemps, désappris de sourire.

La jeune voyageuse était grande, élancée, autant qu'on pouvait juger de sa taille sous l'ample pelisse très simple qui la recouvrait. Bien que ce fût encore une « très jeune fille », dans toute la pureté de l'expression, le développement de son front élevé, la forme nette de la partie inférieure de sa figure, donnait l'idée d'une grande énergie morale – détail qui n'échappa point à Michel Strogoff. Évidemment, cette jeune fille avait déjà souffert dans le passé, et l'avenir, sans doute, ne s'offrait pas à elle sous des couleurs riantes, mais il était non moins certain qu'elle avait su lutter et qu'elle était résolue à lutter encore contre les difficultés de la vie. Sa volonté devait être vivace, persistante, et son calme inaltérable, même dans des circonstances où un homme serait exposé à fléchir ou à s'irriter.

Telle était l'impression que faisait naître cette jeune fille, à première vue. Michel Strogoff, étant lui-même d'une nature énergique, devait être frappé du caractère de cette physionomie, et, tout en prenant garde de ne point l'importuner par l'insistance de son regard, il observa sa voisine avec une certaine attention.

Le costume de la jeune voyageuse était à la fois d'une simplicité et d'une propreté extrêmes. Elle n'était pas riche, cela se devinait aisément, mais on eût vainement cherché sur ses vêtements quelque marque de négligence. Tout son bagage tenait dans un sac de cuir, fermé à clef, et que, faute de place, elle tenait sur ses genoux.

Elle portait une longue pelisse de couleur sombre, sans manches, qui se rajustait gracieusement à son cou par un liséré bleu. Sous cette pelisse, une demi-jupe, sombre aussi, recouvrait une robe qui lui tombait aux chevilles, et dont le pli inférieur était orné de quelques broderies peu voyantes. Des demi-bottes en cuir ouvragé, et assez fortes de semelles, comme si elles eussent été choisies en prévision d'un long voyage, chaussaient ses pieds, qui étaient petits.

Michel Strogoff, à certains détails, crut reconnaître dans ces habits la coupe des costumes livoniens, et il pensa que sa voisine devait être originaire des provinces baltiques.

Michel Strogoff l'observait avec intérêt, mais, réservé lui-même, il ne chercha pas à faire naître une occasion de lui parler, bien que plusieurs heures dussent s'écouler avant l'arrivée du train à Nijni-Novgorod.

Une fois seulement, le voisin de cette jeune fille s'étant endormi et menaçant sa voisine de sa grosse tête qui vacillait d'une épaule à l'autre, Michel Strogoff le réveilla assez brusquement et lui fit comprendre qu'il eût à se tenir droit et d'une façon plus convenable.

Le marchand, assez grossier de sa nature, grommela quelques paroles contre « les gens qui se mêlent de ce qui ne les regarde pas » ; mais Michel Strogoff le regarda d'un air si peu accommodant, que le dormeur s'appuya du côté opposé et délivra la jeune voyageuse de son incommode voisinage.

Celle-ci regarda un instant le jeune homme, et il y eut un remerciement muet et modeste dans son regard.

Mais une circonstance se présenta, qui donna à Michel Strogoff une idée juste du caractère de cette jeune fille.

Douze verstes avant d'arriver à la gare de Nijni-Novgorod, à une brusque courbe de la voie ferrée, le train éprouva un choc très violent. Puis, pendant une minute, il courut sur la pente d'un remblai.

Voyageurs plus ou moins culbutés, cris, confusion,

désordre général dans les wagons, tel fut l'effet produit tout d'abord. On pouvait craindre que quelque accident grave ne se produisît. Aussi, avant même que le train fût arrêté, les portières s'ouvrirent-elles, et les voyageurs, effarés, n'eurent-ils qu'une pensée : quitter les voitures et chercher refuge sur la voie.

Michel Strogoff songea tout d'abord à sa voisine ; mais, tandis que les voyageurs de son compartiment se précipitaient au-dehors, criant et se bousculant, la jeune fille était restée tranquillement à sa place, le visage à peine altéré par une légère pâleur.

Elle attendait. Michel Strogoff attendit aussi.

Elle n'avait pas fait un mouvement pour descendre du wagon. Il ne bougea pas non plus.

Tous deux demeurèrent impassibles.

« Une énergique nature ! » pensa Michel Strogoff.

Cependant, tout danger avait promptement disparu. Une rupture du bandage du wagon de bagages avait provoqué d'abord le choc, puis l'arrêt du train, mais peu s'en était fallu que, rejeté hors des rails, il n'eût été précipité du haut du remblai dans une fondrière. Il y eut là une heure de retard. Enfin, la voie dégagée, le train reprit sa marche, et, à huit heures et demie du soir, il arrivait en gare à Nijni-Novgorod.

Avant que personne eût pu descendre des wagons, les inspecteurs de police se présentèrent aux portières et examinèrent les voyageurs.

Michel Strogoff montra son podaroshna, libellé au nom de Nicolas Korpanoff. Donc, nulle difficulté.

Quant aux autres voyageurs du compartiment, tous à destination de Nijni-Novgorod, ils ne parurent point suspects, heureusement pour eux.

La jeune fille, elle, présenta, non pas un passeport,

puisque le passeport n'est plus exigé en Russie, mais un permis revêtu d'un cachet particulier, et qui semblait être d'une nature spéciale.

L'inspecteur le lut avec attention. Puis, après avoir examiné attentivement celle dont il contenait le signalement :

« Tu es de Riga ? dit-il.

— Oui, répondit la jeune fille.

— Tu vas à Irkoutsk ?

— Oui.

— Par quelle route ?

— Par la route de Perm.

— Bien, répondit l'inspecteur. Aie soin de faire viser ton permis à la maison de police de Nijni-Novgorod. »

La jeune fille s'inclina en signe d'affirmation.

En entendant ces demandes et ces réponses, Michel Strogoff éprouva à la fois un sentiment de surprise et de pitié. Quoi ! cette jeune fille seule, en route pour cette lointaine Sibérie, et cela lorsque, à ses dangers habituels, se joignaient tous les périls d'un pays envahi et soulevé ! Comment arriverait-elle ? que deviendrait-elle ?...

L'inspection finie, les portières des wagons furent alors ouvertes, mais, avant que Michel Strogoff eût pu faire un mouvement vers elle, la jeune Livonienne, descendue la première, avait disparu dans la foule qui encombrait les quais de la gare.

5

Un arrêté en deux articles

Nijni-Novgorod, Novgorod-la-Basse, située au confluent du Volga et de l'Oka, est le chef-lieu du gouvernement de ce nom. C'était là que Michel Strogoff devait abandonner la voie ferrée, qui, à cette époque, ne se prolongeait pas au-delà de cette ville.

Nijni-Novgorod, qui en temps ordinaire ne compte que trente à trente-cinq mille habitants, en renfermait alors plus de trois cent mille, c'est-à-dire que sa population était décuplée. Cet accroissement était dû à la célèbre foire qui se tient dans ses murs pendant une période de trois semaines.

Bien que l'heure à laquelle Michel Strogoff quitta la gare fût déjà avancée, il y avait encore grand rassemblement de monde sur ces deux villes, séparées par le cours du Volga, que comprend Nijni-Novgorod, et dont la plus haute, bâtie sur un roc escarpé, est défendue par un de ces forts qu'on appelle « kreml » en Russie.

Si Michel Strogoff eût été forcé de séjourner à Nijni-Novgorod, il aurait eu quelque peine à découvrir un hôtel ou même une auberge à peu près convenable. Il y avait encombrement. Cependant, comme il ne pouvait partir, immédiatement, puisqu'il lui fallait prendre le steam-boat du Volga, il dut s'enquérir d'un gîte quelconque. Mais, auparavant, il voulut connaître exactement l'heure du départ, et il se rendit aux bureaux de la Compagnie, dont les bateaux font le service entre Nijni-Novgorod et Perm.

Là, à son grand déplaisir, il apprit que le *Caucase* – c'était le nom du steam-boat – ne partait pour Perm que le lendemain, à midi. Dix-sept heures à attendre ! c'était fâcheux pour un homme aussi pressé, et, cependant, il lui fallut se résigner. Ce qu'il fit, car il ne récriminait jamais inutilement.

Voilà donc Michel Strogoff, allant par la ville, et cherchant, sans trop s'en inquiéter, quelque auberge afin d'y passer la nuit. Mais de cela il ne s'embarrassait guère, et, sans la faim qui le talonnait, il eût probablement erré jusqu'au matin dans les rues de Nijni-Novgorod. Ce dont il se mit en quête, ce fut d'un souper plutôt que d'un lit. Or il trouva les deux à l'enseigne de la *Ville de Constantinople*.

Son souper terminé, Michel Strogoff, au lieu de monter à sa chambre, reprit machinalement sa promenade à travers la ville. Mais, bien que le long crépuscule se prolongeât encore, déjà la foule se dissipait, les rues se faisaient peu à peu désertes, et chacun regagnait son logis.

Après avoir marché pendant une heure environ, il vint s'asseoir sur un banc adossé à une grande case de bois, qui s'élevait, au milieu de beaucoup d'autres, sur une très vaste place.

Il était là depuis cinq minutes, lorsqu'une main s'appuya fortement sur son épaule.

« Qu'est-ce que tu fais là ? lui demanda d'une voix rude un homme de haute taille qu'il n'avait pas vu venir.

— Je me repose, répondit Michel Strogoff.

— Est-ce que tu aurais l'intention de passer la nuit sur ce banc ? reprit l'homme.

— Oui, si cela me convient, répliqua Michel Strogoff d'un ton un peu trop accentué pour le simple marchand qu'il devait être.

— Approche donc qu'on te voie ! » dit l'homme.

Michel Strogoff, se rappelant qu'il fallait être prudent avant tout, recula instinctivement.

« On n'a pas besoin de me voir », répondit-il.

Et il mit, avec sang-froid, un intervalle d'une dizaine de pas entre son interlocuteur et lui.

Il lui sembla alors, en l'observant bien, qu'il avait affaire à une sorte de bohémien, tel qu'il s'en rencontre dans toutes les foires, et dont il n'est pas agréable de subir le contact ni physique ni moral. Puis, en regardant plus attentivement dans l'ombre qui commençait à s'épaissir, il aperçut près de la case un vaste chariot, demeure habituelle et ambulante de ces zingaris ou tsiganes qui fourmillent en Russie, partout où il y a quelques kopeks à gagner.

Cependant, le bohémien avait fait deux ou trois pas en avant, et il se préparait à interpeller plus directement Michel Strogoff, quand la porte de la case s'ouvrit. Une femme, à peine visible, s'avança vivement, et dans un idiome assez rude, que Michel Strogoff reconnut être un mélange de mongol et de sibérien :

« Encore un espion ! dit-elle. Laisse-le faire et viens souper. Le “papluka[1]” attend. »

Michel Strogoff ne put s'empêcher de sourire de la qualification dont on le gratifiait, lui qui redoutait particulièrement les espions.

Mais, dans la même langue, bien que l'accent de celui qui l'employait fût très différent de celui de la femme, le bohémien répondit quelques mots qui signifiaient :

« Tu as raison, Sangarre ! D'ailleurs, nous serons partis demain !

— Demain ? répliqua à mi-voix la femme d'un ton qui dénotait une certaine surprise.

— Oui, Sangarre, répondit le bohémien, demain, et c'est le Père lui-même qui nous envoie... où nous voulons aller ! »

Là-dessus, l'homme et la femme rentrèrent dans la case, dont la porte fut fermée avec soin.

« Bon ! se dit Michel Strogoff, si ces bohémiens tiennent à ne pas être compris, quand ils parleront devant moi, je leur conseille d'employer une autre langue ! »

L'heure étant déjà fort avancée, il songea alors à rentrer à l'auberge, afin d'y prendre quelque repos. Michel Strogoff, une heure après, dormait d'un sommeil quelque peu agité sur un de ces lits russes, qui semblent si durs aux étrangers, et le lendemain, 17 juillet, il se réveillait au grand jour.

1. Sorte de gâteau feuilleté.

Cinq heures encore à passer à Nijni-Novgorod, cela lui semblait un siècle. Que pouvait-il faire pour occuper cette matinée, si ce n'était d'errer comme la veille à travers les rues de la ville ? Une fois son déjeuner fini, son sac bouclé, son podaroshna visé à la maison de police, il n'aurait plus qu'à partir. Mais, n'étant point homme à se lever après le soleil, il quitta son lit, il s'habilla, il plaça soigneusement la lettre aux armes impériales au fond d'une poche pratiquée dans la doublure de sa tunique, sur laquelle il serra sa ceinture ; puis, il ferma son sac et l'assujettit sur son dos. Cela fait, ne voulant pas revenir à la *Ville de Constantinople*, et comptant déjeuner sur les bords du Volga, près de l'embarcadère, il régla sa dépense et quitta l'auberge.

Par surcroît de précaution, Michel Strogoff se rendit d'abord aux bureaux des steam-boats, et, là, il s'assura que le *Caucase* partait bien à l'heure dite. La pensée lui vint alors pour la première fois que, puisque la jeune Livonienne devait prendre la route de Perm, il était fort possible que son projet fût aussi de s'embarquer sur le *Caucase*, auquel cas Michel Strogoff ne pourrait manquer de faire route avec elle.

La ville haute, avec son kremlin, dont la circonférence mesure deux verstes, et qui ressemble à celui de Moscou, était alors fort abandonnée. Le gouverneur n'y demeurait même plus. Mais, autant la ville haute était morte, autant la ville basse était vivante !

Michel Strogoff, après avoir traversé le Volga sur un pont de bateaux, gardé par des Cosaques à cheval, arriva à l'emplacement même où, la veille, il s'était heurté à quelque campement de bohémiens. C'était un peu en dehors de la ville que se tenait cette foire de Nijni-Novgorod, avec laquelle celle de Leipzig elle-même ne saurait rivaliser. Dans une vaste plaine, située au-delà du Volga, s'élevait le palais provisoire du gouverneur général, et c'est là, par ordre, que réside ce haut fonctionnaire pendant toute la durée de la foire, qui, grâce aux éléments dont elle se compose, nécessite une surveillance de tous les instants.

Cette plaine était alors couverte de maisons de bois, symétriquement disposées, de manière à laisser entre elles des avenues assez larges pour permettre à la foule d'y circuler aisément. Dans ces avenues, le long de ces allées, le soleil étant fort au-dessus de l'horizon, puisque, ce matin-là, il s'était levé avant quatre heures, l'affluence était déjà considérable. Russes, Sibériens, Allemands, Cosaques, Turkomans, Persans, Géorgiens, Grecs, Ottomans, Indous, Chinois, mélange extraordinaire d'Européens et d'Asiatiques, causaient, discutaient, péroraient, trafiquaient. Tout ce qui se vend ou s'achète semblait avoir été entassé sur cette place.

Il convient d'ajouter ici que cette fois, au moins, la France et l'Angleterre étaient chacune représentées au grand marché de Nijni-Novgorod par deux des produits les plus distingués de la civilisation moderne, MM. Harry Blount et Alcide Jolivet.

En effet, les deux correspondants étaient venus chercher là des impressions au profit de leurs lecteurs, et ils employaient de leur mieux les quelques heures qu'ils avaient à perdre, car, eux aussi, ils allaient prendre passage sur le *Caucase*.

Ils se rencontrèrent précisément l'un et l'autre sur le champ de foire, et n'en furent que médiocrement étonnés, puisqu'un même instinct devait les entraîner sur la même piste ; mais, cette fois, ils ne se parlèrent pas et se bornèrent à se saluer assez froidement.

Alcide Jolivet, optimiste par nature, semblait, d'ailleurs, trouver que tout se passait convenablement, et, comme le hasard lui avait heureusement fourni la table et le gîte, il avait jeté sur son carnet quelques notes particulièrement honnêtes pour la ville de Nijni-Novgorod.

Au contraire, Harry Blount, après avoir vainement cherché à souper, s'était vu forcé de coucher à la belle étoile. Il avait donc envisagé les choses à un tout autre point de vue, et méditait un article foudroyant contre une ville dans laquelle les hôteliers refusaient de recevoir des voyageurs qui ne demandaient qu'à se laisser écorcher « au moral et au physique » !

Un haut personnage, non moins occupé que le gouverneur général, était le maître de police. Ses inspecteurs et lui, chargés de maintenir l'ordre, de recevoir les réclamations, de veiller à l'exécution des règlements, ne chômaient pas. Les bureaux de l'administration, ouverts nuit et jour, étaient incessamment assiégés, aussi bien par les habitants de la ville que par les étrangers, européens ou asiatiques.

Or, Michel Strogoff se trouvait précisément sur la place centrale, lorsque le bruit se répandit que le maître de police venait d'être mandé par estafette au palais du gouverneur général. Une importante dépêche, arrivée de Moscou, disait-on, motivait ce déplacement.

Le maître de police se rendit donc au palais du gouverneur, et aussitôt, comme par un pressentiment général, la nouvelle circula que quelque mesure grave, en dehors de toute prévision, de toute habitude, allait être prise.

Michel Strogoff écoutait ce qui se disait, afin d'en profiter, le cas échéant.

« On va fermer la foire ! s'écriait l'un.

— Le régiment de Nijni-Novgorod vient de recevoir son ordre de départ ! répondait l'autre.

— On dit que les Tartares menacent Tomsk !

— Voici le maître de police ! » cria-t-on de toutes parts.

Un fort brouhaha s'était élevé subitement, qui se dissipa peu à peu, et auquel succéda un silence absolu. Chacun pressentait quelque grave communication de la part du gouvernement.

Le maître de police, précédé de ses agents, venait de quitter le palais du gouverneur général. Un détachement de Cosaques l'accompagnait et faisait ranger la foule à force de bourrades, violemment données et patiemment reçues.

Le maître de police arriva au milieu de la place centrale, et chacun put voir qu'il tenait une dépêche à la main.

Alors, d'une voix haute, il lut la déclaration suivante :

« ARRÊTÉ DU GOUVERNEUR DE NIJNI-NOVGOROD.

« 1° Défense à tout sujet russe de sortir de la province, pour quelque cause que ce soit.

« 2° Ordre à tous étrangers d'origine asiatique de quitter la province dans les vingt-quatre heures. »

6

Frère et sœur

Au moment où la lecture de l'arrêté avait été faite par le maître de police, Michel Strogoff fut frappé d'un rapprochement qui surgit instinctivement dans son esprit.

« Singulière coïncidence ! pensa-t-il, entre cet arrêté qui expulse les étrangers originaires de l'Asie et les paroles échangées cette nuit entre ces deux bohémiens de race tsigane. « C'est le Père lui-même qui nous envoie où nous voulons aller ! » a dit ce vieillard. Mais « le Père », c'est l'empereur ! On ne le désigne pas autrement dans le peuple ! Comment ces bohémiens pouvaient-ils prévoir la mesure prise contre eux, comment l'ont-ils connue d'avance, et où veulent-ils donc aller ? Voilà des gens suspects, et auxquels l'arrêté du gouverneur me paraît, cependant, devoir être plus utile que nuisible ! »

Mais cette réflexion, fort juste à coup sûr, fut coupée net par une autre qui devait chasser toute autre pensée de l'esprit de Michel Strogoff. Il oublia les tsiganes, leurs propos suspects, l'étrange coïncidence qui résultait de la publication de l'arrêté... Le souvenir de la jeune Livonienne venait de se présenter soudain à lui.

« La pauvre enfant ! s'écria-t-il comme malgré lui. Elle ne pourra plus franchir la frontière ! »

En effet, la jeune fille était de Riga, elle était Livonienne, Russe par conséquent, elle ne pouvait donc plus quitter le territoire russe ! Ce permis qui lui avait été délivré avant les nouvelles mesures n'était évidemment plus valable. Toutes les routes de la Sibérie venaient de lui être impitoyablement fermées, et, quel que fût le motif qui la conduisît à Irkoutsk, il lui était dès à présent interdit de s'y rendre.

Cette pensée préoccupa vivement Michel Strogoff. Il s'était dit, vaguement d'abord, que, sans rien négliger de ce qu'exigeait de lui son importante mission, il lui serait possible, peut-être, d'être de quelque secours à cette brave enfant, et cette idée lui avait souri. Connaissant les dangers qu'il aurait personnellement à affronter, lui, homme énergique et vigoureux, dans un pays dont les routes lui étaient cependant familières, il ne pouvait pas méconnaître que ces dangers seraient infiniment plus redoutables pour une jeune fille. Puisqu'elle se rendait à Irkoutsk, elle aurait à suivre la même route que lui, elle serait obligée de passer au milieu des hordes des envahisseurs, comme il allait tenter de le faire lui-même. Si, en outre, et selon toute probabilité, elle n'avait à sa disposition que les ressources nécessaires à un voyage entrepris pour des circonstances ordinaires, comment parviendrait-elle à l'accomplir dans les conditions que les événements allaient rendre non seulement périlleuses, mais coûteuses ?

« Eh bien ! s'était-il dit, puisqu'elle prend la route de Perm, il est presque impossible que je ne la rencontre pas. Donc, je pourrai veiller sur elle sans qu'elle s'en doute, et, comme elle m'a tout l'air d'être aussi pressée que moi d'arriver à Irkoutsk, elle ne me causera aucun retard. »

Mais une pensée en amène une autre. Michel Strogoff n'avait raisonné jusque-là que dans l'hypothèse d'une bonne action à faire, d'un service à rendre. Une idée nouvelle venait de naître dans son cerveau, et la question se présenta à lui sous un tout autre aspect.

« Au fait, se dit-il, mais je puis avoir besoin d'elle plus qu'elle n'aurait besoin de moi. Sa présence peut ne pas m'être inutile et servirait à déjouer tout soupçon à mon égard. Dans l'homme courant seul à travers la steppe, on peut plus aisément deviner le courrier du czar. Si, au contraire, cette jeune fille m'accompagne, je serai bien mieux aux yeux de tous le Nicolas Korpanoff de mon podaroshna. Donc, il faut qu'elle m'accompagne ! Donc ; il faut qu'à tout prix je la retrouve ! Il n'est pas probable que depuis hier soir elle ait pu se procurer quelque voiture pour quitter Nijni-Novgorod. Cherchons-la, et que Dieu me conduise ! »

Il était neuf heures du matin. Le steam-boat ne partait qu'à midi. Michel Strogoff avait donc environ deux heures à employer pour retrouver celle dont il voulait faire sa compagne de voyage.

Il traversa de nouveau le Volga et parcourut les quartiers de l'autre rive, où la foule était bien moins considérable. Il visita, on pourrait dire rue par rue, la ville haute et la ville basse. Il entra dans les églises, refuge naturel de tout ce qui pleure, de tout ce qui souffre.

Mais ses recherches furent vaines, et il eut bientôt perdu tout espoir de la retrouver.

Il était alors onze heures. Michel Strogoff, bien qu'en toute autre circonstance cela eût été inutile, songea à présenter son podaroshna aux bureaux du maître de police. L'arrêté ne pouvait évidemment le concerner, puisque le cas était prévu pour lui, mais il voulait s'assurer que rien ne s'opposerait à sa sortie de la ville.

Michel Strogoff dut donc retourner sur l'autre rive du Volga, dans le quartier où se trouvaient les bureaux du maître de police.

Là, il y avait grande affluence, car si les étrangers avaient ordre de quitter la province, ils n'en étaient pas moins soumis à certaines formalités pour partir. Sans cette précaution, quelque Russe, plus ou moins compromis dans le mouvement tartare, aurait pu, grâce à un déguisement, passer la frontière – ce que l'arrêté prétendait empêcher. On vous renvoyait, mais encore fallait-il que vous eussiez la permission de vous en aller.

Donc, bateleurs, bohémiens, zingaris, tsiganes, mêlés aux marchands de la Perse, de la Turquie, de l'Inde, du Turkestan, de la Chine, encombraient la cour et les bureaux de la maison de police.

Chacun se hâtait, car les moyens de transport allaient être singulièrement recherchés de cette foule de gens expulsés, et ceux qui s'y prendraient trop tard courraient grand risque de ne pas être en mesure de quitter la ville dans le délai prescrit – ce qui les eût exposés à quelque brutale intervention des agents du gouverneur.

Michel Strogoff, grâce à la vigueur de ses coudes, put traverser la cour. Mais entrer dans les bureaux et parvenir jusqu'au guichet des employés, c'était une besogne bien autrement difficile. Cependant, un mot qu'il dit à l'oreille d'un inspecteur et quelques roubles donnés à propos furent assez puissants pour lui faire obtenir passage.

L'agent, après l'avoir introduit dans la salle d'attente, alla prévenir un employé supérieur.

Michel Strogoff ne pouvait donc tarder à être en règle avec la police et libre de ses mouvements.

En attendant, il regarda autour de lui. Et que vit-il ?

Là, sur un banc, tombée plutôt qu'assise, une jeune fille, en proie à un muet désespoir, bien qu'il pût à peine voir sa figure, dont le profil seul se dessinait sur la muraille.

Michel Strogoff ne s'était pas trompé. Il venait de reconnaître la jeune Livonienne.

Ne connaissant pas l'arrêté du gouverneur, elle était venue au bureau de police pour faire viser son permis !... On lui avait refusé le visa. Sans doute elle était autorisée à se rendre à Irkoutsk, mais l'arrêté était formel, il annulait toutes autorisations antérieures, et les routes de la Sibérie lui étaient fermées.

Michel Strogoff, très heureux de l'avoir enfin retrouvée, s'approcha de la jeune fille.

Celle-ci le regarda un instant, et son visage s'éclaira d'une lueur fugitive en revoyant son compagnon de voyage. Elle se leva, par instinct, et, comme un naufragé qui se raccroche à une épave, elle allait lui demander assistance...

En ce moment, l'agent toucha l'épaule de Michel Strogoff.

« Le maître de police vous attend, dit-il.

— Bien », répondit Michel Strogoff.

Et, sans dire un mot à celle qu'il avait tant cherchée depuis la veille, sans la rassurer d'un geste qui eût pu compromettre et elle et lui-même, il suivit l'agent à travers les groupes compacts.

La jeune Livonienne, voyant disparaître celui-là seul qui eût pu peut-être lui venir en aide, retomba sur son banc.

Trois minutes ne s'étaient pas écoulées, que Michel Strogoff reparaissait dans la salle, accompagné d'un agent. Il tenait à la main son podaroshna, qui lui faisait libres les routes de la Sibérie.

Il s'approcha alors de la jeune Livonienne, et, lui tendant la main :

« Sœur... » dit-il.

Elle comprit ! Elle se leva, comme si quelque soudaine inspiration ne lui eût pas permis d'hésiter !

« Sœur, répéta Michel Strogoff, nous sommes autorisés à continuer notre voyage à Irkoutsk. Viens-tu ?

— Je te suis, frère », répondit la jeune fille, en mettant sa main dans la main de Michel Strogoff.

Et tous deux quittèrent la maison de police.

7
En descendant le Volga

Un peu avant midi, la cloche du steam-boat attirait à l'embarcadère du Volga un grand concours de monde, puisqu'il y avait là ceux qui partaient et ceux qui auraient voulu partir. Les chaudières du *Caucase* étaient en pression suffisante. Sa cheminée ne laissait plus échapper qu'une fumée légère, tandis que l'extrémité du tuyau d'échappement et le couvercle des soupapes se couronnaient de vapeur blanche.

À l'heure réglementaire, le dernier coup de cloche retentit, les amarres furent larguées, les puissantes roues du steam-boat battirent l'eau de leurs palettes articulées, et le *Caucase* fila rapidement entre les deux villes dont se compose Nijni-Novgorod.

Michel Strogoff et la jeune Livonienne avaient pris passage à bord du *Caucase*. Leur embarquement s'était fait sans aucune difficulté. On le sait, le podaroshna, libellé au nom de Nicolas Korpanoff, autorisait ce négociant à être accompagné pendant son voyage en

Sibérie. C'était donc un frère et une sœur qui voyageaient sous la garantie de la police impériale.

Tous deux, assis à l'arrière, regardaient fuir la ville, si profondément troublée par l'arrêté du gouverneur.

Michel Strogoff n'avait rien dit à la jeune fille, il ne l'avait pas interrogée. Il attendait qu'elle parlât, s'il lui convenait de parler. Celle-ci avait hâte d'avoir quitté cette ville, dans laquelle, sans l'intervention providentielle de ce protecteur inattendu, elle fût restée prisonnière. Elle ne disait rien, mais son regard remerciait pour elle.

Les bateaux de la Compagnie de transports entre Perm et Nijni-Novgorod font assez rapidement les trois cent cinquante verstes (373 kilomètres) qui séparent cette ville de la ville de Kazan. En réservant une heure d'arrêt à Kazan, le voyage de Nijni-Novgorod à Perm devait durer soixante à soixante-deux heures environ.

Ce steam-boat, d'ailleurs, était fort bien aménagé, et les passagers, suivant leur condition ou leurs ressources, y occupaient trois classes distinctes. Michel Strogoff avait eu soin de retenir deux cabines de première classe, de sorte que sa jeune compagne pouvait se retirer dans la sienne et s'isoler quand bon lui semblait.

Deux heures après le départ du *Caucase*, la jeune Livonienne, s'adressant à Michel Strogoff, lui dit :

« Tu vas à Irkoutsk, frère ?

— Oui, sœur, répondit le jeune homme. Nous faisons tous les deux la même route. Par conséquent, partout où je passerai, tu passeras.

— Demain, frère, tu sauras pourquoi j'ai quitté les

rives de la Baltique pour aller au-delà des monts Ourals.

— Je ne te demande rien, sœur.

— Tu sauras tout, répondit la jeune fille, dont les lèvres ébauchèrent un triste sourire. Une sœur ne doit rien cacher à son frère. Mais aujourd'hui, je ne pourrais !... La fatigue, le désespoir m'avaient brisée !

— Veux-tu reposer dans ta cabine ? demanda Michel Strogoff.

— Oui... oui... et demain...

— Viens donc... »

Il hésitait à finir sa phrase, comme s'il eût voulu l'achever par le nom de sa compagne, qu'il ignorait encore.

« Nadia, dit-elle en lui tendant la main.

— Viens, Nadia, répondit Michel Strogoff, et use sans façon de ton frère Nicolas Korpanoff. »

Et il conduisit la jeune fille à la cabine qui avait été retenue pour elle sur le salon de l'arrière.

Michel Strogoff revint sur le pont, et, avide des nouvelles qui pouvaient peut-être modifier son itinéraire, il se mêla aux groupes de passagers, écoutant, mais ne prenant point part aux conversations. Les étrangers que le steam-boat transportait ne pouvaient évidemment parler que des événements du jour, de l'arrêté et de ses conséquences. Ces pauvres gens, à peine remis des fatigues d'un voyage à travers l'Asie centrale, se voyaient forcés de revenir, et s'ils n'exhalaient pas hautement leur colère et leur désespoir, c'est qu'ils ne l'osaient. Une peur, mêlée de respect, les retenait. Il était possible que des inspecteurs de police, chargés de surveiller les passagers, fussent secrètement embarqués à bord du *Caucase*, et mieux valait tenir sa langue, l'expulsion, après tout, étant encore préférable à l'emprisonnement dans une forteresse. Aussi, parmi ces groupes, ou l'on se taisait, ou les propos s'échangeaient avec une telle circonspection, qu'on ne pouvait guère en tirer quelque utile renseignement.

Mais si Michel Strogoff n'eut rien à apprendre de ce côté, si même les bouches se fermèrent plus d'une fois à son approche – car on ne le connaissait pas –, ses oreilles furent bientôt frappées par les éclats d'une voix peu soucieuse d'être ou non entendue.

L'homme à la voix gaie parlait russe, mais avec un accent étranger, et son interlocuteur, plus réservé, lui répondait dans la même langue, qui n'était pas non plus sa langue originelle.

« Comment, disait le premier, comment, vous sur ce bateau, mon cher confrère, vous que j'ai vu à la fête impériale de Moscou, et seulement entrevu à Nijni-Novgorod ?

— Moi-même, répondit le second d'un ton sec.

— Eh bien, franchement, je ne m'attendais pas à être immédiatement suivi par vous, et de si près !

— Je ne vous suis pas, monsieur, je vous précède !

— Précède ! précède ! Mettons que nous marchons de front, du même pas, comme deux soldats à la parade, et, provisoirement du moins, convenons, si vous le voulez, que l'un ne dépassera pas l'autre !

— Je vous dépasserai, au contraire.

— Nous verrons cela, quand nous serons sur le théâtre de la guerre ; mais jusque-là, que diable ! soyons compagnons de route. Plus tard, nous aurons bien le temps et l'occasion d'être rivaux !

— Ennemis.

— Ennemis, soit ! Vous avez dans vos paroles, cher confrère, une précision qui m'est tout particulièrement agréable. Avec vous, au moins, on sait à quoi s'en tenir !

— Où est le mal ?

— Il n'y en a aucun. Aussi, à mon tour, je vous demanderai la permission de préciser notre situation réciproque.

— Précisez.

— Vous allez à Perm... comme moi ?

— Comme vous.

— Et, probablement, vous vous dirigerez de Perm sur Ekaterinbourg, puisque c'est la route la meilleure et la plus sûre par laquelle on puisse franchir les monts Ourals ?

— Probablement.

— Une fois la frontière passée, nous serons en Sibérie, c'est-à-dire en pleine invasion.

— Nous y serons !

— Eh bien alors, mais seulement alors, ce sera le moment de dire : « Chacun pour soi, et Dieu pour... »

— Dieu pour moi !

— Dieu pour vous, tout seul ! Très bien ! Mais, puisque nous avons devant nous une huitaine de jours neutres, et puisque très certainement les nouvelles ne pleuvront pas en route, soyons amis jusqu'au moment où nous redeviendrons rivaux.

— Ennemis.

— Oui ! c'est juste, ennemis ! Mais, jusque-là agissons de concert et ne nous entre-dévorons pas ! Je vous promets, d'ailleurs, de garder pour moi tout ce que je pourrai voir...

— Et moi, tout ce que je pourrai entendre.

— Est-ce dit ?
— C'est dit.
— Votre main ?
— La voilà. »

Et la main du premier interlocuteur, c'est-à-dire cinq doigts largement ouverts, secoua vigoureusement les deux doigts que lui tendit flegmatiquement le second.

« À propos, dit le premier, j'ai pu, ce matin, télégraphier à ma cousine le texte même de l'arrêté dès dix heures dix-sept minutes.

— Et moi je l'ai adressé au *Daily Telegraph* dès dix heures treize.

— Bravo, monsieur Blount.
— Trop bon, monsieur Jolivet.
— À charge de revanche !
— Ce sera difficile !
— On essaiera pourtant ! »

Ce disant, le correspondant français salua familièrement le correspondant anglais, qui, inclinant sa tête, lui rendit son salut avec une raideur toute britannique.

Ces deux chasseurs de nouvelles, l'arrêté du gouverneur ne les concernait pas, puisqu'ils n'étaient ni Russes, ni étrangers d'origine asiatique. Ils étaient donc partis, et s'ils avaient quitté ensemble Nijni-Novgorod, c'est que le même instinct les poussait en avant. Il était donc naturel qu'ils eussent pris le même moyen de transport et qu'ils suivissent la même route jusqu'aux steppes sibériennes. Compagnons de voyage, amis ou ennemis, ils avaient devant eux huit jours avant « que la chasse fût ouverte ». Et alors au plus adroit ! Alcide Jolivet avait fait les premières avances, et, si froidement que ce fût, Harry Blount les avait acceptées.

Quoi qu'il en soit, au dîner de ce jour, le Français, toujours ouvert et même un peu loquace, l'Anglais, toujours fermé, toujours gourmé, trinquaient à la même table ; en buvant un Cliquot authentique, à six roubles la bouteille, généreusement fait avec la sève fraîche des bouleaux du voisinage.

En entendant ainsi causer Alcide Jolivet et Harry Blount, Michel Strogoff s'était dit :

« Voici des curieux et des indiscrets que je rencontrerai probablement sur ma route. Il me paraît prudent de les tenir à distance. »

La jeune Livonienne ne vint pas dîner. Elle dormait dans sa cabine, et Michel Strogoff ne voulut pas la faire réveiller. Le soir arriva donc sans qu'elle eût reparu sur le pont du *Caucase*.

Le long crépuscule imprégnait alors l'atmosphère d'une fraîcheur que les passagers recherchèrent avidement après l'accablante chaleur du jour. Quand l'heure fut avancée, la plupart ne songèrent même pas à regagner les salons ou les cabines. Étendus sur les bancs, ils respiraient avec délices un peu de cette brise que développait la vitesse du steam-boat. Le ciel, à cette époque de l'année et sous cette latitude, devait à peine s'obscurcir entre le soir et le matin, et il laissait au timonier toute aisance pour se diriger au milieu des nombreuses embarcations qui descendaient ou remontaient le Volga.

Cependant, entre onze heures et deux heures du matin, la lune étant nouvelle, il fit à peu près nuit. Presque tous les passagers du pont dormaient alors, et le silence n'était plus troublé que par le bruit des palettes, frappant l'eau à intervalles réguliers.

Une sorte d'inquiétude tenait éveillé Michel Strogoff. Il allait et venait, mais toujours à l'arrière du steam-boat. Une fois, cependant, il lui arriva de dépasser la chambre des machines. Il se trouva alors sur la partie réservée aux voyageurs de seconde et de troisième classe.

Là, on dormait, non seulement sur les bancs, mais aussi sur les ballots, les colis et même sur les planches du pont. Il fallait une certaine attention pour ne pas piétiner les dormeurs, capricieusement étendus çà et là. C'étaient pour la plupart des moujiks, habitués de coucher à la dure et auxquels les planches d'un pont devaient suffire. Néanmoins, ils auraient fort mal accueilli, sans doute, le maladroit qui les eût éveillés à coups de botte.

Michel Strogoff faisait donc attention à ne heurter personne. En allant ainsi vers l'extrémité du bateau, il n'avait d'autre idée que de combattre le sommeil par une promenade un peu plus longue.

Or, il était arrivé à la partie antérieure du pont, et il montait déjà l'échelle du gaillard d'avant, lorsqu'il entendit parler près de lui. Michel Strogoff allait passer outre, lorsqu'il entendit plus distinctement certaines paroles, prononcées en cette langue bizarre qui avait déjà frappé son oreille pendant la nuit, sur le champ de foire.

Instinctivement, il eut la pensée d'écouter. Protégé par l'ombre du gaillard, il ne pouvait être aperçu. Quant à voir les passagers qui causaient, cela lui était impossible. Il dut donc se borner à prêter l'oreille.

Les premiers mots qui furent échangés n'avaient

aucune importance – du moins pour lui –, mais ils lui permirent de reconnaître précisément les deux voix de femme et d'homme qu'il avait entendues à Nijni-Novgorod. Dès lors, redoublement d'attention de sa part. Il n'était pas impossible, en effet, que ces tsiganes, dont il avait surpris un lambeau de conversation, maintenant expulsés avec tous leurs congénères, ne fussent à bord du *Caucase*.

Et bien lui en prit d'écouter, car ce fut assez distinctement qu'il entendit cette demande et cette réponse, faites en idiome tartare :

« On dit qu'un courrier est parti de Moscou pour Irkoutsk !

— On le dit, Sangarre, mais ou ce courrier arrivera trop tard, ou il n'arrivera pas ! »

Michel Strogoff tressaillit involontairement à cette réponse, qui le visait si directement. Il essaya de reconnaître si l'homme et la femme qui venaient de parler étaient bien ceux qu'il soupçonnait, mais l'ombre était alors trop épaisse, et il n'y put réussir.

Quelques instants après, Michel Strogoff, sans avoir été aperçu, avait regagné l'arrière du steam-boat, et, la tête dans les mains, il s'asseyait à l'écart. On eût pu croire qu'il dormait.

Il ne dormait pas et ne songeait pas à dormir. Il réfléchissait à ceci, non sans une assez vive appréhension :

« Qui donc sait mon départ, et qui donc a intérêt à le savoir ? »

8

En remontant la Kama

Le lendemain, 18 juillet, à six heures quarante du matin, le *Caucase* arrivait à l'embarcadère de Kazan, que sept verstes (7 kilomètres et demi) séparent de la ville.

Bien que la ville fût assez éloignée du débarcadère, une foule nombreuse se pressait sur le quai. On venait aux nouvelles. Le gouverneur de la province avait pris un arrêté identique à celui de son collègue de Nijni-Novgorod.

Michel Strogoff regardait d'un air assez indifférent ce va-et-vient particulier à tout embarcadère auquel vient d'accoster un steam-boat. Le *Caucase* devait faire escale à Kazan pendant une heure, temps nécessaire au renouvellement de son combustible.

Quant à débarquer, Michel Strogoff n'en eut pas même l'idée. Il n'aurait pas voulu laisser seule à bord la jeune Livonienne, qui n'avait pas encore reparu sur le pont.

Les deux journalistes, eux, s'étaient levés dès l'aube, comme il convient à tout chasseur diligent. Ils descendirent sur la rive du fleuve et se mêlèrent à la foule, chacun de son côté. Michel Strogoff aperçut, d'un côté, Harry Blount, le carnet à la main, crayonnant quelques types ou notant quelque observation, de l'autre, Alcide Jolivet, se contentant de parler, sûr de sa mémoire, qui ne pouvait rien oublier.

Parmi les voyageurs qui quittaient le *Caucase*, Michel Strogoff reconnut la troupe des tsiganes qui, la veille, figurait encore sur le champ de foire de Nijni-Novgorod. Là, sur le pont du steam-boat, se trouvaient et le vieux bohémien et la femme qui l'avait traité d'espion. Avec eux, sous leur direction, sans doute, débarquaient une vingtaine de danseuses et de chanteuses, de quinze à vingt ans, enveloppées de mauvaises couvertures qui recouvraient leurs jupes à paillettes.

Michel Strogoff, par un mouvement involontaire, se porta vers la coupée du steam-boat, au moment où la troupe bohémienne allait le quitter pour n'y plus revenir.

Le vieux bohémien était là, dans une humble attitude, peu conforme avec l'effronterie naturelle à ses congénères. On eût dit qu'il cherchait plutôt à éviter les regards qu'à les attirer. Son lamentable chapeau, rôti par tous les soleils du monde, s'abaissait profondément sur sa face ridée. Son dos voûté se bombait sous une vieille souquenille dont il s'enveloppait étroitement, malgré la chaleur. Il eût été difficile, sous ce misérable accoutrement, de juger de sa taille et de sa figure.

Près de lui, la tsigane Sangarre, femme de trente ans, brune de peau, grande, bien campée, les yeux magnifiques, les cheveux dorés, se tenait dans une pose superbe.

Puis, quelques instants après, Sangarre débarquait la dernière, lorsque le vieillard et sa troupe avaient déjà quitté le *Caucase*.

Michel Strogoff fut sur le point de suivre Sangarre et sa troupe, mais il se retint.

« Non, pensa-t-il, pas de démarche irréfléchie ! Si je fais arrêter ce vieux diseur de bonne aventure et sa bande, mon incognito risque d'être dévoilé. Les voilà débarqués, d'ailleurs, et, avant qu'ils aient passé la frontière, je serai déjà loin de l'Oural. Je sais bien qu'ils peuvent prendre la route de Kazan à Ichim, mais elle n'offre aucune ressource, et un tarentass, attelé de bons chevaux de Sibérie, devancera toujours un chariot de bohémiens ! Allons, ami Korpanoff, reste tranquille ! »

D'ailleurs, à ce moment, le vieux tsigane et Sangarre avaient disparu dans la foule.

Une heure après, la cloche sonnait à l'avant du *Caucase*, appelant les nouveaux passagers, rappelant les anciens. Il était sept heures du matin. Le chargement du combustible venait d'être achevé. Les tôles des chaudières frissonnaient sous la pression de la vapeur. Le steam-boat était prêt à partir.

Les voyageurs, qui allaient de Kazan à Perm, occupaient déjà leurs places à bord.

En ce moment, Michel Strogoff remarqua que, des deux journalistes, Harry Blount était le seul qui eût rejoint le steam-boat.

Alcide Jolivet allait-il donc manquer le départ ?

Mais, à l'instant où l'on détachait les amarres, apparut Alcide Jolivet, tout courant. Le steam-boat avait déjà débordé, la passerelle était même retirée sur le quai, mais Alcide Jolivet ne s'embarrassa pas de si peu, et, sautant avec la légèreté d'un clown, il retomba sur le pont du *Caucase*, presque dans les bras de son confrère.

« J'ai cru que le *Caucase* allait partir sans vous, dit celui-ci d'un air moitié figue, moitié raisin.

— Bah ! répondit Alcide Jolivet, j'aurais bien su vous rattraper, quand j'aurais dû fréter un bateau aux frais de ma cousine, ou courir la poste à vingt kopeks par verste et par cheval. Que voulez-vous ? Il y avait loin de l'embarcadère au télégraphe !

— Vous êtes allé au télégraphe ? demanda Harry Blount, dont les lèvres se pincèrent aussitôt.

— J'y suis allé ! répondit Alcide Jolivet avec son plus aimable sourire.

— Et il fonctionne toujours jusqu'à Kolyvan ?

— Cela, je l'ignore, mais je puis vous assurer, par exemple, qu'il fonctionne de Kazan à Paris !

— Vous avez adressé une dépêche... à votre cousine ?...

— Avec enthousiasme.

— Vous avez donc appris ?...

— Tenez, mon petit père, pour parler comme les Russes, répondit Alcide Jolivet, je suis bon enfant, moi, et je ne veux rien avoir de caché pour vous. Les Tartares, Féofar-Khan à leur tête, ont dépassé Sémipalatinsk et descendent le cours de l'Irtyche. Faites-en votre profit ! »

Comment ! Une si grave nouvelle, et Harry Blount ne la connaissait pas, et son rival, qui l'avait vraisemblablement apprise de quelque habitant de Kazan, l'avait aussitôt transmise à Paris ! Le journal anglais était distancé ! Aussi, Harry Blount, croisant ses mains derrière son dos, alla-t-il s'asseoir à l'arrière du steamboat, sans ajouter une parole.

Vers dix heures du matin, la jeune Livonienne, ayant quitté sa cabine, monta sur le pont.

Michel Strogoff, allant à elle, lui tendit la main.

« Regarde, sœur », lui dit-il après l'avoir amenée jusque sur l'avant du *Caucase*.

Et, en effet, le site valait qu'on l'examinât avec quelque attention.

Le *Caucase* arrivait, en ce moment, au confluent du Volga et de la Kama. C'est là qu'il allait quitter le grand fleuve, après l'avoir descendu pendant plus de quatre cents verstes, pour remonter l'importante rivière sur un parcours de quatre cent soixante verstes (490 kilomètres).

La Kama s'ouvrait largement alors, et ses rives boisées étaient charmantes. Quelques voiles blanches animaient ses belles eaux, tout imprégnées de rayons solaires. Les coteaux, plantés de trembles, d'aunes et parfois de grands chênes, fermaient l'horizon par une ligne harmonieuse, que l'éclatante lumière de midi confondait en certains points avec le fond du ciel.

Mais ces beautés naturelles ne semblaient pas pouvoir détourner, même un instant, les pensées de la jeune Livonienne. Elle ne voyait qu'une chose, le but à atteindre, et la Kama n'était pour elle qu'un chemin plus facile pour y arriver. Ses yeux brillaient extraordinairement en regardant vers l'est, comme si elle eût voulu percer de son regard cet impénétrable horizon.

Nadia avait laissé sa main dans la main de son compagnon, et bientôt, se retournant vers lui :

« À quelle distance sommes-nous de Moscou ? lui demanda-t-elle.

— À neuf cents verstes ! répondit Michel Strogoff.

— Neuf cents sur sept mille ! » murmura la jeune fille.

C'était l'heure du déjeuner, qui fut annoncé par quelques tintements de la cloche. Nadia suivit Michel Strogoff au restaurant du steam-boat. Elle ne voulut point toucher à ces hors-d'œuvre, servis à part, tels que caviar, harengs coupés en petites tranches, eau-de-vie de seigle anisée, destinés à stimuler l'appétit, suivant un usage commun à tous les pays du Nord, en Russie comme en Suède ou en Norvège. Nadia mangea peu, et peut-être comme une pauvre fille dont les ressources sont très restreintes. Michel Strogoff crut donc devoir se contenter du menu qui allait suffire à sa compagne, c'est-à-dire d'un peu de « koulbat », sorte de pâté fait avec des jaunes d'œufs, du riz et de la viande pilée, de choux rouges farcis au caviar[1] et de thé pour toute boisson.

Ce repas ne fit donc ni long ni coûteux, et, moins de vingt minutes après s'être mis tous les deux à table, Michel Strogoff et Nadia remontaient ensemble sur le pont du *Caucase*.

Alors, ils s'assirent à l'arrière, et, sans autre préambule, Nadia, baissant la voix de manière à n'être entendue que de lui seul :

« Frère, dit-elle, je suis la fille d'un exilé. Je me nomme Nadia Fédor. Ma mère est morte à Riga, il y

1. Le caviar est un mets russe qui se compose d'œufs d'esturgeon salés.

a un mois à peine, et je vais à Irkoutsk rejoindre mon père pour partager son exil.

— Je vais moi-même à Irkoutsk, répondit Michel Strogoff, et je regarderai comme une faveur du Ciel de remettre Nadia Fédor, saine et sauve, entre les mains de son père.

— Merci, frère ! » répondit Nadia.

Michel Strogoff ajouta alors qu'il avait obtenu un podaroshna spécial pour la Sibérie, et que, du côté des autorités russes, rien ne pourrait entraver sa marche.

Nadia n'en demanda pas davantage. Elle ne voyait qu'une chose dans la rencontre providentielle de ce jeune homme simple et bon : le moyen pour elle d'arriver jusqu'à son père.

« J'avais, lui dit-elle, un permis qui me donnait l'autorisation de me rendre à Irkoutsk ; mais l'arrêté du gouverneur de Nijni-Novgorod est venu l'annuler, et sans toi, frère, je n'aurais pu quitter la ville où tu m'as trouvée et dans laquelle, bien sûr, je serais morte !

— Et seule, Nadia, répondit Michel Strogoff, seule, tu osais t'aventurer à travers les steppes de la Sibérie !

— C'était mon devoir, frère.

— Mais ne savais-tu pas que le pays, soulevé et envahi, était devenu presque infranchissable ?

— L'invasion tartare n'était pas connue quand je quittai Riga, répondit la jeune Livonienne. C'est à Moscou seulement que j'ai appris cette nouvelle !

— Et, malgré cela, tu as poursuivi ta route ?

— C'était mon devoir. »

Ce mot résumait tout le caractère de cette courageuse jeune fille. Ce qui était son devoir, Nadia n'hésitait jamais à le faire.

Elle parla alors de son père, Wassili Fédor. C'était un médecin estimé de Riga. Il exerçait sa profession avec succès et vivait heureux au milieu des siens. Mais son affiliation à une société secrète étrangère ayant été établie, il reçut l'ordre de partir pour Irkoutsk, et les gendarmes, qui lui apportaient cet ordre, le conduisirent sans délai au-delà de la frontière.

Wassili Fédor n'eut que le temps d'embrasser sa femme, déjà bien souffrante, sa fille, qui allait peut-être rester sans appui, et, pleurant sur ces deux êtres qu'il aimait, il partit.

Depuis deux ans, il habitait la capitale de la Sibérie orientale, et, là, il avait pu continuer, mais presque sans profit, sa profession de médecin. Néanmoins, peut-être eût-il été heureux, autant qu'un exilé peut l'être, si sa femme et sa fille eussent été près de lui. Mais Mme Fédor, déjà bien affaiblie, n'aurait pu quitter Riga. Vingt mois après le départ de son mari, elle mourut dans les bras de sa fille, qu'elle laissait seule et presque sans ressources. Nadia Fédor demanda alors et obtint facilement du gouvernement russe l'autorisation de rejoindre son père à Irkoutsk. Elle lui écrivit qu'elle partait. À peine avait-elle de quoi suffire à ce long voyage, et, cependant, elle n'hésita pas à l'entreprendre. Elle faisait ce qu'elle pouvait !... Dieu ferait le reste.

9

En tarentass nuit et jour

Le lendemain, le *Caucase* s'arrêtait au débarcadère de Perm, dernière station qu'il desservît sur la Kama.

Ce gouvernement, dont Perm est la capitale, est l'un des plus vastes de l'empire russe, et, franchissant les monts Ourals, il empiète sur le territoire de la Sibérie. C'est à Perm que les voyageurs revendent leurs véhicules, plus ou moins endommagés par une longue traversée au milieu des plaines de la Sibérie. C'est là aussi que ceux qui passent d'Europe en Asie achètent des voitures pendant l'été, des traîneaux pendant l'hiver, avant de se lancer pour plusieurs mois au milieu des steppes.

Michel Strogoff avait déjà arrêté son programme de voyage, et il n'était plus question que de l'exécuter.

Il existe un service de malle-poste qui franchit assez rapidement la chaîne des monts Ourals, mais, les circonstances étant données, ce service était désorganisé. Il préférait, avec raison, acheter une voiture et courir de relais en relais, en activant par des « na vodkou[1] » supplémentaires le zèle de ces postillons appelés iemschiks dans le pays.

Malheureusement, par suite des mesures prises contre les étrangers d'origine asiatique, un grand nombre de voyageurs avaient déjà quitté Perm, et, par conséquent, les moyens de transport étaient extrêmement rares. Michel Strogoff serait donc dans la nécessité de se contenter du rebut des autres. Quant aux chevaux, tant que le courrier du czar ne serait pas en Sibérie, il pourrait sans danger exhiber son podaroshna, et les maîtres de poste attelleraient pour lui de préférence. Mais, ensuite, une fois hors de la Russie européenne, il ne pourrait plus compter que sur la puissance des roubles.

Mais à quel genre de véhicule atteler ces chevaux ? À une télégue ou à un tarentass ?

La télègue n'est qu'un véritable chariot découvert à quatre roues, dans la confection duquel il n'entre absolument que du bois. Roues, essieux, chevilles, caisse, brancards, les arbres du voisinage ont tout fourni, et l'ajustement des diverses pièces dont la télègue se compose n'est obtenu qu'au moyen de cordes grossières. Rien de plus primitif, rien de moins confortable, mais aussi rien de plus facile à réparer, si quelque accident se produit en route. Les sapins ne manquent pas sur la frontière russe, et les essieux poussent naturellement dans les forêts.

Quelquefois, il faut bien l'avouer, les liens qui attachent l'appareil se rompent, et, tandis que le train de

1. Pourboires.

derrière reste embourbé dans quelque fondrière, le train de devant arrive au relais sur ses deux roues – mais ce résultat est considéré déjà comme satisfaisant.

Michel Strogoff aurait bien été forcé d'employer la télègue, s'il n'eût été assez heureux pour découvrir un tarentass.

Ce n'est pas que ce dernier véhicule soit le dernier mot du progrès de l'industrie carrossière. Les ressorts lui manquent aussi bien qu'à la télègue ; le bois, à défaut du fer, n'y est pas épargné ; mais ses quatre roues, écartées de huit à neuf pieds à l'extrémité de chaque essieu, lui assurent un certain équilibre sur des routes cahoteuses et trop souvent dénivelées. Un garde-crotte protège ses voyageurs contre les boues du chemin, et une forte capote de cuir, pouvant se rabaisser et le fermer presque hermétiquement, en rend l'occupation moins désagréable par les grandes chaleurs et les violentes bourrasques de l'été. Le tarentass est d'ailleurs aussi solide, aussi facile à réparer que la télègue, et, d'autre part, il est moins sujet à laisser son train d'arrière en détresse sur les grands chemins.

Du reste, ce ne fut pas sans de minutieuses recherches que Michel Strogoff parvint à découvrir ce tarentass, et il était probable qu'on n'en eût pas trouvé un second dans toute la ville de Perm.

Une demi-heure plus tard, sur la présentation du podaroshna, trois chevaux de poste étaient attelés au tarentass. Ces animaux, couverts d'un long poil, ressemblaient à des ours hauts sur pattes. Ils étaient petits, mais ardents, étant de race sibérienne.

Ni Michel Strogoff, ni la jeune Livonienne n'emportaient de bagages. Les conditions de rapidité dans lesquelles devait se faire le voyage de l'un, les ressources plus que modestes de l'autre, leur avaient interdit de s'embarrasser de colis. Dans cette circonstance, c'était heureux, car ou le tarentass n'aurait pu prendre les bagages, ou il n'aurait pu prendre les voyageurs. Il n'était fait que pour deux personnes, sans compter l'iemschik, qui ne se tient sur son siège étroit que par un miracle d'équilibre.

Cet iemschik change, d'ailleurs, à chaque relais. Celui auquel revenait la conduite du tarentass pendant la première étape était Sibérien, comme ses chevaux, et non moins poilu qu'eux, cheveux longs, coupés carrément sur le front, chapeau à bords relevés, ceinture rouge, capote à parements croisés sur des boutons frappés au chiffre impérial.

L'iemschik, en arrivant avec son attelage, avait tout d'abord jeté un regard inquisiteur sur les voyageurs du tarentass. Pas de bagages ! – et où diable les aurait-il fourrés ? Donc, apparence peu fortunée. Il fit une moue des plus significatives.

« Des corbeaux, dit-il sans se soucier d'être entendu ou non, des corbeaux à six kopeks par verste !

— Non ! des aigles, répondit Michel Strogoff, qui comprenait parfaitement l'argot des iemschiks, des aigles, entends-tu, à neuf kopeks par verste, le pourboire en sus ! »

Un joyeux claquement de fouet lui répondit. Le « corbeau », dans la langue des postillons russes, c'est le voyageur avare ou indigent, qui, aux relais de paysans, ne paie les chevaux qu'à deux ou trois kopeks par verste. L'« aigle », c'est le voyageur qui ne recule pas devant les hauts prix, sans compter les généreux pourboires. Aussi le corbeau ne peut-il avoir la prétention de voler aussi rapidement que l'oiseau impérial.

Nadia et Michel Strogoff prirent immédiatement place dans le tarentass. Quelques provisions, peu encombrantes et mises en réserve dans le caisson, devaient leur permettre, en cas de retard, d'atteindre les maisons de poste, qui sont très confortablement installées, sous la surveillance de l'État. La capote fut rabattue, car la chaleur était insoutenable, et, à midi, le tarentass, enlevé par ses trois chevaux, quittait Perm au milieu d'un nuage de poussière.

Michel Strogoff était habitué à ce genre de véhicule et à ce mode de transport. Ni les soubresauts, ni les cahots ne pouvaient l'incommoder. Il savait qu'un attelage russe n'évite ni les cailloux, ni les ornières, ni les fondrières, ni les arbres renversés, ni les fossés qui ravinent la route. Il était fait à cela. Sa compagne risquait d'être blessée par les contrecoups du tarentass, mais elle ne se plaignit pas.

Pendant les premiers instants du voyage, Nadia, ainsi emportée à toute vitesse, demeura sans parler. Puis, toujours obsédée de cette pensée unique, arriver, arriver :

« J'ai compté trois cents verstes entre Perm et Ekaterinbourg, frère ! dit-elle. Me suis-je trompée ?

— Tu ne t'es pas trompée, Nadia, répondit Michel Strogoff, et lorsque nous aurons atteint Ekaterinbourg, nous serons au pied même des monts Ourals, sur leur versant opposé.

— Que durera cette traversée dans la montagne ?

— Quarante-huit heures, car nous voyagerons nuit et jour. Je dis nuit et jour, Nadia, ajouta-t-il, car je ne peux pas m'arrêter même un instant, et il faut que je marche sans relâche vers Irkoutsk.

— Je ne te retarderai pas, frère, non, pas même une heure, et nous voyagerons nuit et jour.

— Eh bien, alors, Nadia, puisse l'invasion tartare nous laisser le chemin libre, et, avant vingt jours, nous serons arrivés !

— Tu as déjà fait ce voyage ? demanda Nadia.

— Trois fois, Nadia, lorsque l'allais à Omsk.

— Et qu'allais-tu faire à Omsk ?

— Voir ma mère qui m'attendait !

— Et moi, je vais à Irkoutsk, où m'attend mon père ! Je vais lui porter les dernières paroles de ma mère ! C'est te dire, frère, que rien n'aurait pu m'empêcher de partir !

— Tu es une brave enfant, Nadia, répondit Michel Strogoff, et Dieu lui-même t'aurait conduite ! »

Pendant cette journée, le tarentass fut mené rapidement par les iemschiks qui se succédèrent à chaque relais. Les aigles de la montagne n'eussent pas trouvé leur nom déshonoré par ces « aigles » de la grande route. Le haut prix payé par chaque cheval, les pourboires largement octroyés, recommandaient les voyageurs d'une façon toute spéciale. Aussi les poteaux kilométriques restaient-ils rapidement en arrière du tarentass.

Du reste, Michel Strogoff et Nadia n'étaient pas seuls à suivre la route de Perm à Ekaterinbourg. Dès les premiers relais, le courrier du csar avait appris qu'une voiture le précédait ; mais, comme les chevaux ne lui manquaient pas, il ne s'en préoccupa pas autrement.

En arrivant le soir, Michel Strogoff, poussé par une sorte d'instinct, demanda au maître de poste depuis combien d'heures la voiture qui le précédait avait passé au relais.

« Depuis deux heures, petit père, lui répondit le maître de poste.

— C'est une berline ?

— Non, une télègue.

— Combien de voyageurs ?

— Deux.

— Et ils vont grand train ?

— Des aigles !

— Qu'on attelle rapidement. »

Michel Strogoff et Nadia, décidés à ne pas s'arrêter une heure, voyagèrent toute la nuit.

Le temps continuait à être beau, mais on sentait que l'atmosphère, devenue pesante, se saturait peu à peu d'électricité. Aucun nuage n'interceptait les rayons stellaires, et il semblait qu'une sorte de buée chaude s'élevât du sol. Il était à craindre que quelque orage ne se déchaînât dans les montagnes, et ils y sont terribles. Michel Strogoff, habitué à reconnaître les symptômes atmosphériques, pressentait une prochaine lutte des éléments, qui ne laissa pas de le préoccuper.

La nuit se passa sans incident. Malgré les cahots du tarentass, Nadia put dormir pendant quelques heures. La capote, à demi relevée, permettait d'aspirer le peu d'air que les poumons cherchaient avidement dans cette atmosphère étouffante.

Michel Strogoff veilla toute la nuit, se défiant des iemschiks, qui s'endorment trop volontiers sur leur siège et pas une heure ne fut perdue aux relais, pas une heure sur la route.

Le lendemain, vers huit heures du matin, les premiers profils des monts Ourals se dessinèrent dans l'est. Cependant, cette importante chaîne, qui sépare la Russie d'Europe de la Sibérie, se trouvait encore à une assez grande distance, et on ne pouvait compter l'atteindre avant la fin de la journée. Le passage des montagnes devrait donc nécessairement s'effectuer pendant la nuit prochaine.

Durant cette journée, le ciel resta constamment couvert, et, par conséquent, la température fut un peu plus supportable, mais le temps était extrêmement orageux.

Peut-être, avec cette apparence, eût-il été plus prudent de ne pas s'engager dans la montagne en pleine nuit et c'est ce qu'eût fait Michel Strogoff, s'il lui eût été permis d'attendre ; mais quand, au dernier relais, l'iemschik lui signala quelques coups de tonnerre qui roulaient dans les profondeurs du massif, il se contenta de lui dire :

« Une télègue nous précède toujours ?

— Oui.

— Quelle avance a-t-elle maintenant sur nous ?

— Une heure environ.

— En avant, et triple pourboire, si nous sommes demain matin à Ekaterinbourg ! »

10

Un orage dans les monts Ourals

La nuit devait suffire à cette traversée des montagnes, si aucun accident ne survenait. Malheureusement, les premiers grondements du tonnerre annonçaient un orage que l'état particulier de l'atmosphère devait rendre redoutable. La tension électrique était telle, qu'elle ne pouvait se résoudre que par un éclat violent.

Au départ, la pluie ne tombait pas encore, Michel Strogoff avait soulevé les rideaux de cuir qui protégeaient l'intérieur du tarentass, et il regardait devant lui, tout en observant les côtés de la route, que la lueur vacillante des lanternes peuplait de fantasques silhouettes.

Nadia, immobile, les bras croisés, regardait aussi, mais sans se pencher, tandis que son compagnon, le corps à demi hors de la caisse, interrogeait à la fois le ciel et la terre.

Michel Strogoff, pendant quelque temps, resta ainsi en observation. Vers onze heures, les éclairs commencèrent à illuminer le ciel et ne discontinuèrent plus. À leur rapide lueur, on voyait apparaître et disparaître la silhouette des grands pins qui se massaient aux divers points de la route. Puis, lorsque le tarentass s'approchait à raser la bordure du chemin, de profonds gouffres s'éclairaient sous la déflagration des nues. De temps en temps, un roulement plus grave du véhicule indiquait qu'il franchissait un pont de madriers à peine équarris, jeté sur quelque crevasse, et le tonnerre semblait rouler au-dessous de lui. D'ailleurs, l'espace ne tarda pas à s'emplir de bourdonnements monotones, qui devenaient d'autant plus graves qu'ils montaient davantage dans les hauteurs du ciel. À ces bruits divers se mêlaient les cris et les interjections de l'iemschik, tantôt flattant, tantôt gourmandant ses pauvres bêtes, plus fatiguées de la lourdeur de l'air que de la raideur du chemin. Les sonnettes du brancard ne pouvaient même plus les animer, et, par instants, elles fléchissaient sur leurs jambes.

« À quelle heure arriverons-nous au sommet du col ? demanda Michel Strogoff à l'iemschik.

— À une heure du matin... si nous y arrivons ! répondit celui-ci en secouant la tête.

— Dis donc, l'ami, tu n'en es pas à ton premier orage dans la montagne, n'est-ce pas ?

— Non, et fasse Dieu que celui-ci ne soit pas mon dernier !

— As-tu donc peur ?

— Je n'ai pas peur, mais je te répète que tu as eu tort de partir.

— J'aurais eu plus grand tort de rester.

— Va donc, mes pigeons ! » répliqua l'iemschik,

en homme qui n'est pas là pour discuter, mais pour obéir.

En ce moment, un frémissement lointain se fit entendre. C'était comme un millier de sifflements aigus et assourdissants, qui traversaient l'atmosphère, calme jusqu'alors. À la lueur d'un éblouissant éclair qui fut presque aussitôt suivi d'un éclat de tonnerre terrible, Michel Strogoff aperçut de grands pins qui se tordaient sur une cime. Le vent se déchaînait, mais il ne troublait encore que les hautes couches de l'air. Quelques bruits secs indiquèrent que certains arbres, vieux ou mal enracinés, n'avaient pu résister à la première attaque de la bourrasque. Une avalanche de troncs brisés traversa la route, après avoir formidablement rebondi sur les rocs, et alla se perdre dans l'abîme de gauche, à deux cents pas en avant du tarentass.

Les chevaux s'étaient arrêtés court.

« Va donc, mes jolies colombes ! » cria l'iemschik en mêlant les claquements de son fouet aux roulements du tonnerre.

Michel Strogoff saisit la main de Nadia.

« Dors-tu, sœur ? lui demanda-t-il.

— Non, frère.

— Sois prête à tout. Voici l'orage !

— Je suis prête. »

Michel Strogoff n'eut que le temps de fermer les rideaux de cuir du tarentass.

La bourrasque arrivait en foudre.

L'iemschik, sautant de son siège, se jeta à la tête de ses chevaux, afin de les maintenir, car un immense danger menaçait tout l'attelage.

En effet, le tarentass, immobile, se trouvait alors à

un tournant de la route par lequel débouchait la bourrasque. Il fallait donc le tenir tête au vent, sans quoi, pris de côté, il eût immanquablement chaviré et eût été précipité dans un profond abîme que le chemin côtoyait sur la gauche. Les chevaux, repoussés par les rafales, se cabraient, et leur conducteur ne pouvait parvenir à les calmer. Aux interpellations amicales avaient succédé dans sa bouche les qualifications les plus insultantes. Rien n'y faisait. Les malheureuses bêtes, aveuglées par les décharges électriques, épouvantées par les éclats incessants de la foudre, qui étaient comparables à des détonations d'artillerie, menaçaient de briser leurs traits et de s'enfuir. L'iemschik n'était plus maître de son attelage.

À ce moment, Michel Strogoff, s'élançant d'un bond hors du tarentass, lui vint en aide. Doué d'une force peu commune, il parvint, non sans peine, à maîtriser les chevaux.

Mais la furie de l'ouragan redoublait alors. La route, en cet endroit, s'évasait en forme d'entonnoir et laissait la bourrasque s'y engouffrer, comme elle eût fait dans ces manches d'aération tendues au vent à bord des steamers. En même temps, une avalanche de pierres et de troncs d'arbres commençait à rouler du haut des talus.

« Nous ne pouvons rester ici, dit Michel Strogoff.

— Nous n'y resterons pas non plus ! s'écria l'iemschik, tout effaré, en se raidissant de toutes ses forces contre cet effroyable déplacement des couches d'air. L'ouragan aura bientôt fait de nous envoyer au bas de la montagne, et par le plus court !

— Prends le cheval de droite, poltron ! répondit

Michel Strogoff Moi, je réponds de celui de gauche ! »

Un nouvel assaut de la rafale interrompit Michel Strogoff. Le conducteur et lui durent se courber jusqu'à terre pour ne pas être renversés ; mais la voiture, malgré leurs efforts et ceux des chevaux qu'ils maintenaient debout au vent, recula de plusieurs longueurs, et, sans un tronc d'arbre qui l'arrêta, elle était précipitée hors de la route.

« N'aie pas peur, Nadia ! cria Michel Strogoff.

— Je n'ai pas peur », répondit la jeune Livonienne sans que sa voix trahît la moindre émotion.

Les roulements de tonnerre avaient cessé un instant, et l'effroyable bourrasque, après avoir franchi le tournant, se perdait dans les profondeurs du défilé.

« Veux-tu redescendre ? dit l'iemschik.

— Non, il faut remonter ! Il faut passer ce tournant ! Plus haut, nous aurons l'abri du talus !

— Mais les chevaux refusent !

— Fais comme moi, et tire-les en avant !

— La bourrasque va revenir !

— Obéiras-tu ?

— Tu le veux !

— C'est le Père qui l'ordonne ! répondit Michel Strogoff, qui invoqua pour la première fois le nom de l'empereur, ce nom tout-puissant, maintenant, sur trois parties du monde.

— Va donc, mes hirondelles ! » s'écria l'iemschik, saisissant le cheval de droite, pendant que Michel Strogoff en faisait autant de celui de gauche.

Les chevaux, ainsi tenus, reprirent péniblement la route. Mais, hommes et bêtes, pris debout par les rafales, ne faisaient guère trois pas sans en perdre un et quelquefois deux. Ils glissaient, ils tombaient, ils se relevaient. À ce jeu, le véhicule risquait fort de se détraquer. Si la capote n'eût pas été solidement assujettie, le tarentass eût été décoiffé du premier coup.

Michel Strogoff et l'iemschik mirent plus de deux heures à remonter cette portion du chemin, longue d'une demi-verste au plus, et qui était si directement exposée au fouet de la bourrasque. Le danger alors n'était pas seulement dans ce formidable ouragan qui luttait contre l'attelage et ses deux conducteurs, mais surtout dans cette grêle de pierres et de troncs brisés que la montagne secouait et projetait sur eux.

Soudain, un de ces blocs fut aperçu, dans l'épanouissement d'un éclair, se mouvant avec une rapidité croissante et roulant dans la direction du tarentass.

L'iemschik poussa un cri.

Michel Strogoff, d'un vigoureux coup de fouet, voulut faire avancer l'attelage, qui refusa.

Quelques pas seulement, et le bloc eût passé en arrière !...

Michel Strogoff, en un vingtième de seconde, vit à la fois le tarentass atteint, sa compagne écrasée ! Il comprit qu'il n'avait plus le temps de l'arracher vivante du véhicule !...

Mais alors, se jetant à l'arrière, trouvant dans cet immense péril une force surhumaine, le dos à l'essieu, les pieds arc-boutés au sol, il repoussa de quelques pieds la lourde voiture.

L'énorme bloc, en passant, frôla la poitrine du jeune homme et lui coupa la respiration, comme eût fait un boulet de canon, en broyant les silex de la route qui étincelèrent au choc.

« Frère ! s'était écriée Nadia épouvantée, qui avait vu toute cette scène à la lueur de l'éclair.

— Nadia ! répondit Michel Strogoff, Nadia, ne crains rien !...

— Ce n'est pas pour moi que je pouvais craindre !

— Dieu est avec nous, sœur !

— Avec moi, bien sûr, frère, puisqu'il t'a mis sur ma route ! » murmura la jeune fille.

La poussée du tarentass, due à l'effort de Michel Strogoff, ne devait pas être perdue. Ce fut l'élan donné qui permit aux chevaux affolés de reprendre leur première direction. Traînés, pour ainsi dire, par Michel Strogoff et l'iemschik, ils remontèrent la route jusqu'à un col étroit, orienté sud et nord, où ils devaient être abrités contre les assauts directs de la tourmente. Le talus de droite faisait là une sorte de redan, dû à la saillie d'un énorme rocher qui occupait le centre d'un remous. Le vent n'y tourbillonnait donc pas, et la place y était tenable, tandis qu'à la circonférence de ce cyclone ni hommes ni chevaux n'eussent pu résister.

L'orage était alors dans toute sa fureur. Les éclairs emplissaient le défilé, et les éclats du tonnerre ne discontinuaient plus. Le sol, frémissant sous ces coups furieux, semblait trembler, comme si le massif de l'Oural eût été soumis à une trépidation générale.

Très heureusement, le tarentass avait pu être, pour ainsi dire, remisé dans une profonde anfractuosité que la bourrasque ne frappait que d'écharpe. Mais il n'était pas si bien défendu que quelques contre-courants obliques, déviés par des saillies du talus, ne l'atteignissent parfois avec violence. Il se heurtait alors contre la paroi du rocher, à faire craindre qu'il ne fût brisé en mille pièces.

Nadia dut abandonner la place qu'elle y occupait. Michel Strogoff, après avoir cherché à la lueur d'une des lanternes, découvrit une excavation, due au pic de quelque mineur, et la jeune fille put s'y blottir, en attendant que le voyage pût être repris.

En ce moment – il était une heure du matin –, la pluie commença à tomber, et bientôt les rafales, faites d'eau et de vent, acquirent une violence extrême, sans pouvoir cependant éteindre les feux du ciel. Cette complication rendait tout départ impossible.

« Attendre, c'est grave, dit alors Michel Strogoff, mais c'est sans doute éviter de plus longs retards. La violence de l'orage me fait espérer qu'il ne durera pas. Vers trois heures, le jour commencera à reparaître, et la descente, que nous ne pouvons risquer dans l'obscurité, deviendra, sinon facile, du moins possible après le lever du soleil.

— Attendons, frère, répondit Nadia, mais si tu retardes ton départ, que ce ne soit pas pour m'épargner une fatigue ou un danger !

— Nadia, je sais que tu es décidée à tout braver, mais, en nous compromettant tous deux, je risquerais plus que ma vie, plus que la tienne, je manquerais à la tâche, au devoir que j'ai avant tout à accomplir !

— Un devoir !... » murmura Nadia.

En ce moment, un violent éclair déchira le ciel, et sembla, pour ainsi dire, volatiliser la pluie. Aussitôt un coup sec retentit. L'air fut rempli d'une odeur sulfureuse, presque asphyxiante, et un bouquet de grands pins, frappé par le fluide électrique à vingt pas du tarentass, s'enflamma comme une torche gigantesque.

L'iemschik, jeté à terre par une sorte de choc en retour, se releva heureusement sans blessures.

Puis, après que les derniers roulements du tonnerre se furent perdus dans les profondeurs de la montagne, Michel Strogoff sentit la main de Nadia s'appuyer fortement sur la sienne, et il l'entendit murmurer ces mots à son oreille :

« Des cris, frère ! Écoute ! »

11

Voyageurs en détresse

En effet, pendant cette courte accalmie, des cris se faisaient entendre vers la partie supérieure de la route, et à une distance assez rapprochée de l'anfractuosité qui abritait le tarentass.

C'était comme un appel désespéré, évidemment jeté par quelque voyageur en détresse.

Michel Strogoff, prêtant l'oreille, écoutait.

L'iemschik écoutait aussi, mais en secouant la tête, comme s'il lui eût semblé impossible de répondre à cet appel.

« Des voyageurs qui demandent du secours ! s'écria Nadia.

— S'ils ne comptent que sur nous !... répondit l'iemschik.

— Pourquoi non ? s'écria Michel Strogoff. Ce qu'ils feraient pour nous en pareille circonstance, ne devons-nous pas le faire pour eux ?

— Mais vous n'allez pas exposer la voiture et les chevaux !...

— J'irai à pied, répondit Michel Strogoff, en interrompant l'iemschik.

— Je t'accompagne, frère, dit la jeune Livonienne.

— Non, reste, Nadia. L'iemschik demeurera près de toi. Je ne veux pas le laisser seul...

— Je resterai, répondit Nadia.

— Quoi qu'il arrive, ne quitte pas cet abri !

— Tu me retrouveras là où je suis. »

Michel Strogoff serra la main de sa compagne, et franchissant le tournant du talus, il disparut aussitôt dans l'ombre.

« Ton frère a tort, dit l'iemschik à la jeune fille.

— Il a raison », répondit simplement Nadia.

Cependant, Michel Strogoff remontait rapidement la route. La pluie avait cessé, mais la bourrasque redoublait de violence. Les rafales, brusquement brisées à tous ces angles, formaient des remous difficiles à franchir, et il fallait à Michel Strogoff une force peu commune pour leur résister.

Mais il fut bientôt évident que les voyageurs, dont les cris se faisaient entendre, ne devaient plus être éloignés. Sur la route, largement éclairée alors par les éclairs, Michel Strogoff aperçut, à vingt pas, deux voyageurs, juchés l'un près de l'autre sur le banc de derrière d'un singulier véhicule, qui paraissait être profondément embourbé dans quelque ornière.

Michel Strogoff s'approcha des deux voyageurs, et il reconnut les deux correspondants de journaux, qui, embarqués sur le *Caucase*, avaient fait en sa compagnie la route de Nijni-Novgorod à Perm.

« Eh ! bonjour, monsieur ! s'écria le Français. Enchanté de vous voir dans cette circonstance ! Permettez-moi de vous présenter mon ennemi intime, monsieur Blount. »

Le reporter anglais salua, et peut-être allait-il, à son tour, présenter son confrère Alcide Jolivet, conformément aux règles de la politesse, quand Michel Strogoff lui dit :

« Inutile, messieurs, nous nous connaissons, puisque nous avons déjà voyagé ensemble sur le Volga.

— Ah ! très bien ! Parfait ! monsieur... ?

— Nicolas Korpanoff, négociant d'Irkoutsk, répondit Michel Strogoff. Mais m'apprendrez-vous quelle aventure vous est arrivée ?

— Imaginez-vous que notre postillon est parti avec l'avant-train de son infernal véhicule, nous laissant en panne sur l'arrière-train de son absurde équipage ! La pire moitié d'une télègue pour deux, plus de guide, plus de chevaux ! N'est-ce pas drôle !

— Pas drôle du tout ! répondit l'Anglais.

— Mais si, confrère ! Vous ne savez vraiment pas prendre les choses par leur bon côté !

— Et comment, s'il vous plaît, pourrons-nous continuer notre route ? demanda Harry Blount.

— Rien n'est plus simple, répondit Alcide Jolivet. Vous allez vous atteler à ce qui nous reste de voiture, moi, je prendrai les guides, je vous appellerai mon petit pigeon, comme un véritable iemschik, et vous marcherez comme un vrai postier !

— Monsieur Jolivet, répondit l'Anglais, cette plaisanterie passe les bornes, et...

— Soyez calme, confrère. Quand vous serez fourbu, je vous remplacerai, et vous aurez droit de me traiter d'escargot poussif ou de tortue qui se pâme, si je ne vous mène pas d'un train d'enfer ! »

Alcide Jolivet disait toutes ces choses avec une telle bonne humeur, que Michel Strogoff ne put s'empêcher de sourire.

« Messieurs, dit-il alors, il y a mieux à faire. Nous sommes arrivés, ici, au col supérieur de la chaîne de l'Oural, et, par conséquent, nous n'avons plus maintenant qu'à descendre les pentes de la montagne. Ma voiture est là, à cinq cents pas en arrière. Je vous prêterai un de mes chevaux, on l'attellera à la caisse de votre télègue, et demain, si aucun accident ne se produit, nous arriverons ensemble à Ekaterinbourg.

— Monsieur Korpanoff, répondit Alcide Jolivet, voici une proposition qui part d'un cœur généreux !

— J'ajoute, monsieur, répondit Michel Strogoff, que si je ne vous offre pas de monter dans mon tarentass, c'est qu'il ne contient que deux places, et que ma sœur et moi, nous les occupons déjà.

— Comment donc, monsieur, répondit Alcide Jolivet, mais mon confrère et moi, avec votre cheval et l'arrière-train de notre demi-télègue, nous irions au bout du monde !

— Monsieur, reprit Harry Blount, nous acceptons votre offre obligeante. Quant à cet iemschik !...

— Oh ! croyez bien que ce n'est pas la première fois que pareille aventure lui arrive ! répondit Michel Strogoff.

— Mais, alors, pourquoi ne revient-il pas ? Il sait parfaitement qu'il nous a laissés en arrière, le misérable !

— Lui ! Il ne s'en doute même pas !

— Quoi ! Ce brave homme ignore qu'une scission s'est opérée entre les deux parties de sa télègue ?

— Il l'ignore, et c'est de la meilleure foi du monde qu'il conduit son avant-train à Ekaterinbourg ! Si donc, messieurs, vous voulez me suivre, reprit Michel Strogoff, nous rejoindrons ma voiture, et...

— Mais la télègue ? fit observer l'Anglais.

— Ne craignez pas qu'elle s'envole, mon cher Blount ! s'écria Alcide Jolivet. La voilà si bien enracinée dans le sol, que si on l'y laissait, au printemps prochain il y pousserait des feuilles !

— Venez donc, messieurs, dit Michel Strogoff, et nous ramènerons ici le tarentass. »

Le Français et l'Anglais, descendant de la banquette de fond, devenue ainsi siège de devant, suivirent Michel Strogoff.

Tout en marchant, Alcide Jolivet causait avec sa bonne humeur, que rien ne pouvait altérer.

« Ma foi, monsieur Korpanoff, dit-il à Michel Strogoff, vous nous tirez là d'un fier embarras !

— Je n'ai fait, monsieur, répondit Michel Strogoff, que ce que tout autre eût fait à ma place. Si les voyageurs ne s'entraidaient pas, il n'y aurait plus qu'à barrer les routes !

— À charge de revanche, monsieur. Si vous allez loin dans les steppes, il est possible que nous nous rencontrions encore, et... »

Alcide Jolivet ne demandait pas d'une façon formelle à Michel Strogoff où il allait, mais celui-ci, ne voulant pas avoir l'air de dissimuler, répondit aussitôt :

« Je vais à Omsk, messieurs.

— Et monsieur Blount et moi, reprit Alcide Jolivet,

nous allons un peu devant nous, là où il y aura peut-être quelque balle, mais, à coup sûr, quelque nouvelle à attraper.

— Dans les provinces envahies ? demanda Michel Strogoff avec un certain empressement.

— Précisément, monsieur Korpanoff, et il est probable que nous ne nous y rencontrerons pas !

— En effet, monsieur, répondit Michel Strogoff. Je suis peu friand de coups de fusil ou de coups de lance, et trop pacifique de mon naturel pour m'aventurer là où l'on se bat.

— Désolé, monsieur, désolé, et, véritablement, nous ne pourrons que regretter de nous séparer sitôt ! Mais, en quittant Ekaterinbourg, peut-être notre bonne étoile voudra-t-elle que nous voyagions encore ensemble, ne fût-ce que pendant quelques jours ?

— Vous vous dirigez sur Omsk ? demanda Michel Strogoff, après avoir réfléchi un instant.

— Nous n'en savons rien encore, répondit Alcide Jolivet, mais très certainement nous irons directement jusqu'à Ichim, et, une fois là, nous agirons selon les événements.

— Eh bien, messieurs, dit Michel Strogoff, nous irons de conserve jusqu'à Ichim. »

Michel Strogoff eût évidemment mieux aimé voyager seul, mais il ne pouvait, sans que cela parût au moins singulier, chercher à se séparer de deux voyageurs qui allaient suivre la même route que lui. D'ailleurs, puisqu'Alcide Jolivet et son compagnon avaient l'intention de s'arrêter à Ichim, sans immédiatement continuer sur Omsk, il n'y avait aucun inconvénient à faire avec eux cette partie du voyage.

« Eh bien, messieurs, répondit-il, voilà qui est convenu. Nous ferons route ensemble. »

Puis, du ton le plus indifférent :

« Savez-vous avec quelque certitude où en est l'invasion tartare ? demanda-t-il.

— Ma foi, monsieur, nous n'en savons que ce qu'on en disait à Perm, répondit Alcide Jolivet. Les Tartares de Féofar-Khan ont envahi toute la province de Sémipalatinsk, et, depuis quelques jours, ils descendent à marche forcée le cours de l'Irtyche. Il faut donc vous hâter si vous voulez les devancer à Omsk.

— En effet, répondit Michel Strogoff.

— On ajoutait aussi que le colonel Ogareff avait réussi à passer la frontière sous un déguisement, et qu'il ne pouvait tarder à rejoindre le chef tartare au centre même du pays soulevé.

— Mais comment l'aurait-on su ? demanda Michel Strogoff, que ces nouvelles, plus ou moins véridiques, intéressaient directement.

— Eh ! comme on sait toutes ces choses, répondit Alcide Jolivet. C'est dans l'air.

— Et vous avez des raisons sérieuses de penser que le colonel Ogareff est en Sibérie ?

— J'ai même entendu dire qu'il avait dû prendre la route de Kazan à Ekaterinbourg.

— Ah ! vous saviez cela, monsieur Jolivet ? dit alors Harry Blount, que l'observation du correspondant français tira de son mutisme.

— Je le savais, répondit Alcide Jolivet.

— Et saviez-vous qu'il devait être déguisé en bohémien ? demanda Harry Blount.

— En bohémien ! s'écria presque involontairement Michel Strogoff, qui se rappela la présence du vieux tsigane à Nijni-Novgorod, son voyage à bord du *Caucase* et son débarquement à Kazan.

— Je le savais assez pour en faire l'objet d'une lettre à ma cousine, répondit en souriant Alcide Jolivet.

— Vous n'avez pas perdu votre temps à Kazan ! fit observer l'Anglais d'un ton sec.

— Mais non, cher confrère, et pendant que le *Caucase* s'approvisionnait, je faisais comme le *Caucase* ! »

Michel Strogoff n'écoutait plus les reparties qu'Harry Blount et Alcide Jolivet échangeaient entre eux. Il songeait à cette troupe de bohémiens, à ce vieux tsigane dont il n'avait pu voir le visage, à la femme étrange qui l'accompagnait, et il cherchait à rassembler dans son esprit tous les détails de cette rencontre, lorsqu'une détonation se fit entendre à une courte distance.

« Ah ! messieurs, en avant ! » s'écria Michel Strogoff.

« Tiens ! pour un digne négociant qui fuit les coups de feu, se dit Alcide Jolivet, il court bien vite à l'endroit où ils éclatent ! »

Et, suivi d'Harry Blount, qui n'était pas homme à rester en arrière, il se précipita sur les pas de Michel Strogoff.

Quelques instants après, tous trois étaient en face du saillant qui abritait le tarentass au tournant du chemin.

Soudain, un formidable grognement se fit entendre, et une seconde détonation éclata au-delà du talus.

« Un ours ! s'écria Michel Strogoff, qui ne pouvait se méprendre à ce grognement. Nadia ! Nadia ! »

Et, tirant son coutelas de sa ceinture, Michel Strogoff s'élança par un bond formidable et tourna le contrefort derrière lequel la jeune fille avait promis de l'attendre.

Au moment où Michel Strogoff atteignit le tarentass, une masse énorme recula jusqu'à lui.

C'était un ours de grande taille. La tempête l'avait chassé des bois qui hérissaient ce talus de l'Oural, et il était venu chercher refuge dans cette excavation, sa retraite habituelle, sans doute, que Nadia occupait alors.

Deux des chevaux, effrayés de la présence de l'énorme animal, brisant leurs traits, avaient pris la fuite, et l'iemschik, ne pensant qu'à ses bêtes, oubliant que la jeune fille allait rester seule en présence de l'ours, s'était jeté à leur poursuite.

La courageuse Nadia n'avait pas perdu la tête. L'animal, qui ne l'avait pas vue tout d'abord, s'était attaqué à l'autre cheval de l'attelage. Nadia, quittant alors l'anfractuosité dans laquelle elle s'était blottie, avait couru à la voiture, pris un des revolvers de Michel Strogoff, et, marchant hardiment sur l'ours, elle avait fait feu à bout portant.

L'animal, légèrement blessé à l'épaule, s'était retourné contre la jeune fille, qui avait cherché d'abord à l'éviter en tournant autour du tarentass, dont le cheval cherchait à briser ses liens. Mais ces chevaux une fois perdus dans la montagne, c'était tout le voyage compromis. Nadia était donc revenue droit à l'ours, et, avec un sang-froid surprenant, au moment même où les pattes de l'animal allaient s'abattre sur sa tête, elle avait fait feu sur lui une seconde fois.

C'était cette seconde détonation qui venait d'éclater à quelques pas de Michel Strogoff. Mais il était là.

D'un bond il se jeta entre l'ours et la jeune fille. Son bras ne fit qu'un seul mouvement de bas en haut, et l'énorme bête, fendue du ventre à la gorge, tomba sur le sol comme une masse inerte.

« Tu n'es pas blessée, sœur ? dit Michel Strogoff, en se précipitant vers la jeune fille.

— Non, frère », répondit Nadia.

En ce moment apparurent les deux journalistes.

« Diable ! s'écria Alcide Jolivet, pour un simple négociant, monsieur Korpanoff, vous maniez joliment le couteau du chasseur !

— Très joliment même, ajouta Harry Blount.

— En Sibérie, messieurs, répondit Michel Strogoff, nous sommes forcés de faire un peu de tout ! »

En ce moment reparut l'iemschik, qui était parvenu à rattraper ses deux chevaux. Il jeta tout d'abord un œil de regret sur le magnifique animal, gisant sur le sol, qu'il allait être obligé d'abandonner aux oiseaux de proie, et il s'occupa de réinstaller son attelage.

Michel Strogoff lui fit alors connaître la situation des deux voyageurs et son projet de mettre un des chevaux du tarentass à leur disposition.

« Comme il te plaira, répondit l'iemschik. Seulement, deux voitures au lieu d'une...

— Bon ! l'ami, répondit Alcide Jolivet, qui comprit l'insinuation, on te paiera double.

— Va donc, mes tourtereaux ! » cria l'iemschik.

Nadia était remontée dans le tarentass, que suivaient à pied Michel Strogoff et ses deux compagnons.

Il était trois heures. La bourrasque, alors dans sa période décroissante, ne se déchaînait plus aussi violemment à travers le défilé, et la route fut remontée rapidement.

Aux premières lueurs de l'aube, le tarentass avait rejoint la télègue, qui était consciencieusement embourbée jusqu'au moyeu de ses roues. On comprenait parfaitement qu'un vigoureux coup de collier de son attelage eût opéré la séparation des deux trains.

Un des chevaux de flanc du tarentass fut attelé à l'aide de cordes à la caisse de la télègue. Les deux journalistes reprirent place sur le banc de leur singulier équipage, et les voitures se mirent aussitôt en mouvement. Du reste, elles n'avaient plus qu'à descendre les pentes de l'Oural – ce qui n'offrait aucune difficulté.

Six heures après, les deux véhicules, l'un suivant l'autre, arrivaient à Ekaterinbourg, sans qu'aucun incident fâcheux eût marqué la seconde partie de leur voyage.

Le premier individu que les journalistes aperçurent sur la porte de la maison de poste, ce fut leur iemschik, qui semblait les attendre.

Ce digne Russe avait vraiment une bonne figure, et, sans plus d'embarras, l'œil souriant, il s'avança vers ses voyageurs, et, leur tendant la main, il réclama son pourboire.

La vérité oblige à dire que la fureur d'Harry Blount éclata avec une violence toute britannique, et si l'iemschik ne se fût prudemment reculé, un coup de poing, porté suivant toutes les règles de la boxe, lui eût payé son « na vodkou » en pleine figure.

Alcide Jolivet, lui, voyant cette colère, riait à se tordre, et comme il n'avait jamais ri peut-être.

« Mais il a raison, ce pauvre diable ! s'écriait-il. Il

est dans son droit, mon cher confrère ! Ce n'est pas sa faute si nous n'avons pas trouvé le moyen de le suivre ! »

Et tirant quelques kopeks de sa poche :

« Tiens, l'ami, dit-il en les remettant à l'iemschik, empoche ! Si tu ne les as pas gagnés, ce n'est pas ta faute ! »

12

Une provocation

Ekaterinbourg, géographiquement, est une ville d'Asie, car elle est située au-delà des monts Ourals, sur les dernières pentes orientales de la chaîne. À cette époque, la population d'Ekaterinbourg s'était fort accrue. Russes ou Sibériens, menacés par l'invasion tartare, y avaient afflué, après avoir fui les provinces déjà envahies par les hordes de Féofar-Khan, et principalement le pays kirghis, qui s'étend dans le sud-ouest de l'Irtyche jusqu'aux frontières du Turkestan.

Si donc les moyens de locomotion avaient dû être rares pour atteindre Ekaterinbourg, ils abondaient, au contraire, pour quitter cette ville. Dans les conjonctures actuelles, les voyageurs se souciaient peu, en effet, de s'aventurer sur les routes sibériennes.

De ce concours de circonstances, il résulta qu'Harry Blount et Alcide Jolivet trouvèrent facilement à remplacer par une télègue complète la fameuse demi-télègue qui les avait transportés tant bien que mal à

Ekaterinbourg. Quant à Michel Strogoff, le tarentass lui appartenait, il n'avait pas trop souffert du voyage à travers les monts Ourals, et il suffisait d'y atteler trois bons chevaux pour l'entraîner rapidement sur la route d'Irkoutsk.

C'était à Ichim, on le sait, que les deux correspondants avaient l'intention de se rendre, c'est-à-dire à six cent trente verstes d'Ekaterinbourg. Là, ils devaient prendre conseil des événements, puis se diriger à travers les régions envahies, soit ensemble, soit séparément, suivant que leur instinct de chasseurs les jetterait sur une piste ou sur une autre.

Or, cette route d'Ekaterinbourg à Ichim – qui se dirige vers Irkoutsk – était la seule que pût prendre Michel Strogoff. Seulement, lui qui ne courait pas après les nouvelles, et qui aurait voulu éviter, au contraire, le pays dévasté par les envahisseurs, il était bien résolu à ne s'arrêter nulle part.

« Messieurs, dit-il donc à ses nouveaux compagnons, je serai très satisfait de faire avec vous une partie de mon voyage, mais je dois vous prévenir que je suis extrêmement pressé d'arriver à Omsk, car ma sœur et moi nous y allons rejoindre notre mère. Qui sait même si nous arriverons avant que les Tartares aient envahi la ville ! Je ne m'arrêterai donc aux relais que le temps de changer de chevaux, et je voyagerai jour et nuit !

— Nous comptons bien en agir ainsi, répondit Harry Blount.

— Soit, reprit Michel Strogoff, mais ne perdez pas un instant. Louez ou achetez une voiture dont...

— Dont l'arrière-train, ajouta Alcide Jolivet, veuille

bien arriver en même temps que l'avant-train à Ichim. »

Une demi-heure après, le diligent Français avait trouvé, facilement d'ailleurs, un tarentass, à peu près semblable à celui de Michel Strogoff, et dans lequel son compagnon et lui s'installèrent aussitôt.

Michel Strogoff et Nadia reprirent place dans leur véhicule, et, à midi, les deux attelages quittèrent de conserve la ville d'Ekaterinbourg.

Le pays parcouru par les deux tarentass était presque désert. Le temps était assez beau, le ciel couvert à demi, la température plus supportable. Avec des véhicules mieux suspendus, les voyageurs n'auraient pas eu à se plaindre du voyage. Ils allaient comme vont les berlines de poste en Russie, c'est-à-dire avec une vitesse merveilleuse.

Ainsi donc, jusqu'ici, le voyage de Michel Strogoff s'accomplissait dans des conditions satisfaisantes. Le courrier du czar n'avait éprouvé aucun retard, et, s'il parvenait à tourner la pointe faite en avant de Krasnoiarsk par les Tartares de Féofar-Khan, il était certain d'arriver avant eux à Irkoutsk et dans le minimum de temps obtenu jusqu'alors.

Le lendemain du jour où les deux tarentass avaient quitté Ekaterinbourg, ils atteignaient la petite ville de Toulouguisk, à sept heures du matin, après avoir franchi une distance de deux cent vingt verstes, sans incident digne d'être relaté.

Là, une demi-heure fut consacrée au déjeuner. Cela fait, les voyageurs repartirent avec une vitesse que la promesse d'un certain nombre de kopeks rendait seule explicable.

Le même jour, 22 juillet, à une heure du soir, les

deux tarentass arrivaient, soixante verstes plus loin, à Tioumen.

Les deux correspondants allèrent aussitôt aux nouvelles. Celles que les fugitifs sibériens apportaient du théâtre de la guerre n'étaient pas rassurantes.

On disait, entre autres choses, que l'armée de Féofar-Khan s'approchait rapidement de la vallée de l'Ichim, et, l'on confirmait que le chef tartare allait être bientôt rejoint par le colonel Ivan Ogareff, s'il ne l'était déjà. D'où cette conclusion naturelle que les opérations seraient alors poussées dans l'est de la Sibérie avec la plus grande activité.

Quant aux troupes russes, il avait fallu les appeler principalement des provinces européennes de la Russie, et, étant encore assez éloignées, elles ne pouvaient s'opposer à l'invasion. Cependant, les Cosaques du gouvernement de Tobolsk se dirigeaient à marche forcée sur Tomsk, dans l'espoir de couper les colonnes tartares.

À huit heures du soir, soixante-quinze verstes de plus avaient été dévorées par les deux tarentass, et ils arrivaient à Yaloutorowsk.

On relaya rapidement, et, au sortir de la ville, la rivière Tobol fut passée dans un bac. Son cours, très paisible, rendit facile cette opération, qui devait se renouveler plus d'une fois sur le parcours, et probablement dans des conditions moins favorables.

À minuit, cinquante-cinq verstes au-delà (58 kilomètres et demi), le bourg de Novo-Saimsk était atteint, et les voyageurs laissaient enfin derrière eux ce sol légèrement accidenté par des coteaux couverts d'arbres, dernières racines des montagnes de l'Oural.

Ici commençait véritablement ce qu'on appelle la

steppe sibérienne, qui se prolonge jusqu'aux environs de Krasnoiarsk. C'était la plaine sans limites, une sorte de vaste désert herbeux, à la circonférence duquel venaient se confondre la terre et le ciel sur une courbe qu'on eût dit nettement tracée au compas.

Michel Strogoff et ses compagnons se lancèrent avec une vitesse plus grande encore à travers la steppe. Les chevaux, excités par l'iemschik et qu'aucun obstacle ne pouvait retarder, dévoraient l'espace. Les tarentass couraient directement sur Ichim, là où les deux correspondants devaient s'arrêter, si aucun événement ne venait modifier leur itinéraire.

Deux cents verstes environ séparent Novo-Saimsk de la ville d'Ichim, et le lendemain, avant huit heures du soir, elles devaient et pouvaient être franchies, à la condition de ne pas perdre un instant. Dans la pensée des iemschiks, si les voyageurs n'étaient pas de grands seigneurs ou de hauts fonctionnaires, ils étaient dignes de l'être, ne fût-ce que par leur générosité dans le règlement des pourboires.

Le lendemain, en effet, les deux tarentass n'étaient plus qu'à trente verstes d'Ichim.

En ce moment, Michel Strogoff aperçut sur la route, et à peine visible au milieu des volutes de poussière, une voiture qui précédait la sienne. Comme ses chevaux, moins fatigués, couraient avec une rapidité plus grande, il ne devait pas tarder à l'atteindre.

Ce n'était ni un tarentass, ni une télègue, mais une berline de poste, toute poudreuse, et qui devait avoir déjà fait un long voyage. Le postillon frappait son attelage à tour de bras et ne le maintenait au galop qu'à force d'injures et de coups. Cette berline n'était certainement pas passée par Novo-Saimsk, et elle n'avait dû rejoindre la route d'Irkoutsk que par quelque route perdue de la steppe.

Michel Strogoff et ses compagnons, en voyant cette berline qui courait sur Ichim, n'eurent qu'une même pensée, la devancer et arriver avant elle au relais, afin de s'assurer avant tout des chevaux disponibles. Ils dirent donc un mot à leurs iemschiks, qui se trouvèrent bientôt en ligne avec l'attelage surmené de la berline.

Ce fut Michel Strogoff qui arriva le premier.

À ce moment, une tête parut à la portière de la berline.

Michel Strogoff eut à peine le temps de l'observer. Cependant, si vite qu'il passât, il entendit très distinctement ce mot, prononcé d'une voix impérieuse, qui lui fut adressé :

« Arrêtez ! »

On ne s'arrêta pas. Au contraire, et la berline fut bientôt devancée par les deux tarentass.

Ce fut alors une course de vitesse, car l'attelage de la berline, excité sans doute par la présence et l'allure des chevaux qui le dépassaient, retrouva des forces pour se maintenir pendant quelques minutes. Les trois voitures avaient disparu dans un nuage de poussière. De ces nuages blanchâtres s'échappaient, comme une pétarade, des claquements de fouet, mêlés de cris d'excitation et d'interjections de colère.

Néanmoins, l'avantage resta à Michel Strogoff et à ses compagnons – avantage qui pouvait être très important, si le relais était peu fourni de chevaux. Deux voitures à atteler, c'était peut-être plus que ne pourrait faire le maître de poste, du moins dans un court délai.

Une demi-heure après, la berline, restée en arrière, n'était plus qu'un point à peine visible à l'horizon de la steppe.

Il était huit heures du soir, lorsque les deux tarentass arrivèrent au relais de poste, à l'entrée d'Ichim.

Les nouvelles de l'invasion étaient de plus en plus mauvaises. La ville était directement menacée par l'avant-garde des colonnes tartares, et, depuis deux jours, les autorités avaient dû se replier sur Tobolsk. Ichim n'avait plus ni un fonctionnaire ni un soldat.

Michel Strogoff, arrivé au relais, demanda immédiatement des chevaux pour lui.

Il avait été bien avisé de devancer la berline. Trois chevaux seulement étaient en état d'être immédiatement attelés. Les autres rentraient fatigués de quelque longue étape.

Le maître de poste donna l'ordre d'atteler.

Quant aux deux correspondants, auxquels il parut bon de s'arrêter à Ichim, ils n'avaient pas à se préoccuper d'un moyen de transport immédiat, et ils firent remiser leur voiture.

Dix minutes après son arrivée au relais, Michel Strogoff fut prévenu que son tarentass était prêt à partir.

« Bien », répondit-il.

Puis, allant aux deux journalistes :

« Maintenant, messieurs, puisque vous restez à Ichim, le moment est venu de nous séparer.

— Quoi, monsieur Korpanoff, dit Alcide Jolivet, ne resterez-vous pas même une heure à Ichim ?

— Non, monsieur, et je désire même avoir quitté la maison de poste avant l'arrivée de cette berline que nous avons devancée.

— Craignez-vous donc que ce voyageur ne cherche à vous disputer les chevaux du relais ?

— Je tiens surtout à éviter toute difficulté.

— Alors, monsieur Korpanoff, dit Alcide Jolivet, il ne nous reste plus qu'à vous remercier encore une fois du service que vous nous avez rendu et du plaisir que nous avons eu à voyager en votre compagnie.

— Il est possible, d'ailleurs, que nous nous retrouvions dans quelques jours à Omsk, ajouta Harry Blount.

— C'est possible, en effet, répondit Michel Strogoff, puisque j'y vais directement.

— Eh bien ! bon voyage, monsieur Korpanoff, dit alors Alcide Jolivet, et Dieu vous garde des télègues. »

Les deux correspondants tendaient la main à Michel Strogoff avec l'intention de la lui serrer le plus cordialement possible, lorsque le bruit d'une voiture se fit entendre au-dehors.

Presque aussitôt, la porte de la maison de poste s'ouvrit brusquement, et un homme parut.

C'était le voyageur de la berline, un individu à tournure militaire, âgé d'une quarantaine d'années, grand, robuste, tête forte, épaules larges, épaisses moustaches se raccordant avec ses favoris roux. Il portait un uniforme sans insignes. Un sabre de cavalerie traînait à sa ceinture, et il tenait à la main un fouet à manche court.

« Des chevaux, demanda-t-il avec l'air impérieux d'un homme habitué à commander.

— Je n'ai plus de chevaux disponibles, répondit le maître de poste, en s'inclinant.

— Il m'en faut à l'instant.

— C'est impossible.

— Quels sont donc ces chevaux qui viennent d'être attelés au tarentass que j'ai vu à la porte du relais ?

— Ils appartiennent à ce voyageur, répondit le maître de poste en montrant Michel Strogoff.

— Qu'on les dételle !... » dit le voyageur d'un ton qui n'admettait pas de réplique.

Michel Strogoff s'avança alors.

« Ces chevaux sont retenus par moi, dit-il.

— Peu m'importe ! Il me les faut. Allons ! Vivement ! Je n'ai pas de temps à perdre !

— Je n'ai pas de temps à perdre non plus », répondit Michel Strogoff, qui voulait être calme et se contenait non sans peine.

Nadia était près de lui, calme aussi, mais secrètement inquiète d'une scène qu'il eût mieux valu éviter.

« Assez ! » répéta le voyageur.

Puis, allant au maître de poste :

« Qu'on dételle ce tarentass, s'écria-t-il avec un geste de menace, et que les chevaux soient mis à ma berline ! »

Le maître de poste, très embarrassé, ne savait à qui obéir, et il regardait Michel Strogoff, dont c'était évidemment le droit de résister aux injustes exigences du voyageur.

Michel Strogoff hésita un instant. Il ne voulait pas faire usage de son podaroshna, qui eût attiré l'attention sur lui, il ne voulait pas non plus, en cédant les chevaux, retarder son voyage, et, cependant, il ne voulait pas engager une lutte qui eût pu compromettre sa mission.

Les deux journalistes le regardaient, prêts d'ailleurs à le soutenir, s'il faisait appel à eux.

« Mes chevaux resteront à ma voiture », dit Michel Strogoff, mais sans élever le ton plus qu'il ne convenait à un simple marchand d'Irkoutsk.

Le voyageur s'avança alors vers Michel Strogoff, et lui posant rudement la main sur l'épaule :

« C'est comme cela ! dit-il d'une voix éclatante. Tu ne veux pas me céder tes chevaux ?

— Non, répondit Michel Strogoff.

— Eh bien, ils seront à celui de nous deux qui va pouvoir repartir ! Défends-toi, car je ne te ménagerai pas ! »

Et, en parlant ainsi, le voyageur tira vivement son sabre du fourreau et se mit en garde.

Nadia s'était jetée devant Michel Strogoff.

Harry Blount et Alcide Jolivet s'avancèrent vers lui.

« Je ne me battrai pas, dit simplement Michel Strogoff, qui, pour mieux se contenir, croisa ses bras sur sa poitrine.

— Tu ne te battras pas ?

— Non.

— Même après ceci ? » s'écria le voyageur.

Et, avant qu'on eût pu le retenir, le manche de son fouet frappa l'épaule de Michel Strogoff.

À cette insulte, Michel Strogoff pâlit affreusement. Ses mains se levèrent toutes ouvertes, comme si elles allaient broyer ce brutal personnage. Mais, par un suprême effort, il parvint à se maîtriser. Un duel, c'était plus qu'un retard, c'était peut-être sa mission manquée !... Mieux valait perdre quelques heures !... Oui ! mais dévorer cet affront !

« Te battras-tu, maintenant, lâche ? répéta le voyageur, en ajoutant la grossièreté à la brutalité.

— Non ! répondit Michel Strogoff, qui ne bougea

pas, mais qui regarda le voyageur les yeux dans les yeux.

— Les chevaux, et à l'instant ! » dit alors celui-ci.

Et il sortit de la salle.

Le maître de poste le suivit aussitôt, non sans avoir haussé les épaules, après avoir examiné Michel Strogoff d'un air peu approbateur.

L'effet produit sur les journalistes par cet incident ne pouvait pas être à l'avantage de Michel Strogoff. Leur déconvenue était visible. Ce robuste jeune homme se laisser frapper ainsi et ne pas demander raison d'une pareille insulte ! Ils se contentèrent donc de le saluer et se retirèrent, Alcide Jolivet disant à Harry Blount :

« Je n'aurais pas cru cela d'un homme qui découd si proprement les ours de l'Oural ! Serait-il donc vrai que le courage a ses heures et ses formes ? C'est à n'y rien comprendre ! Après cela, il nous manque peut-être, à nous autres, d'avoir jamais été serfs ! »

Un instant après, un bruit de roues et le claquement d'un fouet indiquaient que la berline, attelée des chevaux du tarentass, quittait rapidement la maison de poste.

Nadia, impassible, Michel Strogoff, encore frémissant, restèrent seuls dans la salle du relais.

Le courrier du czar, les bras toujours croisés sur sa poitrine, s'était assis. On eût dit une statue. Toutefois, une rougeur, qui ne devait pas être la rougeur de la honte, avait remplacé la pâleur sur son mâle visage.

Nadia ne doutait pas que de formidables raisons eussent pu seules faire dévorer à un tel homme une telle humiliation.

Donc, allant à lui, comme il était venu à elle à la maison de police de Nijni-Novgorod :

« Ta main, frère ! » dit-elle.

Et, en même temps, son doigt, par un geste quasi maternel, essuya une larme qui allait jaillir de l'œil de son compagnon.

13

Au-dessus de tout, le devoir

Nadia avait deviné qu'un mobile secret dirigeait tous les actes de Michel Strogoff, que celui-ci, pour quelque raison inconnue d'elle, ne s'appartenait pas, qu'il n'avait pas le droit de disposer de sa personne, et que, dans cette circonstance, il venait d'immoler héroïquement au devoir jusqu'au ressentiment d'une mortelle injure.

Nadia ne demanda, d'ailleurs, aucune explication à Michel Strogoff. La main qu'elle lui avait tendue ne répondait-elle pas d'avance à tout ce qu'il eût pu lui dire ?

Michel Strogoff demeura muet pendant toute cette soirée. Le maître de poste ne pouvant plus fournir de chevaux frais que le lendemain matin, c'était une nuit entière à passer au relais. Nadia dut donc en profiter pour prendre quelque repos, et une chambre fut préparée pour elle.

La jeune fille eût préféré, sans doute, ne pas quitter

son compagnon, mais elle sentait qu'il avait besoin d'être seul, et elle se disposa à gagner la chambre qui lui était destinée.

Cependant, au moment où elle allait se retirer, elle ne put s'empêcher de lui dire adieu.

« Frère... » murmura-t-elle.

Mais Michel Strogoff, d'un geste, l'arrêta. Un soupir gonfla la poitrine de la jeune fille, et elle quitta la salle.

Michel Strogoff ne se coucha pas. Il n'aurait pu dormir, même une heure. À cette place que le fouet du brutal voyageur avait touchée, il ressentait comme une brûlure.

« Pour la patrie et pour le Père ! » murmura-t-il enfin en terminant sa prière du soir.

Le lendemain, à huit heures du matin, le tarentass était attelé de trois vigoureux chevaux. Michel Strogoff et Nadia y prirent place, et Ichim, dont tous les deux devaient garder un si terrible souvenir, eut bientôt disparu derrière un coude de la route.

Aux divers relais où il s'arrêta pendant cette journée, Michel Strogoff put constater que la berline le précédait toujours sur la route d'Irkoutsk, et que le voyageur, aussi pressé que lui, ne perdait pas un instant en traversant la steppe.

À quatre heures du soir, soixante-quinze verstes plus loir, à la station d'Abatskaia, la rivière d'Ichim, l'un des principaux affluents de l'Irtyche, dut être franchie.

Ce passage fut un peu plus difficile que celui du Tobol. En effet, deux heures furent employées au passage de l'Ichim – ce qui exaspéra Michel Strogoff, d'autant plus que les bateliers lui donnèrent d'inquiétantes nouvelles de l'invasion tartare.

Dès que le bac eut déposé le tarentass et son attelage sur la rive droite de l'Ichim, la route de la steppe fut reprise à toute vitesse.

Il était sept heures du soir. Le temps était très couvert. Aussi, à plusieurs reprises, tomba-t-il une pluie d'orage, qui eut pour résultat d'abattre la poussière et de rendre les chemins meilleurs.

Michel Strogoff, depuis le relais d'Ichim, était demeuré taciturne. Cependant il était toujours attentif à préserver Nadia des fatigues de cette course sans trêve ni repos, mais la jeune fille ne se plaignait pas. Elle eût voulu donner des ailes aux chevaux du tarentass. Quelque chose lui criait que son compagnon avait plus de hâte encore qu'elle-même d'arriver à Irkoutsk, et combien de verstes les en séparaient encore !

Il lui vint aussi à la pensée que si Omsk était envahie par les Tartares, la mère de Michel Strogoff, qui habitait cette ville, courrait des dangers dont son fils devait extrêmement s'inquiéter, et que cela suffisait à expliquer son impatience d'arriver près d'elle.

Nadia crut donc, à un certain moment, devoir lui parler de la vieille Marfa, de l'isolement où elle pourrait se trouver au milieu de ces graves événements.

« Tu n'as reçu aucune nouvelle de ta mère depuis le début de l'invasion ? lui demanda-t-elle.

— Aucune, Nadia. La dernière lettre que ma mère m'a écrite date déjà de deux mois, mais elle m'apportait de bonnes nouvelles. Marfa est une femme énergique, une vaillante Sibérienne. Malgré son âge, elle a conservé toute sa force morale. Elle sait souffrir.

— J'irai la voir, frère, dit Nadia vivement. Puisque tu me donnes ce nom de sœur, je suis la fille de Marfa ! »

Et, comme Michel Strogoff ne répondait pas :

« Peut-être, ajouta-t-elle, ta mère a-t-elle pu quitter Omsk ?

— Cela est possible, Nadia, répondit Michel Strogoff, et même j'espère qu'elle aura gagné Tobolsk. La vieille Marfa a la haine du Tartare. Elle connaît la steppe, elle n'a pas peur, et je souhaite qu'elle ait pris son bâton, et redescendu les rives de l'Irtyche. Il n'y a pas un endroit de la province qui ne soit connu d'elle. Combien de fois a-t-elle parcouru tout le pays avec le vieux père, et combien de fois, moi-même enfant, les ai-je suivis dans leurs courses à travers le désert sibérien ! Oui, Nadia, j'espère que ma mère aura quitté Omsk !

— Et quand la verras-tu ?

— Je la verrai... au retour.

— Cependant, si ta mère est à Omsk, tu prendras bien une heure pour aller l'embrasser ?

— Je n'irai pas l'embrasser !

— Tu ne la verras pas ?

— Non, Nadia... ! répondit Michel Strogoff, dont la poitrine se gonflait et qui comprenait qu'il ne pourrait continuer de répondre aux questions de la jeune fille.

— Tu dis : non ! Ah ! frère, pour quelles raisons, si ta mère est à Omsk, peux-tu refuser de la voir ?

— Pour quelles raisons, Nadia ! Tu me demandes pour quelles raisons ! s'écria Michel Strogoff d'une voix si profondément altérée que la jeune fille en tressaillit. Mais pour les raisons qui m'ont fait patient jusqu'à la lâcheté avec le misérable dont... »

Il ne put achever sa phrase.

« Calme-toi, frère, dit Nadia de sa voix la plus douce. Je ne sais qu'une chose, ou plutôt je ne la sais pas, je la sens ! C'est qu'un sentiment domine maintenant toute ta conduite : celui d'un devoir plus sacré, s'il en peut être un, que celui qui lie le fils à la mère ! »

Nadia se tut, et, de ce moment, elle évita tout sujet de conversation qui pût se rapporter à la situation particulière de Michel Strogoff. Il y avait là quelque secret à respecter. Elle le respecta.

Le lendemain, à trois heures du matin, le tarentass arrivait au relais de poste de Tioukalinsk, après avoir franchi une distance de cent vingt verstes depuis le passage de l'Ichim.

On relaya rapidement. Cependant, et pour la première fois, l'iemschik fit quelques difficultés pour partir, affirmant que des détachements tartares battaient la steppe, et que voyageurs, chevaux et voitures seraient de bonne prise pour ces pillards.

Michel Strogoff ne triompha du mauvais vouloir de l'iemschik qu'à prix d'argent, car, en cette circonstance comme en plusieurs autres, il ne voulut pas faire usage de son podaroshna. Le dernier ukase, transmis par le fil télégraphique, était connu dans les provinces sibériennes, et un Russe, par cela même qu'il était spécialement dispensé d'obéir à ses prescriptions, se fût certainement signalé à l'attention publique – ce que le courrier du czar devait par-dessus tout éviter.

Enfin, le tarentass partit, et fit si bien diligence qu'à trois heures du soir, quatre-vingts verstes plus loin, il atteignait Koulatsinskoë. Puis, une heure après, il se trouvait sur les bords de l'Irtyche. Omsk n'était plus qu'à une vingtaine de verstes.

L'embarquement se fit non sans peine, car les berges étaient en partie inondées, et le bac ne pouvait pas les accoster d'assez près.

Toutefois, après une demi-heure d'efforts, le batelier eut installé dans le bac le tarentass et les trois chevaux. Michel Strogoff, Nadia et l'iemschik s'y embarquèrent alors, et l'on déborda.

Pendant les premières minutes, tout alla bien. Le courant de l'Irtyche, brisé en amont par une longue pointe de la rive, formait un remous que le bac traversa facilement. Les deux bateliers poussaient avec de longues gaffes qu'ils maniaient très adroitement ; mais, à mesure qu'ils gagnaient le large, le fond du lit du fleuve s'abaissant, il ne leur resta bientôt presque plus de bout pour y appuyer leur épaule. L'extrémité des gaffes ne dépassait pas d'un pied la surface des eaux, ce qui en rendait l'emploi pénible et insuffisant.

Le bac se trouvait engagé dans le milieu du courant, à égale distance environ des deux rives, et il descendait avec une vitesse de deux verstes à l'heure, lorsque Michel Strogoff, se levant, regarda attentivement en amont du fleuve.

Il aperçut alors plusieurs barques que le courant emportait avec une grande rapidité, car à l'action de l'eau se joignait celle des avirons dont elles étaient armées.

La figure de Michel Strogoff se contracta tout à coup, et une exclamation lui échappa.

« Qu'y a-t-il ? » demanda la jeune fille.

Mais avant que Michel Strogoff eût eu le temps de

lui répondre, un des bateliers s'écriait avec l'accent de l'épouvante :

« Les Tartares ! les Tartares ! »

C'étaient, en effet, des barques, chargées de soldats, qui descendaient rapidement l'Irtyche, et, avant quelques minutes, elles devaient avoir atteint le bac, trop pesamment encombré pour fuir devant elles.

Les bateliers, terrifiés par cette apparition, poussèrent des cris de désespoir et abandonnèrent leurs gaffes.

« Du courage, mes amis ! s'écria Michel Strogoff, du courage ! Cinquante roubles pour vous si nous atteignons la rive droite avant l'arrivée de ces barques ! »

Les bateliers, ranimés par ces paroles, reprirent la manœuvre et continuèrent à biaiser avec le courant, mais il fut bientôt évident qu'ils ne pourraient éviter l'abordage des Tartares.

Ceux-ci passeraient-ils sans les inquiéter ? c'était peu probable ! On devait tout craindre, au contraire, de ces pillards !

« N'aie pas peur, Nadia, dit Michel Strogoff, mais sois prête à tout !

— Je suis prête, répondit Nadia.

— Même à te jeter dans le fleuve, quand je te le dirai ?

— Quand tu me le diras.

— Aie confiance en moi, Nadia.

— J'ai confiance ! »

Les barques tartares n'étaient plus qu'à une distance de cent pieds. Elles portaient un détachement de soldats boukhariens, qui allaient tenter une reconnaissance sur Omsk.

Le bac se trouvait encore à deux longueurs de la

rive. Les bateliers redoublèrent d'efforts. Michel Strogoff se joignit à eux et saisit une gaffe, qu'il manœuvra avec une force surhumaine. S'il pouvait débarquer le tarentass et l'enlever au galop de l'attelage, il avait quelques chances d'échapper à ces Tartares, qui n'étaient pas montés.

Mais tant d'efforts devaient être inutiles !

« *Saryn na kitchou !* » crièrent les soldats de la première barque.

Michel Strogoff reconnut ce cri de guerre des pirates tartares, auquel on ne devait répondre qu'en se couchant à plat ventre.

Et comme ni les bateliers ni lui n'obéirent à cette injonction, une violente décharge eut lieu, et deux des chevaux furent atteints mortellement.

En ce moment, un choc se produisit... Les barques avaient abordé le bac par le travers.

« Viens, Nadia ! » s'écria Michel Strogoff, prêt à se jeter par-dessus le bord.

La jeune fille allait le suivre, quand Michel Strogoff, frappé d'un coup de lance, fut précipité dans le fleuve. Le courant l'entraîna, sa main s'agita un instant au-dessus des eaux, et il disparut.

Nadia avait poussé un cri, mais, avant qu'elle eût le temps de se jeter à la suite de Michel Strogoff, elle était saisie, enlevée, et déposée dans une des barques.

Un instant après, les bateliers avaient été tués à coups de lance, et le bac dérivait à l'aventure, pendant que les Tartares continuaient à descendre le cours de l'Irtyche.

14

Mère et fils

Omsk est la capitale officielle de la Sibérie occidentale. Ce n'est pas la ville la plus importante du gouvernement de ce nom, puisque Tomsk est plus peuplée et plus considérable, mais c'est à Omsk que réside le gouverneur général de cette première moitié de la Russie asiatique.

Omsk, à proprement parler, se compose de deux villes distinctes, l'une qui est uniquement habitée par les autorités et les fonctionnaires, l'autre où demeurent plus spécialement les marchands sibériens, bien qu'elle soit peu commerçante cependant.

Cette ville compte environ douze à treize mille habitants. Elle est défendue par une enceinte flanquée de bastions, mais ces fortifications sont en terre, et elles ne pouvaient la protéger que très insuffisamment. La garnison d'Omsk, réduite à deux mille hommes, avait vaillamment résisté. Mais, accablée par les troupes de l'émir, repoussée peu à peu de la ville marchande, elle avait dû se réfugier dans la ville haute.

C'est là que le gouverneur général, ses officiers, ses soldats s'étaient retranchés. Ils avaient fait du haut quartier d'Omsk une sorte de citadelle, après en avoir crénelé les maisons et les églises, et, jusqu'alors, ils tenaient bon dans cette sorte de kreml improvisé, sans grand espoir d'être secourus à temps. En effet, les troupes tartares, qui descendaient le cours de l'Irtyche, recevaient chaque jour de nouveaux renforts, et, circonstance plus grave, elles étaient alors dirigées par un officier, traître à son pays, mais homme de grand mérite et d'une audace à toute épreuve.

C'était le colonel Ivan Ogareff.

Ivan Ogareff, terrible comme un de ces chefs tartares qu'il poussait en avant, était un militaire instruit. Ayant en lui un peu de sang mongol par sa mère, qui était d'origine asiatique, il aimait la ruse, il se plaisait à imaginer des embûches, et ne répugnait à aucun moyen, lorsqu'il voulait surprendre quelque secret ou tendre quelque piège. Fourbe par nature, il avait volontiers recours aux plus vils déguisements, se faisant mendiant à l'occasion, excellant à prendre toutes les formes et toutes les allures. De plus, il était cruel, et il se fût fait bourreau au besoin. Féofar-Khan avait en lui un lieutenant digne de le seconder dans cette guerre sauvage.

Or, quand Michel Strogoff arriva sur les bords de l'Irtyche, Ivan Ogareff était déjà maître d'Omsk, et il pressait d'autant plus le siège du haut quartier de la ville, qu'il avait hâte de rejoindre Tomsk, où le gros de l'armée tartare venait de se concentrer.

Tomsk, en effet, avait été prise par Féofar-Khan

depuis quelques jours, et c'est de là que les envahisseurs, maîtres de la Sibérie centrale, devaient marcher sur Irkoutsk.

Irkoutsk était le véritable objectif d'Ivan Ogareff.

Le plan de ce traître était de se faire agréer du grand-duc sous un faux nom, de capter sa confiance, et, l'heure venue, de livrer aux Tartares la ville et le grand-duc lui-même.

Avec une telle ville et un tel otage, toute la Sibérie asiatique devait tomber aux mains des envahisseurs.

Or, on le sait, ce complot était connu du czar, et c'était pour le déjouer qu'avait été confiée à Michel Strogoff l'importante missive dont il était porteur. De là aussi, les instructions les plus sévères qui avaient été données au jeune courrier, de passer incognito à travers la contrée envahie.

Cette mission, il l'avait fidèlement exécutée jusqu'ici, mais, maintenant, pourrait-il en poursuivre l'accomplissement ?

Le coup qui avait frappé Michel Strogoff n'était pas mortel. En nageant de manière à éviter d'être vu, il avait atteint la rive droite, où il tomba évanoui entre les roseaux.

Quand il revint à lui, il se trouva dans la cabane d'un moujik qui l'avait recueilli et soigné, et auquel il devait d'être encore vivant. Depuis combien de temps était-il l'hôte de ce brave Sibérien ? il n'eût pu le dire. Mais, lorsqu'il rouvrit les yeux, il vit une bonne figure barbue, penchée sur lui, qui le regardait d'un œil compatissant. Il allait demander où il était, lorsque le moujik, le prévenant, lui dit :

« Ne parle pas, petit père, ne parle pas ! Tu es encore trop faible. Je vais te dire où tu es et tout ce qui s'est passé depuis que je t'ai rapporté dans ma cabane. »

Et le moujik raconta à Michel Strogoff les divers incidents de la lutte dont il avait été témoin, l'attaque du bac par les barques tartares, le pillage des tarentass, le massacre des bateliers !...

Mais Michel Strogoff ne l'écoutait plus, et, portant la main à son vêtement, il sentit la lettre impériale, toujours serrée sur sa poitrine.

Il respira, mais ce n'était pas tout.

« Une jeune fille m'accompagnait ! dit-il.

— Ils ne l'ont pas tuée ! répondit le moujik, allant au-devant de l'inquiétude qu'il lisait dans les yeux de son hôte. Ils l'ont emmenée dans leur barque, et ils ont continué de descendre l'Irtyche ! C'est une prisonnière de plus à joindre à tant d'autres que l'on conduit à Tomsk ! »

Michel Strogoff ne put répondre. Il mit la main sur son cœur pour en comprimer les battements.

Mais, malgré tant d'épreuves, le sentiment du devoir dominait son âme tout entière :

« Où suis-je ? demanda-t-il.

— Sur la rive droite de l'Irtyche, et seulement à cinq verstes d'Omsk, répondit le moujik.

— Quelle blessure ai-je donc reçue, qui ait pu me foudroyer ainsi ? Ce n'est pas un coup de feu ?

— Non, un coup de lance à la tête, cicatrisé maintenant, répondit le moujik. Après quelques jours de repos, petit père, tu pourras continuer ta route. Tu es tombé dans le fleuve, mais les Tartares ne t'ont ni touché ni fouillé, et ta bourse est toujours dans ta poche. »

Michel Strogoff tendit la main au moujik. Puis, se redressant par un subit effort :

« Ami, dit-il, depuis combien de temps suis-je dans ta cabane ?

— Depuis trois jours.

— Trois jours perdus !

— Trois jours pendant lesquels tu as été sans connaissance !

— As-tu un cheval à me vendre ?

— Tu veux partir ?

— À l'instant.

— Je n'ai ni cheval ni voiture, petit père ! Où les Tartares ont passé, il ne reste plus rien !

— Eh bien, j'irai à pied à Omsk chercher un cheval...

— Quelques heures de repos encore, et tu seras mieux en état de continuer ton voyage !

— Pas une heure !

— Viens donc ! répondit le moujik, comprenant qu'il n'y avait pas à lutter contre la volonté de son hôte. Je te conduirai moi-même, ajouta-t-il. D'ailleurs, les Russes sont encore en grand nombre à Omsk, et tu pourras peut-être passer inaperçu.

— Ami, répondit Michel Strogoff, que le Ciel te récompense de tout ce que tu as fait pour moi !

— Une récompense ! Les fous seuls en attendent sur la terre », répondit le moujik.

Michel Strogoff sortit de la cabane. Lorsqu'il voulut marcher, il fut pris d'un éblouissement tel que, sans le secours du moujik, il serait tombé, mais le grand air le remit promptement. Il ressentit alors le coup qui lui avait été porté à la tête, et dont son bonnet de fourrure avait heureusement amorti la violence. Avec l'énergie qu'on lui connaît, il n'était pas homme à se laisser abattre pour si peu. Un seul but se dressait devant ses yeux, c'était cette lointaine Irkoutsk qu'il lui fallait atteindre ! Mais il lui fallait traverser Omsk sans s'y arrêter.

« Dieu protège ma mère et Nadia ! murmura-t-il. Je n'ai pas encore le droit de penser à elles ! »

Michel Strogoff et le moujik arrivèrent bientôt au quartier marchand de la ville basse, et, bien qu'elle fût occupée militairement, ils y entrèrent sans difficulté. L'enceinte de terre avait été détruite en maint endroit, et c'étaient autant de brèches par lesquelles pénétraient ces maraudeurs qui suivaient les armées de Féofar-Khan.

Au-dessus de la ville marchande s'étageait le haut quartier, qu'Ivan Ogareff, malgré plusieurs assauts vigoureusement donnés, mais bravement repoussés, n'avait encore pu réduire. Sur ses murailles crénelées flottait le drapeau national aux couleurs de la Russie.

Ce ne fut pas sans un légitime orgueil que Michel Strogoff et son guide le saluèrent de leurs vœux.

Michel Strogoff connaissait parfaitement la ville d'Omsk, et, tout en suivant son guide, il évita les rues trop fréquentées. Le moujik connaissait un maître de poste qui, en le payant bien, ne refuserait pas, suivant lui, soit de louer, soit de vendre voiture ou chevaux. Resterait la difficulté de quitter la ville, mais les brèches, pratiquées à l'enceinte, devaient faciliter la sortie de Michel Strogoff.

Le moujik conduisait donc son hôte directement au relais, lorsque, dans une rue étroite, Michel Strogoff s'arrêta soudain et se rejeta derrière un pan de mur.

« Qu'as-tu ? lui demanda vivement le moujik, très étonné de ce brusque mouvement.

— Silence », se hâta de répondre Michel Strogoff, en mettant un doigt sur ses lèvres.

En ce moment, un détachement de Tartares débouchait de la place principale et prenait la rue que Michel Strogoff et son compagnon venaient de suivre pendant quelques instants.

En tête du détachement, composé d'une vingtaine de cavaliers, marchait un officier vêtu d'un uniforme très simple. Bien que ses regards se portassent rapidement de côté et d'autre, il ne pouvait avoir vu Michel Strogoff, qui avait précipitamment opéré sa retraite.

Quand l'escorte eut disparu :

« Quel est cet officier ? » demanda Michel Strogoff en se retournant vers le moujik.

Et, pendant qu'il faisait cette question, son visage était pâle comme celui d'un mort.

« C'est Ivan Ogareff, répondit le Sibérien mais d'une voix basse qui respirait la haine.

— Lui ! » s'écria Michel Strogoff, auquel ce mot échappa avec un accent de rage qu'il ne put maîtriser.

Il venait de reconnaître dans cet officier le voyageur qui l'avait frappé au relais d'Ichim !

Et, fût-ce une illumination de son esprit, ce voyageur, bien qu'il n'eût fait que l'entrevoir, lui rappela en même temps le vieux tsigane, dont il avait surpris les paroles au marché de Nijni-Novgorod.

Il y avait à peine trois jours qu'Ivan Ogareff était arrivé à Omsk, et, sans leur funeste rencontre à Ichim, sans l'événement qui venait de le retenir trois jours sur les bords de l'Irtyche, Michel Strogoff l'eût évidemment devancé sur la route d'Irkoutsk !

Et qui sait combien de malheurs eussent été évités dans l'avenir !

En tout cas, et plus que jamais, Michel Strogoff devait fuir Ivan Ogareff et faire en sorte de ne point en être vu. Lorsque le moment serait venu de se rencontrer avec lui face à face, il saurait le retrouver – fût-il maître de la Sibérie tout entière !

Le moujik et lui reprirent donc leur course à travers la ville, et ils arrivèrent à la maison de poste. Le cheval fut payé un haut prix, et, quelques minutes plus tard, il était prêt à partir.

Il était alors quatre heures du soir.

Michel Strogoff, obligé d'attendre la nuit pour franchir l'enceinte, mais ne voulant pas se montrer dans les rues d'Omsk, resta dans la maison de poste, et, là, il se fit servir quelque nourriture.

Tout à coup, un cri le fit tressaillir, un cri qui le pénétra jusqu'au fond de l'âme, et ces deux mots furent pour ainsi dire jetés à son oreille :

« Mon fils ! »

Sa mère, la vieille Marfa, était devant lui ! Elle lui souriait, toute tremblante ! Elle lui tendait les bras !...

Michel Strogoff se leva. Il allait s'élancer...

La pensée du devoir, le danger sérieux qu'il y avait pour sa mère et pour lui dans cette regrettable rencontre, l'arrêtèrent soudain, et tel fut son empire sur lui-même, que pas un muscle de sa figure ne remua.

Vingt personnes étaient réunies dans la salle commune. Parmi elles, il y avait peut-être des espions, et ne savait-on pas dans la ville que le fils de Marfa Strogoff appartenait au corps des courriers du czar ?

Michel Strogoff ne bougea pas.

« Michel ! s'écria sa mère.

— Qui êtes-vous, ma brave dame ? demanda Michel Strogoff, balbutiant ces mots plutôt qu'il ne les prononça.

— Qui je suis ? tu le demandes ! Mon enfant, est-ce que tu ne reconnais plus ta mère ?

— Vous vous trompez !... répondit froidement Michel Strogoff. Une ressemblance vous abuse... »

La vieille Marfa alla droit à lui, et là, les yeux dans les yeux :

« Tu n'es pas le fils de Pierre et de Marfa Strogoff ? » dit-elle.

Michel Strogoff aurait donné sa vie pour pouvoir serrer librement sa mère dans ses bras !... mais s'il cédait, c'en était fait de lui, d'elle, de sa mission, de son serment !... Se dominant tout entier, il ferma les yeux pour ne pas voir les inexprimables angoisses qui contractaient le visage vénéré de sa mère, il retira ses mains pour ne pas étreindre les mains frémissantes qui le cherchaient.

« Je ne sais, en vérité, ce que vous voulez dire, ma bonne femme, répondit-il en reculant de quelques pas.

— Michel ! cria encore la vieille mère.

— Je ne me nomme pas Michel ! Je n'ai jamais été votre fils ! Je suis Nicolas Korpanoff, marchand à Irkoutsk !... »

Et, brusquement, il quitta la salle commune, pendant que ces mots retentissaient une dernière fois :

« Mon fils ! mon fils ! »

Michel Strogoff, à bout d'efforts, était parti. Il ne vit pas sa vieille mère, qui était retombée presque inanimée sur un banc. Mais, au moment où le maître de poste se précipitait pour la secourir, la vieille femme se releva. Une révélation subite s'était faite dans son esprit. Elle, reniée par son fils ! ce n'était pas possible ! Quant à s'être trompée et à prendre un autre pour lui, impossible également. C'était bien son fils qu'elle venait de voir, et, s'il ne l'avait pas reconnue, c'est qu'il ne voulait pas, c'est qu'il ne devait pas la reconnaître, c'est qu'il avait des raisons terribles pour en agir ainsi ! Et alors, refoulant en elle ses sentiments de mère, elle n'eut plus qu'une pensée : « L'aurai-je perdu sans le vouloir ? »

« Je suis folle ! dit-elle à ceux qui l'interrogeaient. Mes yeux m'ont trompée ! Ce jeune homme n'est pas mon enfant ! Il n'avait pas sa voix ! N'y pensons plus ! Je finirais par le voir partout. »

Moins de dix minutes après, un officier tartare se présentait à la maison de poste.

« Marfa Strogoff ? demanda-t-il.

— C'est moi, répondit la vieille femme d'un ton si calme et le visage si tranquille, que les témoins de la rencontre qui venait de se produire ne l'auraient pas reconnue.

— Viens », dit l'officier.

Marfa Strogoff, d'un pas assuré, suivit l'officier tartare et quitta la maison de poste.

Quelques instants après, Marfa Strogoff se trouvait au bivouac de la grande place, en présence d'Ivan Ogareff, auquel tous les détails de cette scène avaient été rapportés immédiatement.

Ivan Ogareff, soupçonnant la vérité, avait voulu interroger lui-même la vieille Sibérienne.

« Ton nom ? demanda-t-il d'un ton rude.

— Marfa Strogoff.
— Tu as un fils ?
— Oui.
— Il est courrier du czar ?
— Oui.
— Où est-il ?
— À Moscou.
— Tu es sans nouvelles de lui ?
— Sans nouvelles.
— Depuis combien de temps ?
— Depuis deux mois.
— Quel est donc ce jeune homme que tu appelais ton fils, il y a quelques instants, au relais de poste ?
— Un jeune Sibérien que j'ai pris pour lui, répondit Marfa Strogoff. C'est le dixième en qui je crois retrouver mon fils depuis que la ville est pleine d'étrangers ! Je crois le voir partout !
— Ainsi ce jeune homme n'était pas Michel Strogoff ?
— Ce n'était pas Michel Strogoff.
— Sais-tu, vieille femme, que je puis te faire torturer jusqu'à ce que tu avoues la vérité ?
— J'ai dit la vérité, et la torture ne me fera rien changer à mes paroles.
— Ce Sibérien n'était pas Michel Strogoff ? demanda une seconde fois Ivan Ogareff.
— Non ! Ce n'était pas lui, répondit une seconde fois Marfa Strogoff. Croyez-vous que pour rien au monde je renierais un fils comme celui que Dieu m'a donné ? »

Ivan Ogareff regarda d'un œil méchant la vieille femme qui le bravait en face. Il ne doutait pas qu'elle n'eût reconnu son fils dans ce jeune Sibérien. Or, si ce fils avait d'abord renié sa mère, et si sa mère le reniait à son tour, ce ne pouvait être que par un motif des plus graves.

Donc, pour Ivan Ogareff, il n'était plus douteux que le prétendu Nicolas Korpanoff ne fût Michel Strogoff, courrier du czar, se cachant sous un faux nom, et chargé de quelque mission qu'il eût été capital pour lui de connaître. Aussi donna-t-il immédiatement ordre de se mettre à sa poursuite. Puis :

« Que cette femme soit dirigée sur Tomsk », dit-il en se retournant vers Marfa Strogoff.

Et, pendant que les soldats l'entraînaient avec brutalité, il ajouta entre ses dents :

« Quand le moment sera venu, je saurai bien la faire parler, cette vieille sorcière ! »

15

Les marais de la Baraba

Il était heureux que Michel Strogoff eût si brusquement quitté le relais. Les ordres d'Ivan Ogareff avaient été aussitôt transmis à toutes les issues de la ville, et son signalement envoyé à tous les chefs de poste, afin qu'il ne pût sortir d'Omsk. Mais, à ce moment, il avait déjà franchi une des brèches de l'enceinte, son cheval courait la steppe, et, n'ayant pas été immédiatement poursuivi, il devait réussir à s'échapper.

C'était le 29 juillet, à huit heures du soir, que Michel Strogoff avait quitté Omsk. À minuit, il avait franchi soixante-dix verstes et s'arrêtait à la station de Koulikovo. Mais là, ainsi qu'il le craignait, il ne trouva ni chevaux, ni voitures. Quelques détachements tartares avaient dépassé la grande route de la steppe. Tout avait été volé ou réquisitionné, soit dans les villages, soit dans les maisons de poste. C'est à peine si Michel Strogoff put obtenir quelque nourriture pour son cheval et pour lui.

Il lui importait donc de le ménager, ce cheval, car il ne savait plus quand et comment il pourrait le remplacer. Cependant, voulant mettre le plus grand espace possible entre lui et les cavaliers qu'Ivan Ogareff devait avoir lancés à sa poursuite, il résolut de pousser plus avant. Après une heure de repos, il reprit donc sa course à travers la steppe.

Le 30 juillet, à neuf heures du matin, Michel Strogoff dépassait la station de Touroumoff et se jetait dans la contrée marécageuse de la Baraba.

Là, sur un espace de trois cents verstes, les difficultés naturelles pouvaient être extrêmement grandes. Il le savait, mais il savait aussi qu'il les surmonterait quand même.

Ces vastes marais de la Baraba servent de réservoir à toutes les eaux pluviales qui ne trouvent d'écoulement ni vers l'Obi, ni vers l'Irtyche. Le sol de cette vaste dépression est entièrement argileux, par conséquent imperméable, de telle sorte que les eaux y séjournent et en font une région très difficile à traverser pendant la saison chaude.

Là, cependant, passe la route d'Irkoutsk, et c'est au milieu de mares, d'étangs, de lacs, de marais dont le soleil provoque les exhalaisons malsaines, qu'elle se développe, pour la plus grande fatigue et souvent pour le plus grand danger du voyageur.

Michel Strogoff, galopant entre ces taillis de joncs, n'était plus visible des marais qui bordaient la route. Les grandes herbes montaient plus haut que lui, et son passage n'était marqué que par le vol d'innombrables oiseaux aquatiques, qui se levaient sur la lisière du chemin et s'éparpillaient par groupes criards dans les profondeurs du ciel.

Quatre-vingt-dix verstes furent ainsi franchies depuis Touroumoff, et le 30 juillet, à quatre heures du soir, Michel Strogoff, insensible à toute fatigue, arrivait à Elamsk.

Là, il fallut donner une nuit de repos à son cheval. Le courageux animal n'eût pu continuer plus longtemps ce voyage.

À Elamsk, pas plus qu'ailleurs, il n'existait aucun moyen de transport. Pour les mêmes raisons qu'aux bourgades précédentes, voitures ou chevaux, tout manquait.

Michel Strogoff dut donc se résigner à passer la nuit à Elamsk, pour permettre à son cheval de se reposer pendant douze heures. Il se rappelait les recommandations qui lui avaient été faites à Moscou : traverser la Sibérie incognito, arriver quand même à Irkoutsk, mais, dans une certaine mesure, ne pas sacrifier la réussite à la rapidité du voyage, et, par conséquent, il devait ménager l'unique moyen de transport qui lui restât.

Le lendemain, Michel Strogoff quittait Elamsk au moment où l'on signalait les premiers éclaireurs tartares, à dix verstes en arrière, sur la route de la Baraba, et il s'élançait de nouveau à travers la marécageuse contrée. La route était plane, ce qui la rendait plus facile, mais très sinueuse, ce qui l'allongeait. Impossible, d'ailleurs, de la quitter pour courir en droite ligne à travers cet infranchissable réseau des étangs et des mares.

Le surlendemain, cent vingt verstes plus loin, à midi, Michel Strogoff arrivait au bourg de Spaskoë, et, à deux heures, il faisait halte à celui de Pokrowskoë.

Son cheval, surmené depuis son départ d'Elamsk, n'aurait pas pu faire un pas de plus.

Là, Michel Strogoff dut perdre encore, pour un repos forcé, la fin de cette journée et la nuit tout entière ; mais, reparti le lendemain matin, toujours courant à travers le sol à demi inondé, le 2 août, à quatre heures du soir, après une étape de soixante-quinze verstes, il atteignit Kamsk.

Brisé par la fatigue, il se coucha, après avoir veillé à ce que son cheval ne manquât de rien ; mais il ne put dormir que d'un sommeil intermittent. Trop de souvenirs, trop d'inquiétudes l'assaillaient à la fois. L'image de sa vieille mère, celle de sa jeune et intrépide compagne, laissées derrière lui, sans protection, passaient alternativement devant son esprit et s'y confondaient souvent dans une même pensée.

Le lendemain matin, à six heures, Michel Strogoff repartit avec l'intention de faire dans cette journée les quatre-vingts verstes (85 kilomètres) qui séparent Kamsk du hameau d'Oubinsk. Au-delà d'un rayon de vingt verstes, il retrouva la marécageuse Baraba, qu'aucune dérivation n'asséchait plus, et dont le sol était souvent noyé sous un pied d'eau. La route était alors difficile à reconnaître, mais, grâce à son extrême prudence, cette traversée ne fut marquée par aucun accident.

Michel Strogoff, arrivé à Oubinsk, laissa son cheval reposer pendant toute la nuit, car il voulait, dans la journée suivante, enlever sans débrider les cent verstes qui se développent entre Oubinsk et Ikoulskoë. Il partit donc dès l'aube, mais, malheureusement, dans cette partie, le sol de la Baraba fut de plus en plus détestable.

En effet, entre Oubinsk et Kamakova, les pluies, très abondantes quelques semaines auparavant, s'étaient conservées dans cette étroite dépression comme dans une imperméable cuvette. Il n'y avait même plus solution de continuité à cet interminable réseau des mares, des étangs et des lacs. De là quelques retards que toute l'impatience de Michel Strogoff ne pouvait empêcher. Il avait d'ailleurs été bien avisé en ne prenant pas une voiture à Kamsk, car son cheval passa là où aucun véhicule n'aurait pu passer.

Le soir, à neuf heures, Michel Strogoff, arrivé à Ikoulskoë, s'y arrêta pendant toute la nuit. Dans ce bourg perdu de la Baraba, les nouvelles de la guerre faisaient absolument défaut. Par sa nature même, cette portion de la province, placée dans la fourche que formaient les deux colonnes tartares en se bifurquant l'une sur Omsk, l'autre sur Tomsk, avait échappé jusqu'ici aux horreurs de l'invasion.

Mais les difficultés naturelles allaient enfin s'amoindrir, car, s'il n'éprouvait aucun retard, Michel Strogoff devait, dès le lendemain, avoir quitté la Baraba. Il retrouverait alors une route praticable, lorsqu'il aurait franchi les cent vingt-cinq verstes (133 kilomètres) qui le séparaient encore de Kolyvan.

Arrivé à ce bourg important, il ne serait plus qu'à une égale distance de Tomsk. Il prendrait alors conseil des circonstances, et, très probablement, il se déciderait à tourner cette ville, que Féofar-Khan occupait, si les nouvelles étaient exactes.

Mais si ces bourgs, tels qu'Ikoulskoë, tels que Karguinsk, qu'il dépassa le lendemain, étaient relativement tranquilles, grâce à leur situation dans la Baraba, où les colonnes tartares eussent difficilement manœuvré, n'était-il pas à craindre que, sur les rives plus riches de l'Obi, Michel Strogoff, n'ayant plus à redouter d'obstacles physiques, n'eût tout à appréhender de l'homme ? cela était vraisemblable. Toutefois, s'il le fallait, il n'hésiterait pas à se jeter hors de la route d'Irkoutsk. À voyager alors à travers la steppe, il risquerait évidemment de se trouver sans ressource. Là, en effet, plus de chemin tracé, plus de villes ni de villages. À peine quelques fermes isolées, ou simples huttes de pauvres gens, hospitaliers sans doute, mais chez lesquels se trouverait à peine le nécessaire ! Cependant, il n'y aurait pas à hésiter.

Enfin, vers trois heures et demie du soir, après avoir dépassé la station de Kargatsk, Michel Strogoff quittait les dernières dépressions de la Baraba, et le sol dur et sec du territoire sibérien sonnait de nouveau sous le pied de son cheval.

Quinze cents verstes le séparaient encore d'Irkoutsk.

16

Un dernier effort

Michel Strogoff fit deux verstes sur la route absolument déserte. Il cherchait du regard, à droite et à gauche, quelque maison qui n'eût pas été délaissée. Toutes celles qu'il visita étaient vides.

Une hutte, cependant, qu'il aperçut entre les arbres, fumait encore. Lorsqu'il en approcha, il vit, à quelques pas des restes de sa maison, un vieillard, entouré d'enfants qui pleuraient. Une femme, jeune encore, sa fille sans doute, la mère de ces petits, agenouillée sur le sol, regardait d'un œil hagard cette scène de désolation. Elle allaitait un enfant de quelques mois, auquel son lait devait manquer bientôt. Tout, autour de cette famille, n'était que ruines et dénuement !

Michel Strogoff alla au vieillard.

« Peux-tu me répondre ? lui dit-il d'une voix grave.

— Parle, répondit le vieillard.

— Les Tartares ont passé par ici ?

— Oui, puisque ma maison est en flammes !

— Était-ce une armée ou un détachement ?

— Une armée puisque, si loin que ta vue s'étende, nos champs sont dévastés !

— Commandée par l'émir ?...

— Par l'émir, puisque les eaux de l'Obi sont devenues rouges !

— Et Féofar-Khan est entré à Tomsk ?

— À Tomsk.

— Sais-tu si les Tartares se sont emparés de Kolyvan ?

— Non, puisque Kolyvan ne brûle pas encore !

— Merci, ami. Puis-je faire quelque chose pour toi et les tiens ?

— Rien.

— Au revoir.

— Adieu. »

Et Michel Strogoff, après avoir mis vingt-cinq roubles sur les genoux de la malheureuse femme, qui n'eut même pas la force de le remercier, pressa son cheval et reprit sa marche, interrompue un instant.

Il savait maintenant une chose, c'est qu'à tout prix il devait éviter de passer à Tomsk. Aller à Kolyvan, où les Tartares n'étaient pas encore, c'était possible. S'y ravitailler pour une longue étape, c'était ce qu'il fallait faire. Se jeter ensuite hors de la route d'Irkoutsk pour tourner Tomsk, après avoir franchi l'Obi, il n'y avait pas d'autre parti à prendre.

Ce nouvel itinéraire décidé, Michel Strogoff ne devait pas hésiter un instant. Il n'hésita pas, et, imprimant à son cheval une allure rapide et régulière, il suivit la route directe qui aboutissait à la rive gauche de l'Obi, dont quarante verstes le séparaient encore.

La nuit était venue, après une assez chaude journée.

Une assez profonde obscurité, à minuit, enveloppa la steppe. Le vent, complètement tombé au coucher du soleil, laissait à l'atmosphère un calme complet. Seul, le bruit des pas du cheval se faisait entendre sur la route déserte, et aussi quelques paroles avec lesquelles son maître l'encourageait.

À ce moment, Michel Strogoff, ayant mis pied à terre, cherchait à reconnaître exactement la direction de la route, lorsqu'il lui sembla entendre un murmure confus qui venait de l'ouest. C'était comme le bruit d'une chevauchée lointaine sur la terre sèche. Pas de doute. Il se produisait, à une ou deux verstes en arrière, un certain cadencement de pas qui frappaient régulièrement le sol.

Michel Strogoff écouta avec plus d'attention, après avoir posé son oreille à l'axe même du chemin.

« Oui, dit-il, ces cavaliers viennent au grand trot ! Avant dix minutes, ils seront ici ! Mon cheval ne saurait les devancer. Si ce sont des Russes, je me joindrai à eux. Si ce sont des Tartares, il faut les éviter ! Mais comment ? Où me cacher dans cette steppe ? »

Michel Strogoff regarda autour de lui, et son œil si pénétrant découvrit une masse confusément estompée dans l'ombre, à une centaine de pas en avant, sur la gauche de la route.

« Il y a là quelque taillis, se dit-il. Y chercher refuge, c'est m'exposer peut-être à être pris, si ces cavaliers le fouillent, mais je n'ai pas le choix ! Les voilà ! les voilà ! »

Quelques instants après, Michel Strogoff, traînant son cheval par la bride, arrivait à un petit bois de mélèzes, auquel la route donnait accès. Au-delà et en deçà, complètement dégarnie d'arbres, elle se développait entre des fondrières et des étangs, que séparaient des buissons nains, faits d'ajoncs et de bruyères. Des deux côtés, le terrain était donc absolument impraticable, et le détachement devait forcément passer devant ce petit bois, puisqu'il suivait le grand chemin d'Irkoutsk.

Michel Strogoff se jeta sous le couvert des mélèzes, et, s'y étant enfoncé d'une quarantaine de pas, il fut arrêté par un cours d'eau qui fermait ce taillis par une enceinte semi-circulaire.

Mais l'ombre était si épaisse, que Michel Strogoff ne courait aucun risque d'être vu, à moins que ce petit bois ne fût minutieusement fouillé. Il conduisit donc son cheval jusqu'au cours d'eau, et il l'attacha à un arbre, puis, il revint s'étendre à la lisière du bois, afin de reconnaître à quel parti il avait affaire.

À peine Michel Strogoff avait-il pris place derrière un bouquet de mélèzes, qu'une lueur assez confuse apparut, sur laquelle tranchaient çà et là quelques points brillants qui s'agitaient dans l'ombre.

« Des torches ! » se dit-il.

Et il recula vivement, en se glissant comme un sauvage dans la portion la plus épaisse du taillis.

En approchant du bois, le pas des chevaux commença à se ralentir. Ces cavaliers éclairaient-ils donc la route avec l'intention d'en observer les moindres détours ?

Michel Strogoff dut le craindre, et, instinctivement, il recula jusqu'à la berge du cours d'eau, prêt à s'y plonger, s'il le fallait.

Le détachement, arrivé à la hauteur du taillis, s'arrêta. Les cavaliers mirent pied à terre. Ils étaient cinquante environ. Une dizaine d'entre eux portaient des torches, qui éclairaient la route dans un large rayon.

À certains préparatifs, Michel Strogoff reconnut que, par un bonheur inattendu, le détachement ne songeait aucunement à visiter le taillis, mais à bivouaquer en cet endroit, pour faire reposer les chevaux et permettre aux hommes de prendre quelque nourriture.

En effet, les chevaux, débridés, commencèrent à paître l'herbe épaisse qui tapissait le sol. Quant aux cavaliers, ils s'étendirent au long de la route et se partagèrent les provisions de leurs havresacs.

Michel Strogoff avait conservé tout son sang-froid, et, se glissant entre les hautes herbes, il chercha à voir, puis à entendre.

C'était un détachement qui venait d'Omsk. Il se composait de cavaliers usbecks, race dominante en Tartarie, que leur type rapproche sensiblement des Mongols. Ces hommes, bien constitués, d'une taille au-dessus de la moyenne, aux traits rudes et sauvages, étaient coiffés du « talpak », sorte de bonnet de peau de mouton noir, et chaussés de bottes jaunes à hauts talons, dont le bout se relevait en pointe, comme aux souliers du Moyen Âge. Leur pelisse, faite d'indienne ouatée avec du coton écru, les serrait à la taille par une ceinture de cuir soutachée de rouge. Ils étaient armés, défensivement d'un bouclier, et offensivement d'un sabre courbe, d'un long coutelas et d'un fusil à pierre suspendu à l'arçon de la selle. Sur leurs épaules se drapait un manteau de feutre de couleur éclatante.

Ce détachement était conduit par un « pendjabaschi », c'est-à-dire un commandant de cinquante hommes, ayant en sous-ordre un « deh-baschi », simple commandant de dix hommes. Ces deux officiers portaient un casque et une demi-cotte de mailles ; de petites trompettes, attachées à l'arçon de leur selle, formaient le signe distinctif de leur grade.

Le pendja-baschi avait dû faire reposer ses hommes, fatigués d'une longue étape. Tout en causant, le second officier et lui, fumant le « beng », feuille de chanvre qui forme la base du « haschich » dont les Asiatiques font un si grand usage, allaient et venaient dans le bois, de sorte que Michel Strogoff, sans être vu, put saisir et comprendre leur conversation, car ils s'exprimaient en langue tartare.

Dès les premiers mots de cette conversation, l'attention de Michel Strogoff fut singulièrement surexcitée.

En effet, c'était de lui qu'il s'agissait.

« Ce courrier ne saurait avoir une telle avance sur nous, dit le pendja-baschi, et, d'autre part, il est absolument impossible qu'il ait suivi d'autre route que celle de la Baraba.

— Qui sait s'il a quitté Omsk ? répondit le deh-baschi. Peut-être est-il encore caché dans quelque maison de la ville ?

— Ce serait à souhaiter, vraiment ! Le colonel Ogareff n'aurait plus à craindre que les dépêches dont ce courrier est évidemment porteur n'arrivassent à destination !

— On dit que c'est un homme du pays, un Sibérien, reprit le deh-baschi. Comme tel, il doit connaître la contrée, et il est possible qu'il ait quitté la route d'Irkoutsk, sauf à la rejoindre plus tard !

— Mais alors nous serions en avance sur lui, répondit le pendja-baschi, car nous avons quitté Omsk moins d'une heure après son départ et nous avons suivi le chemin le plus court de toute la vitesse de nos chevaux. Donc, ou il est resté à Omsk ou nous arriverons avant lui à Tomsk, de manière à lui couper la retraite, et, dans les deux cas, il n'atteindra pas Irkoutsk.

— Une rude femme, cette vieille Sibérienne, qui est évidemment sa mère ! » dit le deh-baschi.

À cette phrase, le cœur de Michel Strogoff battit à se briser.

« Oui, répondit le pendja-baschi, elle a bien soutenu que ce prétendu marchand n'était pas son fils, mais il était trop tard. Le colonel Ogareff ne s'y est pas laissé prendre, et, comme il l'a dit, il saura bien faire parler la vieille sorcière, quand le moment en sera venu. »

Autant de mots, autant de coups de poignard pour Michel Strogoff ! Il était reconnu pour être un courrier du czar ! Un détachement de cavaliers, lancé à sa poursuite, ne pouvait manquer de lui couper la route ! Et, suprême douleur ! sa mère était entre les mains des Tartares, et le cruel Ogareff se faisait fort de la faire parler lorsqu'il le voudrait !

Michel Strogoff savait bien que l'énergique Sibérienne ne parlerait pas, et qu'il lui en coûterait la vie !...

Michel Strogoff ne croyait pas pouvoir haïr Ivan Ogareff plus qu'il ne l'avait haï jusqu'à ce moment, et, cependant, un flot de haine nouvelle monta jusqu'à son cœur. L'infâme qui trahissait son pays menaçait maintenant de torturer sa mère !

Quant à lui-même, Michel Strogoff apprit, par quelques mots du pendja-baschi, que sa tête était mise à prix, et qu'ordre était donné de le prendre mort ou vif.

Donc, il y avait nécessité immédiate de devancer les cavaliers usbecks sur la route d'Irkoutsk et de mettre l'Obi entre eux et lui. Mais, pour cela, il fallait fuir avant que le bivouac fût levé.

Cette résolution prise, Michel Strogoff se prépara à l'exécuter.

En effet, la halte ne pouvait se prolonger, et le pendja-baschi ne comptait pas donner à ses hommes plus d'une heure de repos, bien que leurs chevaux n'eussent pu être échangés contre des chevaux frais depuis Omsk, et qu'ils dussent être fatigués dans la même mesure et pour les mêmes raisons que celui de Michel Strogoff.

Il n'y avait donc pas un instant à perdre. Il était une heure du matin. Il fallait profiter de l'obscurité que l'aube allait chasser bientôt, pour quitter le petit bois et se jeter sur la route ; mais, bien que la nuit dût la favoriser, le succès d'une telle fuite paraissait presque impossible.

Michel Strogoff, en rampant sous l'herbe, s'approcha de son cheval, qui était couché sur le sol. Il le flatta de la main, il lui parla doucement, il parvint à le faire lever sans bruit.

En ce moment, circonstance favorable, les torches, entièrement consumées, étaient éteintes, et l'obscurité restait encore assez profonde, au moins sous le couvert des mélèzes.

Michel Strogoff, après avoir remis le mors, assuré la sangle de la selle, éprouvé la courroie des étriers, commença à tirer doucement son cheval par la bride. Du reste, l'intelligent animal, comme s'il eût compris ce que l'on voulait de lui, suivit docilement son maître, sans faire entendre le plus léger hennissement.

Toutefois, quelques chevaux usbecks dressèrent la tête et se dirigèrent peu à peu vers la lisière du taillis.

Michel Strogoff tenait de la main droite son revolver, prêt à casser la tête au premier cavalier tartare qui s'approcherait. Mais, très heureusement, l'éveil ne fut pas donné, et il put atteindre l'angle que le bois faisait à droite en rejoignant la route.

L'intention de Michel Strogoff, pour éviter d'être vu, était de ne se mettre en selle que le plus tard possible, et seulement après avoir dépassé un tournant qui se trouvait à deux cents pas du taillis.

Malheureusement, au moment où Michel Strogoff allait franchir la lisière du taillis, le cheval d'un Usbeck, le flairant, hennit et s'élança sur la route.

Son maître courut à lui pour le ramener, mais, apercevant une silhouette qui se détachait confusément aux premières lueurs de l'aube :

« Alerte ! » cria-t-il.

À ce cri, tous les hommes du bivouac se relevèrent et se précipitèrent sur la route.

Michel Strogoff n'avait plus qu'à enfourcher son cheval et à l'enlever au galop.

Les deux officiers du détachement s'étaient portés en avant et excitaient leurs hommes.

Mais déjà Michel Strogoff s'était mis en selle.

En ce moment, une détonation éclata, et il sentit une balle qui traversait sa pelisse.

Sans tourner la tête, sans répondre, il piqua des deux, et, franchissant la lisière du taillis par un bond formidable, il s'élança bride abattue dans la direction de l'Obi.

Les chevaux usbecks étant déharnachés, il allait donc pouvoir prendre une certaine avance sur les cavaliers du détachement ; mais ceux-ci ne pouvaient tarder à se jeter sur ses traces, et, en effet, moins de deux minutes après qu'il eut quitté le bois, il entendit le bruit de plusieurs chevaux qui, peu à peu, gagnaient sur lui.

Le jour commençait à se faire alors, et les objets devenaient visibles dans un plus large rayon.

Michel Strogoff, tournant la tête, aperçut un cavalier qui l'approchait rapidement.

C'était le deh-baschi. Cet officier, supérieurement monté, tenait la tête du détachement et menaçait d'atteindre le fugitif.

Sans s'arrêter, Michel Strogoff tendit vers lui son revolver, et, d'une main qui ne tremblait pas, il le visa un instant. L'officier usbeck, atteint en pleine poitrine, roula sur le sol.

Mais les autres cavaliers le suivaient de près, et, sans s'attarder près du deh-baschi, s'excitant par leurs propres vociférations, enfonçant l'éperon dans le flanc de leurs chevaux ils diminuèrent peu à peu la distance qui les séparait de Michel Strogoff.

Pendant une demi-heure, cependant, celui-ci put se maintenir hors de portée des armes tartares, mais il sentait bien que son cheval faiblissait, et, à chaque instant, il craignait que, butant contre quelque obstacle, il ne tombât pour ne plus se relever.

Le jour était assez clair alors, bien que le soleil ne se fût pas encore montré au-dessus de l'horizon.

À deux verstes au plus se développait une ligne pâle, que bordaient quelques arbres assez espacés.

C'était l'Obi, qui coulait du sud-ouest au nord-est,

presque au ras du sol, et dont la vallée n'était que la steppe elle-même.

Plusieurs fois, des coups de fusil furent tirés sur Michel Strogoff, mais sans l'atteindre, et, plusieurs fois aussi, il dut décharger son revolver sur ceux des cavaliers qui le serraient de trop près. Chaque fois, un Usbeck roula à terre, au milieu des cris de rage de ses compagnons.

Mais cette poursuite ne pouvait se terminer qu'au désavantage de Michel Strogoff. Son cheval n'en pouvait plus, et, cependant, il parvint à l'enlever jusqu'à la berge du fleuve.

Le détachement usbeck, à ce moment, n'était plus qu'à cinquante pas en arrière de lui.

Sur l'Obi, absolument désert, pas de bac, pas un bateau qui pût servir à passer le fleuve.

« Courage, mon brave cheval ! s'écria Michel Strogoff. Allons ! Un dernier effort ! »

Et il se précipita dans le fleuve, qui mesurait en cet endroit une demi-verste de largeur.

Le courant, très vif, était extrêmement difficile à remonter. Le cheval de Michel Strogoff n'avait pied nulle part. Donc, sans point d'appui, c'était à la nage qu'il devait couper ces eaux rapides comme celles d'un torrent. Les braver, c'était, pour Michel Strogoff, faire un miracle de courage.

Les cavaliers s'étaient arrêtés sur la berge du fleuve, et ils hésitaient à s'y précipiter.

Mais, à ce moment, le pendja-baschi, saisissant son fusil, visa avec soin le fugitif, qui se trouvait déjà au milieu du courant. Le coup partit, et le cheval de Michel Strogoff, frappé au flanc, s'engloutit sous son maître.

Celui-ci se débarrassa vivement de ses étriers, au moment où l'animal disparaissait sous les eaux du fleuve. Puis, plongeant à propos au milieu d'une grêle de balles, il parvint à atteindre la rive droite du fleuve et disparut dans les roseaux qui hérissaient la berge de l'Obi.

17

Versets et chansons

Michel Strogoff était relativement en sûreté. Toutefois, sa situation restait encore terrible.

Il était à pied, sans vivres, dans un pays ruiné par l'invasion, battu par les éclaireurs de l'émir, et il se trouvait encore à une distance considérable du but qu'il fallait atteindre.

Une fois sur un terrain plus solide, Michel Strogoff arrêta ce qu'il convenait de faire. Ce qu'il voulait avant tout, c'était éviter Tomsk, occupée par les troupes tartares. Néanmoins, il lui fallait gagner quelque bourgade, et au besoin quelque relais de poste, où il pût se procurer un cheval. Ce cheval trouvé, il se jetterait en dehors des chemins battus, et il ne reprendrait la route d'Irkoutsk qu'aux environs de Krasnoiarsk.

Tout d'abord, Michel Strogoff commença par s'orienter.

À deux verstes en avant, en suivant le cours de l'Obi, une petite ville, pittoresquement étagée, s'élevait sur une légère intumescence du sol.

C'était Kolyvan, où les fonctionnaires et les employés de Kamsk et autres villes vont se réfugier pendant l'été pour fuir le climat malsain de la Baraba. Kolyvan, d'après les nouvelles que le courrier du czar avait apprises, ne devait pas être encore aux mains des envahisseurs. Les troupes tartares, scindées en deux colonnes, s'étaient portées à gauche sur Omsk, à droite sur Tomsk, négligeant le pays intermédiaire.

Le projet, simple et logique, que forma Michel Strogoff, ce fut de gagner Kolyvan avant que les cavaliers usbecks, qui remontaient la rive gauche de l'Obi, y fussent arrivés.

Il était trois heures du matin. Les environs de Kolyvan, parfaitement calmes, semblaient être absolument abandonnés. Michel Strogoff se dirigeait donc d'un pas rapide vers Kolyvan, lorsque des détonations lointaines arrivèrent jusqu'à lui.

Il s'arrêta et distingua nettement de sourds roulements qui ébranlaient les couches d'air, et, au-dessus, une crépitation plus sèche dont la nature ne pouvait le tromper.

« C'est le canon ! c'est la fusillade ! se dit-il. Le petit corps russe est-il donc aux prises avec l'armée tartare ? Ah ! fasse le Ciel que j'arrive avant eux à Kolyvan ! »

Michel Strogoff ne se trompait pas. Bientôt, les détonations s'accentuèrent peu à peu, et, en arrière, sur la gauche de Kolyvan, des vapeurs se condensèrent au-dessus de l'horizon – non pas des nuages de fumée, mais de ces grosses volutes blanchâtres, très nettement profilées, que produisent les décharges d'artillerie.

Sur la gauche de l'Obi, les cavaliers usbecks s'étaient arrêtés pour attendre le résultat de la bataille.

De ce côté, Michel Strogoff n'avait plus rien à craindre. Aussi hâta-t-il sa marche vers la ville.

Il n'était plus qu'à une demi-verste de Kolyvan, lorsqu'un long jet de feu fusa entre les maisons de la ville, et le clocher d'une église s'écroula au milieu de torrents de poussière et de flammes.

En ce moment, les détonations étaient extrêmement violentes. Bientôt des flammes jaillirent sur la gauche de la ville. L'incendie dévorait tout un quartier de Kolyvan.

Michel Strogoff courait à travers la steppe, cherchant à gagner le couvert de quelques arbres, disséminés çà et là, lorsqu'un détachement de cavalerie tartare apparut sur la droite.

Soudain, à l'angle d'un épais bouquet d'arbres, il vit une maison isolée qu'il lui était possible d'atteindre avant d'avoir été aperçu.

Y courir, s'y cacher, y demander, y prendre au besoin de quoi refaire ses forces, car il était épuisé de fatigue et de faim, Michel Strogoff n'avait pas autre chose à faire.

Il se précipita donc vers cette maison, distante d'une demi-verste au plus. En s'en approchant, il reconnut que cette maison était un poste télégraphique. Deux fils en partaient dans les directions ouest et est, et un troisième fil était tendu vers Kolyvan.

Que cette station fût abandonnée dans les circonstances actuelles, on devait le supposer, mais enfin, telle quelle, Michel Strogoff pourrait s'y réfugier et attendre la nuit, s'il le fallait, pour se jeter de nouveau à travers la steppe, que battaient les éclaireurs tartares.

Michel Strogoff s'élança aussitôt vers la porte de la maison et la repoussa violemment.

Une seule personne se trouvait dans la salle où se faisaient les transmissions télégraphiques.

C'était un employé, calme, flegmatique, indifférent à ce qui se passait au-dehors. Fidèle à son poste, il attendait derrière son guichet que le public vînt réclamer ses services.

Michel Strogoff courut à lui, et d'une voix brisée par la fatigue :

« Que savez-vous ? lui demanda-t-il.

— Rien, répondit l'employé en souriant.

— Ce sont les Russes et les Tartares qui sont aux prises ?

— On le dit.

— Mais quels sont les vainqueurs ?

— Je l'ignore. »

Tant de placidité au milieu de ces terribles conjonctures, tant d'indifférence même étaient à peine croyables.

« Et le fil n'est pas coupé ? demanda Michel Strogoff.

— Il est coupé entre Kolyvan et Krasnoiarsk, mais il fonctionne encore entre Kolyvan et la frontière russe.

— Pour le gouvernement ?

— Pour le gouvernement, lorsqu'il le juge convenable. Pour le public, lorsqu'il paie. C'est dix kopeks par mot. Quand vous voudrez, monsieur ? »

Michel Strogoff allait répondre à cet étrange employé qu'il n'avait aucune dépêche à expédier, qu'il ne réclamait qu'un peu de pain et d'eau, lorsque la porte de la maison fut brusquement ouverte.

Michel Strogoff, croyant que le poste était envahi par les Tartares, s'apprêtait à sauter par la fenêtre, quand il reconnut que deux hommes seulement venaient d'entrer dans la salle, lesquels n'avaient rien moins que la mine de soldats tartares.

L'un d'eux tenait à la main une dépêche écrite au crayon, et, devançant l'autre, il se précipita au guichet de l'impassible employé.

Dans ces deux hommes, Michel Strogoff retrouva, avec un étonnement que chacun comprendra, deux personnages auxquels il ne pensait guère et qu'il ne croyait plus jamais revoir.

C'étaient les correspondants Harry Blount et Alcide Jolivet.

Ils avaient quitté Ichim quelques heures seulement après le départ de Michel Strogoff, et, s'ils étaient arrivés avant lui à Kolyvan, en suivant la même route, s'ils l'avaient même dépassé, c'est que Michel Strogoff avait perdu trois jours sur les bords de l'Irtyche.

Et maintenant, après avoir assisté tous deux à l'engagement des Russes et des Tartares devant la ville, après avoir quitté Kolyvan au moment où la lutte se livrait dans ses rues, ils étaient accourus à la station télégraphique, afin de lancer à l'Europe leurs dépêches rivales et de s'enlever l'un à l'autre la primeur des événements.

Michel Strogoff s'était mis à l'écart, dans l'ombre, et, sans être vu, il pouvait tout voir et tout entendre. Il allait évidemment apprendre des nouvelles intéressantes pour lui et savoir s'il devait ou non entrer dans Kolyvan.

Harry Blount, plus pressé que son collègue, avait pris possession du guichet, et il tendait sa dépêche, pendant qu'Alcide Jolivet, contrairement à ses habitudes, piétinait d'impatience.

« C'est dix kopeks par mot », dit l'employé en prenant la dépêche.

Harry Blount déposa sur la tablette une pile de roubles, que son confrère regarda avec une certaine stupéfaction.

« Bien », dit l'employé.

Et, avec le plus grand sang-froid du monde, il commença à télégraphier la dépêche suivante :

« Daily Telegraph, *Londres.*

« De Kolyvan, gouvernement d'Omsk, Sibérie, 6 août.

« Engagement des troupes russes et tartares... »

Cette lecture étant faite à haute voix, Michel Strogoff entendait tout ce que le correspondant anglais adressait à son journal.

« Troupes russes repoussées avec grandes pertes. Tartares entrés dans Kolyvan ce jour même... »

Ces mots terminaient la dépêche.

« À mon tour maintenant », s'écria Alcide Jolivet, qui voulut passer la dépêche adressée à sa cousine du faubourg Montmartre, que l'employé lut à haute voix :

« Madeleine Jolivet,

« 10, Faubourg-Montmartre (Paris) :

« De Kolyvan, gouvernement d'Omsk Sibérie, 6 août

« Les fuyards s'échappent de la ville. Russes battus. Poursuite acharnée de la cavalerie tartare... »

Cependant, la situation s'aggravait autour de Kolyvan. La bataille se rapprochait, et les détonations éclataient avec une violence extrême.

Pour Michel Strogoff, il n'était pas douteux que les Russes ne fussent repoussés de Kolyvan. Sa dernière ressource était donc de se jeter à travers la steppe méridionale.

Mais alors une fusillade terrible éclata près du poste télégraphique, et une grêle de balles fit sauter les vitres de la fenêtre.

Harry Blount, frappé à l'épaule, tomba à terre.

Alcide Jolivet allait, à ce moment même, transmettre ce supplément de dépêche :

« Harry Blount, correspondant du Daily Telegraph, tombe à mon côté, frappé d'un éclat de mitraille... »

quand l'impassible employé lui dit avec son calme inaltérable :

« Monsieur, le fil est brisé. »

Et, quittant son guichet, il prit tranquillement son chapeau, qu'il brossa du coude, et, toujours souriant, sortit par une petite porte que Michel Strogoff n'avait pas aperçue.

Le poste fut alors envahi par des soldats tartares, et ni Michel Strogoff, ni les journalistes ne purent opérer leur retraite.

Alcide Jolivet, sa dépêche inutile à la main, s'était précipité vers Harry Blount, étendu sur le sol, et, en brave cœur qu'il était, il l'avait chargé sur ses épaules, dans l'intention de fuir avec lui... Il était trop tard !

Tous deux étaient prisonniers, et, en même temps qu'eux, Michel Strogoff, surpris à l'improviste au moment où il allait s'élancer par la fenêtre, tombait entre les mains des Tartares !

Deuxième partie

1

Un camp tartare

À une journée de marche de Kolyvan, quelques verstes en avant du bourg de Diachinsk, s'étend une vaste plaine que dominent quelques grands arbres, principalement des pins et des cèdres.

Là, se dressaient les tentes tartares, là campait Féofar-Khan, le farouche émir de Boukhara, et c'est là que le lendemain, 7 août, furent amenés les prisonniers faits à Kolyvan, après l'anéantissement du petit corps russe. De ces deux mille hommes, qui s'étaient engagés entre les deux colonnes ennemies, appuyées à la fois sur Omsk et sur Tomsk, il ne restait plus que quelques centaines de soldats. Les événements tournaient donc mal, et le gouvernement impérial semblait être compromis au-delà des frontières de l'Oural – au moins momentanément, car les Russes ne pouvaient manquer de repousser tôt ou tard ces hordes d'envahisseurs. Mais enfin l'invasion avait atteint le centre de la Sibérie, et elle allait, à travers le pays soulevé, se propager soit sur les provinces de l'ouest, soit sur les provinces de l'est. Irkoutsk était maintenant coupée de toute communication avec l'Europe. Si les troupes de l'Amour et de la province d'Iakoutsk n'arrivaient pas à temps pour l'occuper, cette capitale de la Russie asiatique, réduite à des forces insuffisantes, tomberait aux mains des Tartares, et, avant qu'elle eût pu être reprise, le grand-duc, frère de l'empereur, aurait été livré à la vengeance d'Ivan Ogareff.

Lorsque les prisonniers faits à Kolyvan arrivèrent devant les tentes de Féofar et des grands dignitaires du Khanat, les tambours battirent aux champs, les trompettes sonnèrent. À ces bruits déjà formidables se mêlèrent de stridentes mousquetades et la détonation plus grave des canons de quatre et de six qui formaient l'artillerie de l'émir.

L'installation de Féofar était purement militaire. Ce qu'on pourrait appeler sa maison civile, son harem et ceux de ses alliés, étaient à Tomsk, maintenant aux mains des Tartares.

Le camp levé, Tomsk allait devenir la résidence de l'émir, jusqu'au moment où il l'échangerait enfin contre la capitale de la Sibérie orientale.

L'émir, au moment où les prisonniers furent amenés au camp, était dans sa tente. Il ne se montra pas. Et ce fut heureux, sans doute. Un geste, un mot de lui n'auraient pu être que le signal de quelque sanglante exécution. Mais il se retrancha dans cet isolement, qui constitue en partie la majesté des rois orientaux. On admire qui ne se montre pas, et surtout on le craint.

Quant aux prisonniers, ils allaient être parqués dans quelque enclos, où, maltraités, à peine nourris, exposés à toutes les intempéries du climat, ils attendraient le bon plaisir de Féofar.

De tous, le plus docile, sinon le plus patient, était certainement Michel Strogoff. Il se laissait conduire, car on le conduisait là où il voulait aller, et dans des conditions de sécurité que, libre, il n'eût pu trouver sur cette route de Kolyvan à Tomsk.

« Une fois à Tomsk, se répétait-il pour réprimer quelques mouvements d'impatience dont il n'était pas toujours maître, en quelques minutes, je serai au-delà des avant-postes, et douze heures gagnées sur Féofar, douze heures sur Ogareff, cela me suffira pour les devancer à Irkoutsk ! »

Ce que Michel Strogoff, en effet, redoutait par-dessus tout, c'était et ce devait être la présence d'Ivan Ogareff au camp tartare. Outre le danger d'être reconnu, il sentait, par une sorte d'instinct, que c'était ce traître sur lequel il lui importait surtout de prendre l'avance. Il comprenait aussi que la réunion des troupes d'Ivan Ogareff à celles de Féofar porterait au complet l'effectif de l'armée envahissante, et que, la jonction opérée, cette armée marcherait en masse sur la capitale de la Sibérie orientale. Aussi, toutes ses appréhensions venaient-elles de ce côté, et, à chaque instant, écoutait-il si quelque fanfare n'annonçait pas l'arrivée du lieutenant de l'émir.

À cette pensée se joignait le souvenir de sa mère, celui de Nadia, l'une retenue à Omsk, l'autre enlevée sur les barques de l'Irtyche et sans doute captive comme l'était Marfa Strogoff ! Il ne pouvait rien pour elles ! Les reverrait-il jamais ? À cette question qu'il n'osait résoudre, son cœur se serrait affreusement.

En même temps que Michel Strogoff et tant

d'autres prisonniers, Harry Blount et Alcide Jolivet avaient été conduits au camp tartare. Leur ancien compagnon de voyage, pris avec eux au poste télégraphique, savait qu'ils étaient parqués comme lui dans cet enclos que surveillaient de nombreuses sentinelles, mais il n'avait point cherché à se rapprocher d'eux. Peu lui importait, en ce moment du moins, ce qu'ils pouvaient penser de lui depuis l'affaire du relais d'Ichim. D'ailleurs, il voulait être seul pour agir seul, le cas échéant. Il s'était donc tenu à l'écart.

L'arrivée d'Ivan Ogareff pouvait évidemment servir ceux-ci, car, leur qualité de correspondants anglais et français une fois reconnue, rien de plus probable qu'ils fussent mis en liberté. Le lieutenant de l'émir saurait faire entendre raison à Féofar, qui n'eût pas manqué de traiter des journalistes comme de simples espions. L'intérêt d'Alcide Jolivet et d'Harry Blount était donc contraire à l'intérêt de Michel Strogoff. Celui-ci avait bien compris cette situation, et ce fut une nouvelle raison, ajoutée à plusieurs autres, qui le porta à éviter tout rapprochement avec ses anciens compagnons de voyage. Il s'arrangea donc de manière à ne pas être aperçu d'eux.

Quatre jours se passèrent, pendant lesquels l'état de choses ne fut aucunement modifié. Les prisonniers n'entendirent point parler de la levée du camp tartare. Ils étaient surveillés sévèrement. Il leur eût été impossible de traverser le cordon de fantassins et de cavaliers qui les gardaient nuit et jour.

Cet état de choses allait-il durer ? Féofar-Khan, satisfait de ses premiers succès, voulait-il donc attendre quelque temps avant de marcher sur Irkoutsk ? On pouvait le craindre, mais il n'en fut rien. L'événement tant souhaité d'Alcide Jolivet et d'Harry Blount, tant redouté de Michel Strogoff, se produisit dans la matinée du 12 août.

Ce jour-là, les trompettes sonnèrent, les tambours battirent, la mousquetade éclata. Un énorme nuage de poussière se déroulait au-dessus de la route de Kolyvan.

Ivan Ogareff, suivi de plusieurs milliers d'hommes, faisait son entrée au camp tartare.

2

Une attitude d'Alcide Jolivet

C'était tout un corps d'armée qu'Ivan Ogareff amenait à l'émir. Ces cavaliers et ces fantassins faisaient partie de la colonne qui s'était emparée d'Omsk. Ivan Ogareff, n'ayant pu réduire la ville haute, s'était décidé à passer outre, ne voulant pas retarder les opérations qui devaient amener la conquête de la Sibérie orientale. Il avait donc laissé une garnison suffisante à Omsk. Puis, entraînant ses hordes, se renforçant en route des vainqueurs de Kolyvan, il venait faire sa jonction avec l'armée de Féofar.

Les soldats d'Ivan Ogareff s'arrêtèrent aux avant-postes du camp. Ils ne reçurent point ordre de bivouaquer. Le projet de leur chef était, sans doute, de ne pas s'arrêter, mais de se porter en avant et de gagner, dans le plus bref délai, Tomsk, ville importante, naturellement destinée à devenir le centre des opérations futures.

En même temps que ses soldats, Ivan Ogareff amenait un convoi de prisonniers russes et sibériens, capturés soit à Omsk, soit à Kolyvan. Ces malheureux ne furent pas conduits à l'enclos, déjà trop petit pour ceux qu'il contenait, et ils durent rester aux avant-postes, sans abri, presque sans nourriture.

Ce corps d'armée n'était pas venu d'Omsk et de Kolyvan sans entraîner à sa suite la foule de mendiants, de maraudeurs, de marchands, de bohémiens qui forment habituellement l'arrière-garde d'une armée en marche. Tout ce monde vivait sur les pays traversés et laissait peu de chose à piller après lui. Au nombre de ces bohémiens, accourus des provinces de l'ouest, figurait la troupe tsigane qui avait accompagné Michel Strogoff jusqu'à Perm. Sangarre était là. Cette sauvage espionne, âme damnée d'Ivan Ogareff, ne quittait pas son maître. On les a vus, tous deux, préparant leurs machinations, en Russie même, dans le gouvernement de Nijni-Novgorod. Après la traversée de l'Oural, ils s'étaient séparés pour quelques jours seulement. Ivan avait rapidement gagné Ichim, tandis que Sangarre et sa troupe se dirigeaient sur Omsk par le sud de la province.

On comprendra facilement quelle aide cette femme apportait à Ivan Ogareff. Par ses bohémiennes, elle pénétrait en tout lieu, entendant et rapportant tout. Ivan Ogareff était tenu au courant de ce qui se faisait jusque dans le cœur des provinces envahies. C'étaient cent yeux, cent oreilles, toujours ouverts pour sa cause. D'ailleurs, il payait largement cet espionnage, dont il retirait grand profit.

Sangarre, autrefois compromise dans une très grave affaire, avait été sauvée par l'officier russe. Elle n'avait point oublié ce qu'elle lui devait et s'était donnée à lui, corps et âme. Ivan Ogareff, entré dans la voie de la trahison, avait compris quel parti il pouvait tirer de cette femme. Quelque ordre qu'il lui donnât, Sangarre l'exécutait. Un instinct inexplicable, plus impérieux encore que celui de la reconnaissance, l'avait poussée à se faire l'esclave du traître, auquel elle était attachée depuis les premiers temps de son exil en Sibérie. Confidente et complice, Sangarre, sans patrie, sans famille, s'était plu à mettre sa vie vagabonde au service des envahisseurs qu'Ivan Ogareff allait jeter sur la Sibérie. À la prodigieuse astuce naturelle à sa race, elle joignait une énergie farouche, qui ne connaissait ni le pardon ni la pitié.

Depuis son arrivée à Omsk, où elle l'avait rejoint avec ses tsiganes, Sangarre n'avait plus quitté Ivan Ogareff. La circonstance qui avait mis en présence Michel et Marfa Strogoff lui était connue. Les craintes d'Ivan Ogareff, relatives au passage d'un courrier du czar, elle les savait et les partageait. Marfa Strogoff prisonnière, elle eût été femme à la torturer avec tout le raffinement d'une Peau-Rouge, afin de lui arracher son secret. Mais l'heure n'était pas venue à laquelle Ivan Ogareff voulait faire parler la vieille Sibérienne. Sangarre devait attendre, et elle attendait, sans perdre des yeux celle qu'elle espionnait à son insu, guettant ses moindres gestes, ses moindres paroles, l'observant jour et nuit, cherchant à entendre ce mot de « fils » s'échapper de sa bouche, mais déjouée jusqu'alors par l'inaltérable impassibilité de Marfa Strogoff.

Cependant, au premier éclat des fanfares, le grand maître de l'artillerie tartare et le chef des écuries de l'émir, suivis d'une brillante escorte de cavaliers usbecks, s'étaient portés au front du camp afin de recevoir Ivan Ogareff.

Lorsqu'ils furent arrivés en sa présence, ils lui rendirent les plus grands honneurs et l'invitèrent à les accompagner à la tente de Féofar-Khan.

Ivan Ogareff, imperturbable comme toujours, répondit froidement aux déférences des hauts fonctionnaires envoyés à sa rencontre. Il était très simplement vêtu, mais, par une sorte de bravade impudente, il portait encore un uniforme d'officier russe.

Ivan Ogareff pressa les flancs de son cheval, et, suivi de son état-major d'officiers tartares, il se dirigea vers la tente de l'émir.

Féofar-Khan attendait son lieutenant. Le conseil, composé du porteur du sceau royal, du khodja et de quelques hauts fonctionnaires, avait pris place sous la tente.

Ivan Ogareff descendit de cheval, entra, et se trouva devant l'émir.

Féofar-Khan était un homme de quarante ans, haut de stature, le visage assez pâle, les yeux méchants, la physionomie farouche. Une barbe noire, étagée par petits rouleaux, descendait sur sa poitrine. Avec son costume de guerre, cotte à mailles d'or et d'argent, baudrier étincelant de pierres précieuses, fourreau de sabre courbé comme un yatagan et serti de gemmes éblouissantes, bottes ergotées d'un éperon d'or, casque orné d'une aigrette de diamants jetant mille feux, Féofar offrait au regard l'aspect plutôt étrange qu'imposant d'un Sardanapale tartare, souverain indiscuté qui dispose à son gré de la vie et de la fortune de ses sujets, dont la puissance est sans limites, et auquel, par privilège spécial, on donne, à Boukhara, la qualification d'émir.

Au moment où Ivan Ogareff parut, les grands dignitaires demeurèrent assis sur leurs coussins festonnés d'or ; mais Féofar se leva d'un riche divan qui occupait le fond de la tente, dont le sol disparaissait sous l'épaisse moquette d'un tapis boukharien. L'émir s'approcha d'Ivan Ogareff et lui donna un baiser, à la signification duquel il n'y avait pas à se méprendre. Ce baiser faisait du lieutenant le chef du conseil et le plaçait temporairement au-dessus du khodja.

Puis, Féofar, s'adressant à Ivan Ogareff :

« Je n'ai point à t'interroger, dit-il, parle, Ivan. Tu ne trouveras ici que des oreilles bien disposées à t'entendre.

— Takhsir[1], répondit Ivan Ogareff, voici ce que j'ai à te faire connaître. »

Ivan Ogareff s'exprimait en tartare, et donnait à ses phrases la tournure emphatique qui distingue le langage des Orientaux.

« Takhsir, le temps n'est pas aux inutiles paroles. Ce que j'ai fait, à la tête de tes troupes, tu le sais. Les lignes de l'Ichim et de l'Irtyche sont maintenant en notre pouvoir, et les cavaliers turcomans peuvent baigner leurs chevaux dans leurs eaux devenues tartares. Les hordes kirghises se sont soulevées à la voix de Féofar-Khan, et la principale route sibérienne t'appartient depuis Ichim jusqu'à Tomsk. Tu peux donc pousser tes colonnes aussi bien vers l'orient où le soleil se lève, que vers l'occident où il se couche.

1. C'est l'équivalent du nom de « Sire », qui est donné aux sultans de Boukhara.

— Et si je marche avec le soleil ? demanda l'émir, qui écoutait sans que son visage trahît aucune de ses pensées.

— Marcher avec le soleil, répondit Ivan Ogareff, c'est te jeter vers l'Europe, c'est conquérir rapidement les provinces sibériennes de Tobolsk jusqu'aux montagnes de l'Oural.

— Et si je vais au-devant de ce flambeau du ciel ?

— C'est soumettre à la domination tartare, avec Irkoutsk, les plus riches contrées de l'Asie centrale.

— Mais, les armées du sultan de Pétersbourg ? dit Féofar-Khan, en désignant par ce titre bizarre l'empereur de Russie.

— Tu n'as rien à en craindre, ni au levant ni au couchant, répondit Ivan Ogareff. L'invasion a été soudaine, et, avant que l'armée russe ait pu les secourir, Irkoutsk ou Tobolsk seront tombées en ton pouvoir. Les troupes du czar ont été écrasées à Kolyvan, comme elles le seront partout où les tiens lutteront contre ces soldats insensés de l'Occident.

— Et quel avis t'inspire ton dévouement à la cause tartare ? demanda l'émir, après quelques instants de silence.

— Mon avis, répondit vivement Ivan Ogareff, c'est de marcher au-devant du soleil ! C'est de donner l'herbe des steppes orientales à dévorer aux chevaux turcomans ! C'est de prendre Irkoutsk, la capitale des provinces de l'est, et, avec elle, l'otage dont la possession vaut toute une contrée. Il faut que, à défaut du czar, le grand-duc son frère tombe entre tes mains. »

C'était là le suprême résultat que poursuivait Ivan Ogareff. S'emparer du grand-duc, le frapper sans pitié, c'était pleine satisfaction donnée à sa haine ! En outre, la prise d'Irkoutsk faisait passer immédiatement sous la domination tartare toute la Sibérie orientale.

« Il sera fait ainsi, Ivan, répondit Féofar.

— Quels sont tes ordres, Takhsir ?

— Aujourd'hui même, notre quartier général sera transporté à Tomsk. »

Ivan Ogareff s'inclina, et, suivi du housch-bégui, il se retira pour faire exécuter les ordres de l'émir.

Au moment où il allait monter à cheval, afin de regagner les avant-postes, un certain tumulte se produisit à quelque distance, dans la partie du camp affectée aux prisonniers. Des cris se firent entendre, et deux ou trois coups de fusil éclatèrent. Était-ce une tentative de révolte ou d'évasion qui allait être sommairement réprimée ?

Ivan Ogareff et le housch-bégui firent quelques pas en avant, et, presque aussitôt, deux hommes, que des soldats ne pouvaient retenir, parurent devant eux.

Le housch-bégui, sans plus d'information, fit un geste qui était un ordre de mort, et la tête de ces deux prisonniers allait rouler à terre, lorsqu'Ivan Ogareff dit quelques mots qui arrêtèrent le sabre déjà levé sur eux.

Le Russe avait reconnu que ces prisonniers étaient étrangers, et il donna l'ordre qu'on les lui amenât. C'étaient Harry Blount et Alcide Jolivet.

Dès l'arrivée d'Ivan Ogareff au camp, ils avaient demandé à être conduits en sa présence. Les soldats avaient refusé. De là, lutte, tentative de fuite, coups de fusil qui n'atteignirent heureusement point les deux journalistes, mais leur exécution ne se fût point fait attendre, n'eût été l'intervention du lieutenant de l'émir.

Celui-ci examina pendant quelques moments ces prisonniers, qui lui étaient absolument inconnus. Ils étaient présents, cependant, à cette scène du relais de poste d'Ichim, dans laquelle Michel Strogoff fut frappé par Ivan Ogareff ; mais le brutal voyageur n'avait point fait attention aux personnes réunies alors dans la salle commune.

Harry Blount et Alcide Jolivet, au contraire, le reconnurent parfaitement, et celui-ci dit à mi-voix :

« Tiens ! Il paraît que le colonel Ogareff et le grossier personnage d'Ichim ne font qu'un ! »

Puis, il ajouta à l'oreille de son compagnon :

« Exposez notre affaire, Blount. Vous me rendrez service. Ce colonel russe au milieu d'un camp tartare me dégoûte, et bien que, grâce à lui, ma tête soit encore sur mes épaules, mes yeux se détourneraient avec mépris plutôt que de le regarder en face ! »

Et cela dit, Alcide Jolivet affecta la plus complète et la plus hautaine indifférence.

Ivan Ogareff comprit-il ce que l'attitude du prisonnier avait d'insultant pour lui ? En tout cas, il n'en laissa rien paraître.

« Qui êtes-vous, messieurs ? demanda-t-il en russe d'un ton très froid, mais exempt de sa rudesse habituelle.

— Deux correspondants de journaux anglais et français, répondit laconiquement Harry Blount.

— Vous avez sans doute des papiers qui vous permettent d'établir votre identité ?

— Voici des lettres qui nous accréditent en Russie près des chancelleries anglaise et française. »

Ivan Ogareff prit les lettres que lui tendait Harry Blount, et il les lut avec attention. Puis :

« Vous demandez, dit-il, l'autorisation de suivre nos opérations militaires en Sibérie ?

— Nous demandons à être libres, voilà tout, répondit sèchement le correspondant anglais.

— Vous l'êtes, messieurs, répondit Ivan Ogareff, et je serai curieux de lire vos chroniques dans le *Daily Telegraph*.

— Monsieur, répliqua Harry Blount avec le flegme le plus imperturbable, c'est six pence le numéro, les frais de poste en sus. »

Et, là-dessus, Harry Blount se retourna vers son compagnon, qui parut approuver complètement sa réponse.

Ivan Ogareff ne sourcilla pas, et, enfourchant son cheval, il prit la tête de son escorte et disparut bientôt dans un nuage de poussière.

« Eh bien, monsieur Jolivet, que pensez-vous du colonel Ivan Ogareff, général en chef des troupes tartares ? demanda Harry Blount.

— Je pense, mon cher confrère, répondit en souriant Alcide Jolivet, que cet housch-bégui a eu un bien beau geste, quand il a donné l'ordre de nous couper la tête ! »

Quoi qu'il en soit et quel que fût le motif qui eût porté Ivan Ogareff à agir ainsi à l'égard des deux journalistes, ceux-ci étaient libres et ils pouvaient parcourir à leur gré le théâtre de la guerre. Aussi, leur intention était-elle de ne point abandonner la partie. L'espèce d'antipathie qu'ils ressentaient autrefois l'un pour l'autre avait fait place à une amitié sincère.

« Et maintenant demanda Harry Blount, qu'est-ce que nous allons faire de notre liberté ?

— En abuser, parbleu ! répondit Alcide Jolivet, et aller tranquillement à Tomsk voir ce qui s'y passe.

— Jusqu'au moment, très prochain, je l'espère, où nous pourrons rejoindre quelque corps russe ?...

— Comme vous dites, mon cher Blount ! Il ne faut pas trop se tartariser ! Le beau rôle est encore à ceux dont les armes civilisent, et il est évident que les peuples de l'Asie centrale auraient tout à perdre et absolument rien à gagner à cette invasion, mais les Russes sauront bien la repousser. Ce n'est qu'une affaire de temps ! »

Cependant, l'arrivée d'Ivan Ogareff, qui venait de rendre à la liberté Alcide Jolivet et Harry Blount, était au contraire un grave péril pour Michel Strogoff. Que le hasard vînt à mettre le courrier du czar en présence d'Ivan Ogareff, celui-ci ne pourrait manquer de le reconnaître pour le voyageur qu'il avait si brutalement traité au relais d'Ichim, et bien que Michel Strogoff n'eût pas répondu à l'insulte comme il l'eût fait en toute autre circonstance, l'attention aurait été attirée sur lui – ce qui eût rendu difficile l'exécution de ses projets.

Là était le côté fâcheux de la présence d'Ivan Ogareff. Toutefois, une conséquence heureuse de son arrivée, ce fut l'ordre qui fut donné de lever le camp le jour même et de transporter à Tomsk le quartier général.

C'était un voyage de trois jours que les prisonniers, sous la surveillance d'un nombreux détachement de Tartares, devaient faire à travers la steppe. En effet, cent cinquante verstes séparaient le camp de la ville.

Voyage facile pour les soldats de l'émir, qui ne manquaient de rien, mais pénible pour des malheureux, affaiblis par les privations. Plus d'un cadavre devait jalonner cette portion de la route sibérienne !

Ce fut à deux heures de l'après-midi, par une température fort élevée et sous un ciel sans nuages, que le toptschi-baschi donna l'ordre de départ.

Alcide Jolivet et Harry Blount, ayant acheté des chevaux, avaient déjà pris la route de Tomsk, où la logique des événements allait réunir les principaux personnages de cette histoire.

Au nombre des prisonniers amenés par Ivan Ogareff au camp tartare, était une vieille femme que sa taciturnité même semblait mettre à part au milieu de toutes celles qui partageaient son sort. Pas une plainte ne sortait de ses lèvres. On eût dit une statue de la douleur. Cette femme, presque toujours immobile, plus étroitement gardée qu'aucune autre, était, sans qu'elle parût s'en douter ou s'en soucier, observée par la tsigane Sangarre. Malgré son âge, elle avait dû suivre à pied le convoi des prisonniers, sans qu'aucun adoucissement eût été apporté à ses misères.

Toutefois, quelque providentiel dessein avait placé à ses côtés un être courageux, charitable, fait pour la comprendre et l'assister. Parmi ses compagnes d'infortune, une jeune fille, remarquable par sa beauté et par une impassibilité qui ne le cédait en rien à celle de la Sibérienne, semblait s'être donné la tâche de veiller sur elle. Aucune parole n'avait été échangée entre les deux captives, mais la jeune fille se trouvait toujours à point nommé auprès de la vieille femme, quand son secours pouvait lui être utile. Celle-ci n'avait pas tout d'abord accepté sans méfiance les soins muets de cette inconnue. Peu à peu, cependant, l'évidente droiture du regard de cette jeune fille, sa réserve et la mystérieuse sympathie qu'une communauté de douleurs établit entre d'égales infortunes, avaient eu raison de la froideur hautaine de Marfa Strogoff. Nadia – car c'était elle – avait pu ainsi, sans la connaître, rendre à la mère les soins qu'elle-même avait reçus de son fils. Son instinctive bonté l'avait doublement bien inspirée. En se vouant à la servir, Nadia assurait à sa jeunesse et à sa beauté la protection de l'âge de la vieille prisonnière. Au milieu de cette foule d'infortunés, aigris par les souffrances, ce groupe silencieux de deux femmes, dont l'une semblait être l'aïeule, l'autre la petite-fille, imposait à tous une sorte de respect.

Nadia, après avoir été enlevée par les éclaireurs tartares sur les barques de l'Irtyche, avait été conduite à Omsk. Retenue prisonnière dans la ville, elle partagea le sort de tous ceux que la colonne d'Ivan Ogareff avait capturés jusqu'alors, et, par conséquent, celui de Marfa Strogoff.

C'était alors que le hasard l'avait, sans qu'elle pût en avoir le moindre soupçon, réunie à Marfa Strogoff. Comment aurait-elle pu imaginer que cette vieille femme, prisonnière comme elle, fût la mère de son compagnon, qui n'avait jamais été pour elle que le marchand Nicolas Korpanoff ? Et, de son côté, comment Marfa aurait-elle pu deviner qu'un lien de reconnaissance rattachait cette jeune inconnue à son fils ?

Ce qui frappa d'abord Nadia dans Marfa Strogoff, ce fut une sorte de conformité secrète dans la façon dont chacune, de son côté, subissait sa dure condition. Cette indifférence stoïque de la vieille femme aux douleurs matérielles de leur vie quotidienne, ce mépris des souffrances du corps, Marfa ne pouvait les puiser que dans une douleur morale égale à la sienne. Voilà ce que pensait Nadia, et elle ne se trompait pas. Ce fut donc une sympathie instinctive pour cette part de ses misères que Marfa Strogoff ne montrait pas, qui poussa tout d'abord Nadia vers elle. Cette façon de supporter son mal allait à l'âme fière de la jeune fille. Elle ne lui offrit pas ses services, elle les lui donna. Marfa n'eut ni à refuser ni à accepter. Dans les passages difficiles de la route, la jeune fille était là et l'aidait de son bras. Aux heures des distributions de vivres, la vieille femme n'eût pas bougé, mais Nadia partageait avec elle son insuffisante nourriture, et c'est ainsi que ce pénible voyage s'était opéré pour l'une en même temps que pour l'autre. Grâce à sa jeune compagne, Marfa Strogoff put suivre les soldats qui convoyaient la troupe des prisonniers sans être attachée à l'arçon d'une selle, comme tant d'autres malheureuses, ainsi traînées sur ce chemin de douleur.

« Que Dieu te récompense, ma fille, de ce que tu fais pour mes vieux ans ! » lui dit une fois Marfa Strogoff, et cela avait été, pendant quelque temps, la seule parole prononcée entre les deux infortunées.

Durant ces quelques jours, qui leur parurent longs comme des siècles, la vieille femme et la jeune fille – il le semblait du moins – auraient dû être amenées à causer de leur situation réciproque. Mais Marfa Strogoff, par une circonspection facile à comprendre, n'avait parlé, et encore avec une grande brièveté, que d'elle-même. Elle n'avait fait aucune allusion ni à son fils ni à la funeste rencontre qui les avait mis face à face.

Nadia, elle aussi, fut longtemps, sinon muette, du moins sobre de toute parole inutile. Cependant, un jour, sentant qu'elle avait devant elle une âme simple et haute, son cœur avait débordé, et elle avait raconté, sans en rien cacher, tous les événements qui s'étaient accomplis depuis son départ de Wladimir jusqu'à la mort de Nicolas Korpanoff. Ce qu'elle dit de son jeune compagnon intéressa vivement la vieille Sibérienne.

« Nicolas Korpanoff ! dit-elle. Parle-moi encore de ce Nicolas ! Je ne sais qu'un homme, un seul parmi la jeunesse de ce temps, dont une telle conduite ne m'eût pas étonnée ! Nicolas Korpanoff, était-ce bien son nom ? En es-tu sûre, ma fille ?

— Pourquoi m'aurait-il trompée sur ce point, répondit Nadia, lui qui ne m'a trompée sur aucun autre ? »

Cependant, mue par une sorte de pressentiment, Marfa Strogoff faisait à Nadia questions sur questions.

« Tu m'as dit qu'il était intrépide, ma fille ! Tu m'as prouvé qu'il l'avait été ! dit-elle.

— Oui, intrépide ! » répondit Nadia.

« C'est bien ainsi qu'eût été mon fils », se répétait Marfa Strogoff à part elle.

Puis elle reprenait :

« Tu m'as dit encore que rien ne l'arrêtait, que rien ne l'étonnait, qu'il était si doux dans sa force même, que tu avais une sœur aussi bien qu'un frère en lui, et qu'il a veillé sur toi comme une mère ?

— Oui, oui ! dit Nadia. Frère, sœur, mère, il a été tout pour moi !

— Et aussi un lion pour te défendre ?

— Un lion, en vérité ! répondit Nadia. Oui, un lion, un héros ! »

« Mon fils, mon fils ! » pensait la vieille Sibérienne. « Mais tu dis, cependant, qu'il a supporté un terrible affront dans cette maison de poste d'Ichim ?

— Il l'a supporté ! répondit Nadia en baissant la tête.

— Il l'a supporté ? murmura Marfa Strogoff, frémissante.

— Mère ! mère ! s'écria Nadia, ne le condamnez pas. Il y avait là un secret, un secret dont Dieu seul, à l'heure qu'il est, est le juge !

— Et, dit Marfa, relevant la tête et regardant Nadia comme si elle eût voulu lire jusqu'au plus profond de son âme, dans cette heure d'humiliation, ce Nicolas Korpanoff, est-ce que tu l'as méprisé ?

— Je l'ai admiré sans le comprendre ! répondit la jeune fille. Je ne l'ai jamais senti plus digne de respect ! »

La vieille femme se tut un instant.

« Il était grand ? demanda-t-elle.

— Très grand.

— Et très beau, n'est-ce pas ? Allons, parle, ma fille.

— Il était très beau, répondit Nadia toute rougissante.

— C'était mon fils ! Je te dis que c'était mon fils ! s'écria la vieille femme en embrassant Nadia.

— Ton fils ! répondit Nadia tout interdite, ton fils !

— Allons ! dit Marfa, va jusqu'au bout, mon enfant ! Ton compagnon, ton ami, ton protecteur, il avait une mère ! Est-ce qu'il ne t'aurait jamais parlé de sa mère ?

— De sa mère ? dit Nadia. Il m'a parlé de sa mère comme je lui ai parlé de mon père, souvent, toujours ! Cette mère, il l'adorait !

— Nadia, Nadia ! Tu viens de me raconter l'histoire même de mon fils », dit la vieille femme.

Et elle ajouta impétueusement :

« Ne devait-il donc pas la voir en passant à Omsk, cette mère que tu dis qu'il aimait ?

— Non, répondit Nadia, non, il ne le devait pas.

— Non ? s'écria Marfa. Tu as osé me dire non ?

— Je te l'ai dit, mais il me reste à t'apprendre que, pour des motifs qui devaient l'emporter sur tout, des motifs que je ne connais pas, j'ai cru comprendre que Nicolas Korpanoff devait traverser le pays dans le plus absolu secret. C'était pour lui une question de vie et de mort, et, mieux encore, une question de devoir et d'honneur.

— De devoir, en effet, de devoir impérieux, dit la vieille Sibérienne, de ceux auxquels on sacrifie tout, pour l'accomplissement desquels on refuse tout, même la joie de venir donner un baiser, le dernier peut-être, à sa vieille mère ! Tout ce que tu ne sais pas, Nadia, tout ce que je ne savais pas moi-même, je le sais à l'heure qu'il est ! Tu m'as tout fait comprendre ! Mais la lumière que tu as jetée au plus profond des ténèbres de mon cœur, cette lumière, je ne puis la faire entrer dans le tien. Le secret de mon fils, Nadia, puisqu'il ne te l'a pas dit, il faut que je le lui garde ! Pardonne-moi, Nadia ! Le bien que tu m'as fait, je ne puis te le rendre !

— Mère, je ne vous demande rien », répondit Nadia.

Tout s'était expliqué ainsi pour la vieille Sibérienne, tout, jusqu'à l'inexplicable conduite de son fils à son égard, dans l'auberge d'Omsk, en présence des témoins de leur rencontre. Il n'y avait plus à douter que le compagnon de la jeune fille n'eût été Michel Strogoff, et qu'une mission secrète, quelque importante dépêche à porter à travers la contrée envahie, ne l'obligeât à cacher sa qualité de courrier du czar.

« Ah ! mon brave enfant, pensa Marfa Strogoff. Non ! je ne te trahirai pas, et les tortures ne m'arracheront jamais l'aveu que c'est bien toi que j'ai vu à Omsk ! »

Marfa Strogoff aurait pu, d'un mot, payer Nadia de tout son dévouement pour elle. Elle aurait pu lui apprendre que son compagnon, Nicolas Korpanoff, ou plutôt Michel Strogoff, n'avait pas péri dans les eaux de l'Irtyche, puisque c'était quelques jours après cet incident qu'elle l'avait rencontré, qu'elle lui avait parlé !...

Mais elle se contint, elle se tut, et se borna à dire :

« Espère, mon enfant ! Le malheur ne s'acharnera pas toujours sur toi ! Tu reverras ton père, j'en ai le pressentiment, et, peut-être, celui qui te donnait le nom de sœur n'est-il pas mort ! Dieu ne peut pas permettre que ton brave compagnon ait péri !... Espère, ma fille ! espère ! Fais comme moi ! Le deuil que je porte n'est pas encore celui de mon fils ! »

3

Coup pour coup

Telle était maintenant la situation de Marfa Strogoff et de Nadia l'une vis-à-vis de l'autre. La vieille Sibérienne avait tout compris, et si la jeune fille ignorait que son compagnon tant regretté vécût encore, elle savait, du moins, ce qu'il était à celle dont elle avait fait sa mère, et elle remerciait Dieu de lui avoir donné cette joie de pouvoir remplacer auprès de la prisonnière le fils qu'elle avait perdu.

Mais ce que ni l'une ni l'autre ne pouvaient savoir, c'est que Michel Strogoff, pris à Kolyvan, faisait partie du même convoi et qu'il était dirigé sur Tomsk avec elles.

Les prisonniers amenés par Ivan Ogareff avaient été réunis à ceux que l'émir gardait déjà au camp tartare. Ces malheureux, Russes ou Sibériens, militaires ou civils, étaient au nombre de quelques milliers, et ils formaient une colonne qui s'étendait sur une longueur de plusieurs verstes. Parmi eux, il en était qui, considérés comme plus dangereux, avaient été attachés par des menottes à une longue chaîne. Il y avait aussi des femmes, des enfants, liés ou suspendus aux pommeaux des selles, et impitoyablement traînés sur les routes ! On les poussait tous comme un bétail humain. Les cavaliers qui les escortaient les obligeaient à garder un certain ordre, et il n'y avait de retardataires que ceux qui tombaient pour ne plus se relever.

De cette disposition, il était résulté ceci : c'est que Michel Strogoff, rangé dans les premiers rangs de ceux qui avaient quitté le camp tartare, c'est-à-dire parmi les prisonniers de Kolyvan, ne devait pas être mêlé aux prisonniers venus d'Omsk en dernier lieu. Il ne pouvait donc soupçonner dans ce convoi la présence de sa mère et de Nadia, pas plus que celles-ci ne pouvaient soupçonner la sienne.

Ce voyage, du camp à Tomsk, fait dans ces conditions, sous le fouet des soldats, fut mortel pour un grand nombre, terrible pour tous. On allait à travers la steppe, sur une route rendue plus poussiéreuse encore par le passage de l'émir et de son avant-garde. Ordre avait été donné de marcher vite. Les haltes, très courtes, étaient rares. Ces cent cinquante verstes à franchir sous un soleil ardent, si rapidement qu'elles fussent parcourues, devaient sembler interminables !

Enfin, le 15 août, à la tombée du jour, le convoi atteignit la petite bourgade de Zabédiero, à une trentaine de verstes de Tomsk. En cet endroit, la route rejoignait le cours du Tom.

Cette nuit-là tout entière, les prisonniers devaient camper sur les bords du Tom. L'émir, en effet, avait remis au lendemain l'installation de ses troupes à

Tomsk. Il avait été décidé qu'une fête militaire marquerait l'inauguration du quartier général tartare dans cette importante cité. Féofar-Khan en occupait déjà la forteresse, mais le gros de son armée bivouaquait sous les murs, attendant le moment d'y faire une entrée solennelle.

Ivan Ogareff avait laissé l'émir à Tomsk, où tous deux étaient arrivés la veille, et il était revenu au campement de Zabédiero. C'est de ce point qu'il devait partir le lendemain avec l'arrière-garde de l'armée tartare. Une maison avait été disposée pour qu'il pût y passer la nuit. Au soleil levant, sous son commandement, cavaliers et fantassins se dirigeraient sur Tomsk, où l'émir voulait les recevoir avec la pompe habituelle aux souverains asiatiques.

Dès que la halte eut été organisée, les prisonniers, brisés par ces trois jours de voyage, en proie à une soif ardente, purent se désaltérer enfin et prendre un peu de repos.

Le soleil était déjà couché, mais l'horizon s'éclairait encore des lueurs crépusculaires, lorsque Nadia, soutenant Marfa Strogoff, arriva sur les bords du Tom. Toutes deux n'avaient pu, jusqu'alors, percer les rangs de ceux qui encombraient la berge, et elles venaient boire à leur tour.

La vieille Sibérienne se pencha sur ce courant frais, et Nadia, y plongeant sa main, la porta aux lèvres de Marfa. Puis elle se rafraîchit à son tour. Ce fut la vie que la vieille femme et la jeune fille retrouvèrent dans ces eaux bienfaisantes.

Soudain, Nadia, au moment de quitter la rive, se redressa. Un cri involontaire venait de lui échapper.

Michel Strogoff était là, à quelques pas d'elle !...

C'était lui !... Les dernières lueurs du jour l'éclairaient encore !

Au cri de Nadia, Michel Strogoff avait tressailli... Mais il eut assez d'empire sur lui-même pour ne pas prononcer un mot qui pût le compromettre.

Et cependant, en même temps que Nadia, il avait reconnu sa mère !...

Michel Strogoff, à cette rencontre inattendue, ne se sentant plus maître de lui, porta la main à ses yeux et s'éloigna aussitôt.

Nadia s'était élancée instinctivement pour le rejoindre, mais la vieille Sibérienne lui murmura ces mots à l'oreille :

« Reste, ma fille !

— C'est lui ! répondit Nadia d'une voix coupée par l'émotion. Il vit, mère ! c'est lui !

— C'est mon fils, répondit Marfa Strogoff, c'est Michel Strogoff, et tu vois que je ne fais pas un pas vers lui ! Imite-moi, ma fille ! »

Michel Strogoff venait d'éprouver l'une des plus violentes émotions qu'il soit donné à un homme de ressentir. Sa mère et Nadia étaient là. Ces deux prisonnières, qui se confondaient presque dans son cœur, Dieu les avait poussées l'une vers l'autre en cette commune infortune ! Nadia savait-elle donc qui il était ? Non, car il avait vu le geste de Marfa Strogoff, la retenant au moment où elle allait s'élancer vers lui ! Marfa Strogoff avait donc tout compris et gardé son secret.

Pendant cette nuit, Michel Strogoff fut vingt fois sur le point de chercher à rejoindre sa mère, mais il comprit qu'il devait résister à cet immense désir de la serrer dans ses bras, de presser encore une fois la main de sa jeune compagne ! La moindre imprudence pouvait le perdre. Il avait juré, d'ailleurs, de ne pas voir sa mère... il ne la verrait pas, volontairement ! Une fois arrivé à Tomsk, puisqu'il ne pouvait fuir cette nuit même, il se jetterait à travers la steppe sans même avoir embrassé les deux êtres en qui se résumait toute sa vie et qu'il laissait exposés à tant de périls !

Michel Strogoff pouvait donc espérer que cette nouvelle rencontre au campement de Zabédiero n'aurait de conséquence fâcheuse, ni pour sa mère, ni pour lui. Mais il ne savait pas que certains détails de cette scène, si rapidement qu'elle se fût passée, venaient d'être surpris par Sangarre, l'espionne d'Ivan Ogareff.

La tsigane était là, à quelques pas, sur la berge, épiant comme toujours la vieille Sibérienne, et sans que celle-ci s'en doutât. Elle n'avait pu apercevoir Michel Strogoff, qui avait déjà disparu lorsqu'elle se retourna ; mais le geste de la mère, retenant Nadia, ne lui avait pas échappé, et un éclair des yeux de Marfa venait de tout lui apprendre.

Il était désormais hors de doute que le fils de Marfa Strogoff, le courrier du czar, se trouvait en ce moment, à Zabédiero, au nombre des prisonniers d'Ivan Ogareff !

Sangarre ne le connaissait pas, mais elle savait qu'il était là ! Elle ne chercha donc pas à le découvrir, ce qui eût été impossible dans l'ombre et au milieu de cette nombreuse foule.

Quant à espionner de nouveau Nadia et Marfa Strogoff, c'était également inutile. Il était évident que ces deux femmes se tiendraient sur leurs gardes, et il serait impossible de rien surprendre qui fût de nature à compromettre le courrier du czar.

La tsigane n'eut donc plus qu'une pensée : prévenir Ivan Ogareff. Elle quitta donc aussitôt le campement.

Un quart d'heure après, elle arrivait à Zabédiero et était introduite dans la maison qu'occupait le lieutenant de l'émir.

Ivan Ogareff reçut immédiatement la tsigane.

« Que me veux-tu, Sangarre ? lui demanda-t-il.

— Le fils de Marfa Strogoff est au campement, répondit Sangarre.

— Prisonnier ?

— Prisonnier !

— Ah ! s'écria Ivan Ogareff, je saurai...

— Tu ne sauras rien, Ivan, répondit la tsigane, car tu ne le connais même pas !

— Mais tu le connais, toi ! Tu l'as vu, Sangarre !

— Je ne l'ai pas vu, mais j'ai vu sa mère se trahir par un mouvement qui m'a tout appris.

— Ne te trompes-tu pas ?

— Je ne me trompe pas.

— Tu sais l'importance que j'attache à l'arrestation de ce courrier, dit Ivan Ogareff. Si la lettre qui lui a été remise à Moscou parvient à Irkoutsk, si elle est remise au grand-duc, le grand-duc sera sur ses gardes, et je ne pourrai arriver à lui ! Cette lettre, il me la faut donc à tout prix ! Or, tu viens me dire que le porteur de cette lettre est en mon pouvoir ! Je te le répète, Sangarre, ne te trompes-tu pas ? »

Ivan Ogareff avait parlé avec une grande animation. Son émotion témoignait de l'extrême importance qu'il attachait à la possession de cette lettre. Sangarre ne fut aucunement troublée de l'insistance avec laquelle Ivan Ogareff précisa de nouveau sa demande.

« Je ne me trompe pas, Ivan, répondit-elle.

— Mais, Sangarre, il y a au campement plusieurs milliers de prisonniers, et tu dis que tu ne connais pas Michel Strogoff !

— Non, répondit la tsigane, dont le regard s'imprégna d'une joie sauvage, je ne le connais pas, moi, mais sa mère le connaît ! Ivan, il faudra faire parler sa mère !

— Demain, elle parlera ! » s'écria Ivan Ogareff. Puis, il tendit sa main à la tsigane, et celle-ci la baisa, sans que dans cet acte de respect, habituel aux races du Nord, il y eût rien de servile.

Sangarre rentra au campement. Elle retrouva la place occupée par Nadia et Marfa Strogoff, et passa la nuit à les observer toutes deux. La vieille femme et la jeune fille ne dormirent pas, bien que la fatigue les accablât. Trop d'inquiétudes devaient les tenir éveillées. Michel Strogoff était vivant, mais prisonnier comme elles ! Ivan Ogareff le savait-il, et, s'il ne le savait pas, ne viendrait-il pas à l'apprendre ? Nadia était toute à cette pensée que son compagnon vivait, lui qu'elle avait cru mort ! Mais Marfa Strogoff voyait plus loin dans l'avenir, et, si elle faisait bon marché d'elle-même, elle avait raison de tout craindre pour son fils.

Sangarre, qui s'était glissée dans l'ombre jusqu'auprès de ces deux femmes, resta à cette place pendant plusieurs heures, prêtant l'oreille... Elle ne put rien entendre. Par un sentiment instinctif de prudence, pas un mot ne fut échangé entre Nadia et Marfa Strogoff.

Le lendemain, vers dix heures du matin, d'éclatantes fanfares retentirent à la lisière du campement. Les soldats tartares se mirent immédiatement sous les armes.

Ivan Ogareff, après avoir quitté Zabédiero, arrivait au milieu d'un nombreux état-major d'officiers tartares. Son visage était plus sombre que d'habitude, et ses traits contractés indiquaient en lui une sourde colère, qui ne cherchait qu'une occasion d'éclater.

Michel Strogoff, perdu dans un groupe de prisonniers, vit passer cet homme. Il eut le pressentiment que quelque catastrophe allait se produire, car Ivan Ogareff savait maintenant que Marfa Strogoff était la mère de Michel Strogoff, capitaine au corps des courriers du czar.

Ivan Ogareff, arrivé au centre du campement, descendit de cheval, et les cavaliers de son escorte firent faire un large cercle autour de lui.

En ce moment, Sangarre s'approcha et dit :

« Je n'ai rien de nouveau à t'apprendre, Ivan ! »

Ivan Ogareff ne répondit qu'en donnant brièvement un ordre à l'un de ses officiers.

Aussitôt, les rangs des prisonniers furent brutalement parcourus par des soldats. Ces malheureux, stimulés à coups de fouet ou poussés du bois des lances, durent se relever en hâte et se ranger sur la circonférence du campement. Un quadruple cordon de fantassins et de cavaliers, disposé en arrière, rendait toute évasion impossible.

Le silence se fit aussitôt, et, sur un signe d'Ivan Ogareff, Sangarre se dirigea vers le groupe au milieu duquel se tenait Marfa Strogoff.

La vieille Sibérienne la vit venir. Elle comprit ce

qui allait se passer. Un sourire dédaigneux apparut sur ses lèvres. Puis, se penchant vers Nadia, elle lui dit à voix basse :

« Tu ne me connais plus, ma fille ! Quoi qu'il arrive, et si dure que puisse être cette épreuve, pas un mot, pas un geste ! C'est de lui et non de moi qu'il s'agit ! »

À ce moment, Sangarre, après l'avoir regardée un instant, mit sa main sur l'épaule de la vieille Sibérienne.

« Que me veux-tu ? dit Marfa Strogoff.

— Viens ! » répondit Sangarre.

Et, la poussant de la main, elle la conduisit, au milieu de l'espace réservé, devant Ivan Ogareff.

Michel Strogoff tenait ses paupières à demi fermées, pour n'être pas trahi par l'éclair de ses yeux.

Marfa Strogoff, arrivée en face d'Ivan Ogareff, redressa sa taille, croisa ses bras et attendit.

« Tu es bien Marfa Strogoff ? lui demanda Ivan Ogareff.

— Oui, répondit la vieille Sibérienne avec calme.

— Reviens-tu sur ce que tu m'as répondu lorsque, il y a trois jours, je t'ai interrogée à Omsk ?

— Non.

— Ainsi, tu ignores que ton fils, Michel Strogoff, courrier du czar, a passé à Omsk ?

— Je l'ignore.

— Et l'homme que tu avais cru reconnaître pour ton fils au relais de poste, ce n'était pas lui, ce n'était pas ton fils ?

— Ce n'était pas mon fils.

— Et depuis, tu ne l'as pas vu au milieu de ces prisonniers ?

— Non.
— Et si l'on te le montrait, le reconnaîtrais-tu ?
— Non. »

À cette réponse, qui dénotait une inébranlable résolution de ne rien avouer, un murmure se fit entendre dans la foule.

Ivan Ogareff ne put retenir un geste menaçant.

« Écoute, dit-il à Marfa Strogoff, ton fils est ici, et tu vas immédiatement le désigner.

— Non.

— Tous ces hommes, pris à Omsk et à Kolyvan, vont défiler sous tes yeux, et si tu ne désignes pas Michel Strogoff, tu recevras autant de coups de knout qu'il sera passé d'hommes devant toi ! »

Ivan Ogareff avait compris que, quelles que fussent ses menaces, quelles que fussent les tortures auxquelles on la soumettrait, l'indomptable Sibérienne ne parlerait pas. Pour découvrir le courrier du czar, il comptait donc, non sur elle, mais sur Michel Strogoff lui-même. Il ne croyait pas possible que, lorsque la mère et le fils seraient en présence l'un de l'autre, un mouvement irrésistible ne les trahît pas. Certainement, s'il n'avait voulu que saisir la lettre impériale, il aurait simplement donné l'ordre de fouiller tous ces prisonniers ; mais Michel Strogoff pouvait avoir détruit cette lettre, après en avoir pris connaissance, et s'il n'était pas reconnu, s'il parvenait à gagner Irkoutsk, les plans d'Ivan Ogareff seraient déjoués. Ce n'était donc pas seulement la lettre qu'il fallait au traître, c'était le porteur lui-même.

Nadia avait tout entendu, et elle savait maintenant ce qu'était Michel Strogoff et pourquoi il avait voulu traverser sans être reconnu les provinces envahies de la Sibérie !

Sur l'ordre d'Ivan Ogareff, les prisonniers défilèrent un à un devant Marfa Strogoff, qui resta immobile comme une statue et dont le regard n'exprima que la plus complète indifférence.

Son fils se trouvait dans les derniers rangs. Quand, à son tour, il passa devant sa mère, Nadia ferma les yeux pour ne pas voir !

Michel Strogoff était demeuré impassible en apparence, mais la paume de ses mains saigna sous ses ongles, qui s'y étaient incrustés.

Ivan Ogareff était vaincu par le fils et la mère !

Sangarre, placée près de lui, ne dit qu'un mot : « Le knout !

— Oui ! s'écria Ivan Ogareff, qui ne se possédait plus, le knout à cette vieille coquine, et jusqu'à ce qu'elle meure ! »

Un soldat tartare, portant ce terrible instrument de supplice, s'approcha de Marfa Strogoff.

Le knout se compose d'un certain nombre de lanières de cuir, à l'extrémité desquelles sont attachés des fils de fer tordus. On estime qu'une condamnation à cent vingt coups de ce fouet équivaut à une condamnation à mort. Marfa Strogoff le savait, mais elle savait aussi qu'aucune torture ne la ferait parler, et elle avait fait le sacrifice de sa vie.

Marfa Strogoff, saisie par deux soldats, fut jetée à genoux sur le sol. Sa robe, déchirée, montra son dos à nu. Un sabre fut posé devant sa poitrine, à quelques pouces seulement. Au cas où elle eût fléchi sous la douleur, sa poitrine était percée de cette pointe aiguë.

Le Tartare se tint debout.

Il attendait.

« Va ! » dit Ivan Ogareff.

Le fouet siffla dans l'air...

Mais, avant qu'il eût frappé, une main puissante l'avait arraché à la main du Tartare.

Michel Strogoff était là ! Il avait bondi devant cette horrible scène ! Si, au relais d'Ichim, il s'était contenu lorsque le fouet d'Ivan Ogareff l'avait atteint, ici, devant sa mère qui allait être frappée, il n'avait pu se maîtriser.

Ivan Ogareff avait réussi.

« Michel Strogoff ! » s'écria-t-il.

Puis, s'avançant :

« Ah ! fit-il, l'homme d'Ichim ?

— Lui-même ! » dit Michel Strogoff.

Et, levant le knout, il en déchira la figure d'Ivan Ogareff.

« Coup pour coup ! dit-il.

— Bien rendu ! » s'écria la voix d'un spectateur, qui se perdit heureusement dans le tumulte.

Vingt soldats se jetèrent sur Michel Strogoff, et ils allaient le tuer...

Mais, Ivan Ogareff, auquel un cri de rage et de douleur avait échappé, les arrêta d'un geste.

« Cet homme est réservé à la justice de l'émir ! dit-il. Qu'on le fouille ! »

La lettre aux armes impériales fut trouvée sur la poitrine de Michel Strogoff, qui n'avait pas eu le temps de la détruire, et on la remit à Ivan Ogareff.

Le spectateur qui avait prononcé ces mots : « Bien rendu ! » n'était autre qu'Alcide Jolivet. Son confrère et lui, s'étant arrêtés au camp de Zabédiero, assistaient à cette scène.

« Pardieu ! dit-il à Harry Blount, ces gens du Nord sont de rudes hommes ! Avouez que nous devons une réparation à notre compagnon de route ! Korpanoff ou Strogoff se valent ! Belle revanche de l'affaire d'Ichim !

— Oui, revanche, en effet, répondit Barry Blount, mais Strogoff est un homme mort. Dans son intérêt, il aurait peut-être mieux fait de ne pas se souvenir encore !

— Et de laisser périr sa mère sous le knout !

— Croyez-vous qu'il lui ait fait un meilleur sort par son emportement, à elle et à sa sœur ?

— Je ne crois rien, je ne sais rien, répondit Alcide Jolivet, si ce n'est que je n'aurais pas mieux fait à sa place ! Quelle balafre ! Eh ! que diable ! Il faut bien bouillir quelquefois ! Dieu nous aurait mis de l'eau dans les veines et non du sang, s'il nous eût voulus toujours et partout imperturbables !

— Joli incident pour une chronique ! dit Harry Blount. Si Ivan Ogareff voulait seulement nous communiquer cette lettre !... »

Cette lettre, Ivan Ogareff, après avoir étanché le sang qui lui couvrait le visage, en avait brisé le cachet. Il la lut et la relut longuement, comme s'il eût voulu se bien pénétrer de tout ce qu'elle contenait.

Puis, après avoir donné ses ordres pour que Michel Strogoff, étroitement garrotté, fût dirigé sur Tomsk avec les autres prisonniers, il prit le commandement des troupes campées à Zabédiero, et, au bruit assourdissant des tambours et des trompettes, il se dirigea vers la ville, où l'attendait l'émir.

4

L'entrée triomphale

C'était à Tomsk que l'émir allait recevoir ses troupes victorieuses. Une fête avec chants, danses et fantasias, et suivie de quelque bruyante orgie, devait être donnée en leur honneur.

Le théâtre choisi pour cette cérémonie, réglée suivant le goût asiatique, était un vaste plateau situé sur une portion de la colline qui domine d'une centaine de pieds le cours du Tom. Tout cet horizon, avec sa longue perspective de maisons élégantes et d'églises aux coupoles ventrues, les nombreux méandres du fleuve, les arrière-plans de forêts noyés dans la brume chaude, tenait dans un admirable cadre de verdure, que lui faisaient quelques superbes groupes de pins et de cèdres gigantesques.

À la gauche du plateau, une sorte d'éblouissant décor représentant un palais d'une architecture bizarre – quelque spécimen sans doute de ces monuments boukhariens, semi-mauresques, semi-tartares –

avait été provisoirement élevé sur de larges terrasses. Au-dessus de ce palais, à la pointe des minarets qui le hérissaient de toutes parts, entre les hautes branches des arbres dont le plateau était ombragé, des cigognes apprivoisées, venues de Boukhara avec l'armée tartare, tourbillonnaient par centaines.

Ces terrasses avaient été réservées à la cour de l'émir, aux khans ses alliés, aux grands dignitaires des khanats et aux harems de chacun de ces souverains du Turkestan.

Au pied des terrasses abritées sous les étendards et les oriflammes, veillaient les gardes particuliers de l'émir, double sabre recourbé au flanc, poignard à la ceinture, lance longue de dix pieds au poing. Quelques-uns de ces Tartares portaient des bâtons blancs, d'autres d'énormes hallebardes, ornées de houppes faites de fils d'argent et d'or.

Ce fut à quatre heures seulement que l'émir fit son entrée sur la place, au bruit des fanfares, des coups de tam-tam, des décharges d'artillerie et de mousqueterie.

Féofar montait son cheval favori, qui portait sur la tête une aigrette de diamant. L'émir avait conservé son costume de guerre. À ses côtés marchaient les khans de Khokhand et de Koundouze, les grands dignitaires des khanats, et il était accompagné d'un nombreux état-major.

L'émir et les khans mirent pied à terre, ainsi que les dignitaires qui leur faisaient cortège. Tous prirent place sous une tente magnifique, élevée au centre de la première terrasse. Devant la tente, comme toujours, le Koran était déposé sur la table sacrée.

Le lieutenant de Féofar ne se fit pas attendre, et,

avant cinq heures, d'éclatantes fanfares annoncèrent son arrivée.

Ivan Ogareff – le Balafré, comme on le nommait déjà – portant, cette fois, l'uniforme d'officier tartare, arriva à cheval devant la tente de l'émir. Il était accompagné d'une partie des soldats du camp de Zabédiero, qui se rangèrent sur les côtés de la place, au milieu de laquelle il ne resta plus que l'espace réservé aux divertissements. On voyait un large stigmate qui coupait obliquement la figure du traître.

Ivan Ogareff présenta à l'émir ses principaux officiers, et Féofar-Khan, sans se départir de la froideur qui faisait le fond de sa dignité, les accueillit de façon qu'ils fussent satisfaits de son accueil.

Ce fut ainsi du moins que l'interprétèrent Harry Blount et Alcide Jolivet, les deux inséparables, associés maintenant pour la chasse aux nouvelles. Après avoir quitté Zabédiero, ils avaient rapidement gagné Tomsk. Leur projet bien arrêté était de fausser compagnie aux Tartares, de rejoindre au plus tôt quelque corps russe, et, si cela était possible, de se jeter avec lui dans Irkoutsk. Ce qu'ils avaient vu de l'invasion, de ces incendies, de ces pillages, de ces meurtres, les avait profondément écœurés, et ils avaient hâte d'être dans les rangs de l'armée sibérienne.

Cependant, Alcide Jolivet avait fait comprendre à son confrère qu'il ne pouvait quitter Tomsk sans avoir pris quelque crayon de cette entrée triomphale des troupes tartares – ne fût-ce que pour satisfaire la curiosité de sa cousine – et Harry Blount s'était décidé à rester pendant quelques heures ; mais, le soir même, tous deux devaient reprendre la route d'Irkoutsk, et, bien montés, ils espéraient devancer les éclaireurs de l'émir.

Alcide Jolivet et Harry Blount s'étaient donc mêlés à la foule et regardaient, de manière à ne perdre aucun détail d'une fête qui devait leur fournir cent bonnes lignes de chronique. Ils admirèrent donc Féofar-Khan dans sa magnificence, ses femmes, ses officiers, ses gardes, et toute cette pompe orientale, dont les cérémonies d'Europe ne peuvent donner aucune idée. Mais ils se détournèrent avec mépris lorsque Ivan Ogareff se présenta devant l'émir, et ils attendirent, non sans quelque impatience, que la fête commençât.

Cependant, la plupart des prisonniers venaient de passer devant l'émir, et, en passant, chacun d'eux avait dû se prosterner, le front dans la poussière, en signe de servilité. C'était l'esclavage qui commençait par l'humiliation ! Lorsque ces infortunés étaient trop lents à se courber, la rude main des gardes les jetait violemment à terre.

Alcide Jolivet et son compagnon ne pouvaient assister à un pareil spectacle sans éprouver une véritable indignation.

« C'est lâche ! Partons ! dit Alcide Jolivet.

— Non ! répondit Harry Blount. Il faut tout voir !

— Tout voir !... Ah ! s'écria soudain Alcide Jolivet, en saisissant le bras de son compagnon.

— Qu'avez-vous ? lui demanda celui-ci.

— Regardez, Blount ! C'est elle !

— Elle ?

— La sœur de notre compagnon de voyage ! Seule et prisonnière ! Il faut la sauver...

— Contenez-vous, répondit froidement Harry

Blount. Notre intervention en faveur de cette jeune fille pourrait lui être plus nuisible qu'utile. »

Alcide Jolivet, prêt à s'élancer, s'arrêta, et Nadia, qui ne les avait pas aperçus, étant à demi voilée par ses cheveux, passa à son tour devant l'émir sans attirer son attention.

Cependant, après Nadia, Marfa Strogoff était arrivée, et, comme elle ne se jeta pas assez promptement dans la poussière, les gardes la poussèrent brutalement.

Marfa Strogoff tomba.

Son fils eut un mouvement terrible que les soldats qui le gardaient purent à peine maîtriser.

Mais la vieille Marfa se releva, et on allait l'entraîner, lorsque Ivan Ogareff intervint, disant :

« Que cette femme reste ! »

Quant à Nadia, elle fut rejetée dans la foule des prisonniers. Le regard d'Ivan Ogareff ne s'était pas arrêté sur elle.

Michel Strogoff fut alors amené devant l'émir, et là, il resta debout, sans baisser les yeux.

« Le front à terre ! lui cria Ivan Ogareff.

— Non ! » répondit Michel Strogoff.

Deux gardes voulurent le contraindre à se courber, mais ce furent eux qui furent couchés sur le sol par la main du robuste jeune homme.

Ivan Ogareff s'avança vers Michel Strogoff.

« Tu vas mourir ! dit-il.

— Je mourrai, répondit fièrement Michel Strogoff, mais ta face de traître, Ivan, n'en portera pas moins et à jamais la marque infamante du knout ! »

Ivan Ogareff, à cette réponse, pâlit affreusement.

« Quel est ce prisonnier ? demanda l'émir de cette

voix qui était d'autant plus menaçante qu'elle était calme.

— Un espion russe », répondit Ivan Ogareff.

En faisant de Michel Strogoff un espion, il savait que la sentence prononcée contre lui serait terrible.

Michel Strogoff avait marché sur Ivan Ogareff.

Les soldats l'arrêtèrent.

L'émir fit alors un geste devant lequel se courba toute la foule. Puis, il désigna de la main le Koran, qui lui fut apporté. Il ouvrit le livre sacré et posa son doigt sur une des pages.

C'était le hasard, ou plutôt, dans la pensée de ces Orientaux, Dieu même qui allait décider du sort de Michel Strogoff. Les peuples de l'Asie centrale donnent le nom de « fal » à cette pratique. Après avoir interprété le sens du verset touché par le doigt du juge, ils appliquent la sentence, quelle qu'elle soit.

L'émir avait laissé son doigt appuyé sur la page du Koran. Le chef des ulémas, s'approchant alors, lut à haute voix un verset qui se terminait par ces mots :

« Et il ne verra plus les choses de la terre. »

« Espion russe, dit Féofar-Khan, tu es venu pour voir ce qui se passe au camp tartare ! Regarde donc de tous tes yeux, regarde ! »

5

« Regarde de tous tes yeux, regarde ! »

Michel Strogoff, les mains liées, fut maintenu en face du trône de l'émir, au pied de la terrasse.

Sa mère, vaincue enfin par tant de tortures physiques et morales, s'était affaissée, n'osant plus regarder, n'osant plus écouter.

« Regarde de tous tes yeux ! regarde ! » avait dit Féofar-Khan, en tendant sa main menaçante vers Michel Strogoff.

Sans doute, Ivan Ogareff, au courant des mœurs tartares, avait compris la portée de cette parole, car ses lèvres s'étaient un instant desserrées dans un cruel sourire. Puis, il avait été se placer auprès de Féofar-Khan.

Un appel de trompettes se fit aussitôt entendre. C'était le signal des divertissements. Une nuée de danseuses fit alors irruption sur la place. Aussitôt les danses commencèrent.

Ces ballerines étaient toutes d'origine persane. Elles n'étaient point esclaves et exerçaient leur profession en liberté. Autrefois, elles figuraient officiellement dans les cérémonies à la cour de Téhéran ; mais depuis l'avènement au trône de la famille régnante, bannies ou à peu près du royaume, elles avaient dû chercher fortune ailleurs. Elles portaient le costume national, et des bijoux les ornaient à profusion. De petits triangles d'or et de longues pendeloques se balançaient à leurs oreilles, des cercles d'argent niellés s'enroulaient à leur cou, des bracelets formés d'un double rang de gemmes enserraient leurs bras et leurs jambes, des pendants, richement entremêlés de perles, de turquoises et de cornalines, frémissaient à l'extrémité de leurs longues nattes. La ceinture qui les pressait à la taille était fixée par une brillante agrafe, ressemblant à la plaque des grand-croix européennes.

Lorsque ce premier divertissement fut achevé, une voix grave se fit entendre qui disait :

« Regarde de tous tes yeux, regarde ! »

L'homme qui répétait les paroles de l'émir, Tartare de haute taille, était l'exécuteur des hautes œuvres de Féofar-Khan. Il avait pris place derrière Michel Strogoff et tenait à la main un sabre à large lame courbe, une de ces lames damassées qui ont été trempées par les célèbres armuriers de Karschi ou d'Hissar.

Près de lui, des gardes avaient apporté un trépied sur lequel reposait un réchaud où brûlaient, sans donner aucune fumée, quelques charbons ardents. La buée légère qui les couronnait n'était due qu'à l'incinération d'une substance résineuse et aromatique, mélange d'oliban et de benjoin, que l'on projetait à leur surface.

Cependant, aux Persanes avait immédiatement succédé un autre groupe de ballerines, de race très différente, que Michel Strogoff reconnut aussitôt.

Et il faut croire que les deux journalistes les reconnaissaient aussi, car Harry Blount dit à son confrère :

« Ce sont les tsiganes de Nijni-Novgorod !

— Elles-mêmes ! s'écria Alcide Jolivet. J'imagine que leurs yeux doivent rapporter à ces espionnes plus d'argent que leurs jambes ! »

En en faisant des agents au service de l'émir, Alcide Jolivet, on le sait, ne se trompait pas.

Au premier rang des tsiganes figurait Sangarre, superbe dans son costume étrange et pittoresque, qui rehaussait encore sa beauté.

Sangarre ne dansa pas, mais elle se posa comme une mime au milieu de ses ballerines, dont les pas fantaisistes tenaient de tous ces pays que leur race parcourt en Europe, de la Bohême, de l'Égypte, de l'Italie, de l'Espagne. Elles s'animaient au bruit des cymbales qui cliquetaient à leurs bras, et aux ronflements des « daïrés », sorte de tambours de basque, dont leurs doigts éraillaient la peau stridente.

Sangarre, tenant un de ces daïrés qui frémissait entre ses mains, excitait cette troupe de véritables corybantes.

Alors s'avança un tsigane, âgé de quinze ans au plus. Il tenait à la main une doutare, dont il faisait vibrer les deux cordes par un simple glissement de ses ongles. Il chanta. Pendant le couplet de cette chanson d'un rythme très bizarre, une danseuse vint se placer près de lui et demeura immobile, l'écoutant ; mais chaque fois que le refrain revenait aux lèvres du jeune chanteur, elle reprenait sa danse interrompue, secouant près de lui son daïré et l'étourdissant du cliquetis de ses crotales.

Puis, après le dernier refrain, les ballerines enlacèrent le tsigane dans les mille replis de leurs danses.

En ce moment, une pluie d'or tomba des mains de l'émir et de ses alliés, des mains de leurs officiers de tous grades, et, au bruit des piécettes qui frappaient les cymbales des danseuses, se mêlaient encore les derniers murmures des doutares et des tambourins.

« Prodigues comme des pillards ! » dit Alcide Jolivet à l'oreille de son compagnon.

Puis le silence se fit un instant, et la voix de l'exécuteur, posant sa main sur l'épaule de Michel Strogoff, redit ces paroles, que leur répétition rendait de plus en plus sinistres :

« Regarde de tous tes yeux, regarde ! »

Mais, cette fois, Alcide Jolivet observa que l'exécuteur ne tenait plus son sabre nu à la main.

Cependant, le soleil s'abaissait déjà au-dessous de l'horizon. Une demi-obscurité commençait à envahir les arrière-plans de la campagne. La masse des cèdres et des pins se faisait de plus en plus noire, et les eaux du Tom, obscurcies au lointain, se confondaient dans les premières brumes. L'ombre ne pouvait tarder à se glisser jusqu'au plateau qui dominait la ville.

Mais, en cet instant, plusieurs centaines d'esclaves, portant des torches enflammées, envahirent la place. Entraînées par Sangarre, tsiganes et Persanes réapparurent devant le trône de l'émir et firent valoir, par le contraste, leurs danses de genres si divers. Les instruments de l'orchestre tartare se déchaînèrent dans une harmonie plus sauvage, accompagnée des cris gutturaux des chanteurs. Les cerfs-volants, qui avaient été ramenés à terre, reprirent leur vol, enlevant toute une constellation de lanternes multicolores, et, sous la brise plus fraîche, leurs harpes vibrèrent avec plus d'intensité au milieu de cette illumination aérienne.

Puis, un escadron de Tartares, dans leur uniforme de guerre, vint se mêler aux danses, dont la furia allait croissant, et alors commença une fantasia pédestre, qui produisit le plus étrange effet.

Ces soldats, armés de sabres nus et de longs pistolets, tout en exécutant une sorte de voltige, firent retentir l'air de détonations éclatantes, de mousquetades continues qui se détachaient sur le roulement des tambourins, le ronflement des daïrés, le grincement des doutares. Leurs armes, chargées d'une poudre colorée, à la mode chinoise, par quelque ingrédient métallique, lançaient de longs jets rouges, verts, bleus, et on eût dit alors que tous ces groupes s'agitaient au milieu d'un feu d'artifice.

Si blasé que dût être un journaliste parisien sur ces effets que la mise en scène moderne a portés loin, Alcide Jolivet ne put retenir un léger mouvement de tête qui, entre le boulevard Montmartre et la Madeleine, eût voulu dire : « Pas mal ! pas mal ! »

Puis, soudain, comme à un signal, tous les feux de la fantasia s'éteignirent, les danses cessèrent, les ballerines disparurent. La cérémonie était terminée, et les torches seulement éclairaient ce plateau, quelques instants auparavant si plein de lumières.

Sur un signe de l'émir, Michel Strogoff fut amené au milieu de la place.

« Blount, dit Alcide Jolivet à son compagnon, est-ce que vous tenez à voir la fin de tout cela ?

— Pas le moins du monde, répondit Harry Blount.

— Vos lecteurs du *Daily Telegraph* ne sont pas friands, je l'espère, des détails d'une exécution à la mode tartare ?

— Pas plus que votre cousine.

— Pauvre garçon ! ajouta Alcide Jolivet, en regardant Michel Strogoff. Le vaillant soldat eût mérité de tomber sur le champ de bataille !

— Pouvons-nous faire quelque chose pour le sauver ? dit Harry Blount.

— Nous ne pouvons rien. »

Les deux journalistes se rappelaient la conduite généreuse de Michel Strogoff envers eux, ils savaient maintenant par quelles épreuves, esclave de son devoir, il avait dû passer, et, au milieu de ces Tartares, auxquels toute pitié est inconnue, ils ne pouvaient rien pour lui !

Peu désireux d'assister au supplice réservé à cet infortuné, ils rentrèrent donc dans la ville.

Une heure plus tard, ils couraient sur la route d'Irkoutsk, et c'était parmi les Russes qu'ils allaient tenter de suivre ce qu'Alcide Jolivet appelait par anticipation « la campagne de la revanche ».

Cependant, Michel Strogoff était debout, ayant le regard hautain pour l'émir, méprisant pour Ivan Ogareff. Il s'attendait à mourir, et, cependant, on eût vainement cherché en lui un symptôme de faiblesse.

Les spectateurs, restés aux abords de la place, ainsi que l'état-major de Féofar-Khan, pour lesquels ce supplice n'était qu'un attrait de plus, attendaient que l'exécution fût accomplie. Puis, sa curiosité assouvie, toute cette horde sauvage irait se plonger dans l'ivresse.

L'émir fit un geste. Michel Strogoff, poussé par les gardes, s'approcha de la terrasse, et alors, dans cette langue tartare qu'il comprenait, Féofar lui dit :

« Tu es venu pour voir, espion des Russes. Tu as vu pour la dernière fois. Dans un instant, tes yeux seront à jamais fermés à la lumière ! »

Ce n'était pas de mort, mais de cécité, qu'allait être frappé Michel Strogoff. Perte de la vue, plus terrible peut-être que la perte de la vie ! Le malheureux était condamné à être aveuglé.

Cependant, en entendant la peine prononcée par l'émir, Michel Strogoff ne faiblit pas. Il demeura impassible, les yeux grands ouverts, comme s'il eût voulu concentrer toute sa vie dans un dernier regard. Supplier ces hommes féroces, c'était inutile, et, d'ailleurs, indigne de lui. Il n'y songea même pas. Toute sa pensée se condensa sur sa mission irrévocablement manquée, sur sa mère, sur Nadia, qu'il ne reverrait plus ! Mais il ne laissa rien paraître de l'émotion qu'il ressentait.

Puis, le sentiment d'une vengeance à accomplir quand même envahit tout son être. Il se retourna vers Ivan Ogareff.

« Ivan, dit-il d'une voix menaçante, Ivan le traître, la dernière menace de mes yeux sera pour toi ! »

Ivan Ogareff haussa les épaules.

Mais Michel Strogoff se trompait. Ce n'était pas en regardant Ivan Ogareff que ses yeux allaient pour jamais s'éteindre.

Marfa Strogoff venait de se dresser devant lui.

« Ma mère ! s'écria-t-il. Oui ! oui ! à toi mon suprême regard, et non à ce misérable ! Reste là, devant moi ! Que je voie encore ta figure bien-aimée ! Que mes yeux se ferment en te regardant !... »

La vieille Sibérienne, sans prononcer une parole, s'avançait...

« Chassez cette femme ! » dit Ivan Ogareff.

Deux soldats repoussèrent Marfa Strogoff. Elle recula, mais resta debout, à quelques pas de son fils.

L'exécuteur parut. Cette fois, il tenait son sabre nu à la main, et ce sabre chauffé à blanc, il venait de le retirer du réchaud où brûlaient les charbons parfumés.

Michel Strogoff allait être aveuglé suivant la coutume tartare, avec une lame ardente, passée devant ses yeux !

Michel Strogoff ne chercha pas à résister. Plus rien n'existait à ses yeux que sa mère, qu'il dévorait alors du regard ! Toute sa vie était dans cette dernière vision !

Marfa Strogoff, l'œil démesurément ouvert, les bras tendus vers lui, le regardait !...

La lame incandescente passa devant les yeux de Michel Strogoff.

Un cri de désespoir retentit. La vieille Marfa tomba inanimée sur le sol !

Michel Strogoff était aveugle.

Ses ordres exécutés, l'émir se retira avec toute sa maison. Il ne resta bientôt plus sur cette place qu'Ivan Ogareff et les porteurs de torches.

Le misérable voulait-il donc insulter encore sa victime, et, après l'exécuteur, lui porter le dernier coup ?

Ivan Ogareff s'approcha lentement de Michel Strogoff, qui le sentit venir et se redressa.

Ivan Ogareff tira de sa poche la lettre impériale, il l'ouvrit, et, par une suprême ironie, il la plaça devant les yeux éteints du courrier du czar, disant :

« Lis, maintenant, Michel Strogoff, lis, et va redire à Irkoutsk ce que tu auras lu ! Le vrai courrier du czar, c'est Ivan Ogareff ! »

Cela dit, le traître serra la lettre sur sa poitrine. Puis, sans se retourner, il quitta la place, et les porteurs de torches le suivirent.

Michel Strogoff resta seul, à quelques pas de sa mère, inanimée, peut-être morte.

On entendait au loin les cris, les chants, tous les bruits de l'orgie. Tomsk, illuminée, brillait comme une ville en fête.

Michel Strogoff prêta l'oreille. La place était silencieuse et déserte.

Il se traîna, en tâtonnant, vers l'endroit où sa mère était tombée. Il la trouva de la main, il se courba sur elle, il approcha sa figure de la sienne, il écouta les battements de son cœur. Puis, on eût dit qu'il lui parlait tout bas.

La vieille Marfa vivait-elle encore, et entendit-elle ce que lui dit son fils ?

En tout cas, elle ne fit pas un mouvement.

Michel Strogoff baisa son front et ses cheveux blancs. Puis, il se releva, et, tâtant du pied, cherchant à tendre ses mains pour se guider, il marcha peu à peu vers l'extrémité de la place.

Soudain, Nadia parut.

Elle alla droit à son compagnon. Un poignard qu'elle

tenait servit à couper les cordes qui attachaient les bras de Michel Strogoff.

Celui-ci, aveugle, ne savait qui le déliait, car Nadia n'avait pas prononcé une parole.

Mais cela fait :

« Frère ! dit-elle.

— Nadia ! murmura Michel Strogoff, Nadia !

— Viens ! frère, répondit Nadia. Mes yeux seront tes yeux désormais, et c'est moi qui te conduirai à Irkoutsk ! »

6

Un ami de grande route

Une demi-heure après, Michel Strogoff et Nadia avaient quitté Tomsk.

Un certain nombre de prisonniers, cette nuit-là, purent aussi échapper aux Tartares, car officiers ou soldats, tous plus ou moins abrutis, s'étaient inconsciemment relâchés de la surveillance sévère qu'ils avaient maintenue jusqu'alors, soit au camp de Zabédiero, soit pendant la marche des convois. Nadia, après avoir été emmenée tout d'abord avec les autres prisonniers, avait donc pu fuir et revenir au plateau, au moment où Michel Strogoff était conduit devant l'émir.

Là, mêlée à la foule, elle avait tout vu. Pas un cri ne lui échappa lorsque la lame, chauffée à blanc, passa devant les yeux de son compagnon. Elle eut la force de rester immobile et muette. Une providentielle inspiration lui dit de se réserver, libre encore, pour guider le fils de Marfa Strogoff au but qu'il avait juré d'atteindre. Son cœur, un moment, cessa de battre, lorsque la vieille Sibérienne tomba inanimée, mais une pensée lui rendit toute son énergie.

« Je serai le chien de l'aveugle ! » se dit-elle.

Après le départ d'Ivan Ogareff, Nadia s'était dissimulée dans l'ombre. Elle avait attendu que la foule eût quitté le plateau. Michel Strogoff, abandonné comme un misérable être dont on ne doit plus rien craindre, était seul. Elle le vit se traîner jusqu'à sa mère, se courber sur elle, la baiser au front, puis se relever, tâtonner pour fuir...

Quelques instants plus tard, elle et lui, la main dans la main, avaient descendu le talus escarpé, et, après avoir suivi les berges du Tom jusqu'à l'extrémité de la ville, ils franchissaient heureusement une brèche de l'enceinte.

Comment Nadia put-elle supporter les fatigues de cette nuit du 16 au 17 août ? Comment trouva-t-elle la force physique nécessaire à fournir une si longue étape ? Comment ses pieds, saignants d'une marche forcée, purent-ils la porter jusque-là ? c'est presque incompréhensible. Mais il n'en est pas moins vrai que le lendemain matin, douze heures après leur départ de Tomsk, Michel Strogoff et elle atteignaient le bourg de Sémilowskoë, après une course de cinquante verstes.

Michel Strogoff n'avait pas prononcé une seule parole. Ce n'était pas Nadia qui tenait sa main, ce fut lui qui tint celle de sa compagne pendant toute cette nuit ; mais, grâce à cette main qui le guidait rien que par ses frémissements, il avait marché avec son allure ordinaire.

Sémilowskoë était presque entièrement abandonnée. Les habitants, redoutant les Tartares, avaient fui dans la province d'Yeniseisk. À peine deux ou trois maisons étaient-elles encore occupées. Tout ce que la ville contenait d'utile ou de précieux avait été enlevé sur des charrettes.

Cependant, Nadia était dans la nécessité de faire là une halte de quelques heures. Il leur fallait à tous deux nourriture et repos.

La jeune fille conduisit donc son compagnon à l'extrémité de la bourgade. Une maison vide, la porte ouverte, était là. Ils y entrèrent. Un mauvais banc de bois se trouvait au milieu de la chambre, près de ce haut poêle commun à toutes les demeures sibériennes. Ils s'y assirent.

Nadia regarda alors bien en face son compagnon aveugle, et comme elle ne l'avait jamais regardé jusqu'alors. Il y avait plus que de la reconnaissance, plus que de la pitié dans son regard. Si Michel Strogoff avait pu la voir, il aurait lu dans ce beau regard désolé l'expression d'un dévouement et d'une tendresse infinis.

Les paupières de l'aveugle, rougies par la lame incandescente, recouvraient à demi ses yeux, absolument secs. La sclérotique en était légèrement plissée et comme racornie, la pupille singulièrement agrandie ; l'iris semblait d'un bleu plus foncé qu'il n'était auparavant ; les cils et les sourcils étaient en partie brûlés ; mais, en apparence du moins, le regard si pénétrant du jeune homme ne semblait avoir subi aucun changement. S'il n'y voyait plus, si sa cécité était complète, c'est que la sensibilité de la rétine et du nerf optique avait été radicalement détruite par l'ardente chaleur de l'acier.

En ce moment, Michel Strogoff étendit les mains.

« Tu es là, Nadia ? demanda-t-il.

— Oui, répondit la jeune fille, je suis près de toi, et je ne te quitterai plus, Michel. »

À son nom, prononcé par Nadia pour la première fois, Michel Strogoff tressaillit. Il comprit que sa compagne savait tout, ce qu'il était, quels liens l'unissaient à la vieille Marfa.

« Nadia, reprit-il, il va falloir nous séparer !

— Nous séparer ? Pourquoi cela, Michel ?

— Je ne veux pas être un obstacle à ton voyage ! Ton père t'attend à Irkoutsk ! Il faut que tu rejoignes ton père !

— Mon père me maudirait, Michel, si je t'abandonnais, après ce que tu as fait pour moi !

— Nadia ! Nadia ! répondit Michel Strogoff, en pressant la main que la jeune fille avait posée sur la sienne, tu ne dois penser qu'à ton père !

— Michel, reprit Nadia, tu as plus besoin de moi que mon père ! Dois-tu donc renoncer à aller à Irkoutsk ?

— Jamais ! s'écria Michel Strogoff d'un ton qui montrait qu'il n'avait rien perdu de son énergie.

— Cependant, tu n'as plus cette lettre !...

— Cette lettre qu'Ivan Ogareff m'a volée !... Eh bien ! je saurai m'en passer, Nadia ! Ils m'ont traité comme un espion ! J'agirai comme un espion ! J'irai dire à Irkoutsk tout ce que j'ai vu, tout ce que j'ai entendu, et, j'en jure par le Dieu vivant ! le traître me retrouvera un jour face à face ! Mais il faut que j'arrive avant lui à Irkoutsk.

— Et tu parles de nous séparer, Michel ?

— Nadia, les misérables m'ont tout pris !

— Il me reste quelques roubles, et mes yeux ! Je puis y voir pour toi, Michel, et te conduire là où tu ne peux plus aller seul !

— Et comment irons-nous ?

— À pied.

— Et comment vivrons-nous ?

— En mendiant.

— Partons, Nadia !

— Viens, Michel. »

Les deux jeunes gens ne se donnaient plus le nom de frère et de sœur. Dans leur misère commune, ils se sentaient plus étroitement unis encore l'un à l'autre. Tous deux quittèrent la maison, après avoir pris une heure de repos. Nadia, courant les rues de la bourgade, s'était procuré quelques morceaux de « tchornekhleb », sorte de pain fait avec de l'orge, et un peu de cet hydromel connu sous le nom de « méod » en Russie. Cela ne lui avait rien coûté, car elle avait commencé son métier de mendiante. Ce pain et cet hydromel avaient, tant bien que mal, apaisé la faim et la soif de Michel Strogoff. Nadia lui avait réservé la plus grande portion de cette insuffisante nourriture. Il mangeait les morceaux de pain que sa compagne lui présentait l'un après l'autre. Il buvait à la gourde qu'elle portait à ses lèvres.

« Manges-tu, Nadia ? lui demanda-t-il à plusieurs reprises.

— Oui, Michel », répondit toujours la jeune fille, qui se contentait des restes de son compagnon.

Michel et Nadia quittèrent Sémilowskoë et reprirent cette pénible route d'Irkoutsk. La jeune fille résistait énergiquement à la fatigue. Si Michel Strogoff l'eût vue, peut-être n'aurait-il pas eu le courage d'aller plus loin. Mais Nadia ne se plaignait pas, et Michel Strogoff, n'entendant pas un soupir, marchait avec une hâte qu'il n'était pas maître de réprimer.

Cependant, au milieu de toutes ces misères sans trêve, ce jour-là, une circonstance heureuse allait se produire, qui devait leur épargner bien des fatigues à tous les deux.

Ils avaient quitté Sémilowskoë depuis deux heures environ, lorsque Michel Strogoff s'arrêta.

« La route est déserte ? demanda-t-il.

— Absolument déserte, répondit Nadia.

— Est-ce que tu n'entends pas quelque bruit en arrière ?

— En effet.

— Si ce sont les Tartares, il faut nous cacher. Regarde bien.

— Attends, Michel ! » répondit Nadia en remontant le chemin, qui se coudait à quelques pas sur la droite.

Michel Strogoff resta un instant seul, tendant l'oreille. Nadia revint presque aussitôt et dit :

« C'est une charrette. Un jeune homme la conduit.

— Il est seul ?

— Seul. »

Michel Strogoff hésita un instant. Devait-il se cacher ? Devait-il, au contraire, tenter la chance de trouver place dans ce véhicule, sinon pour lui, du moins pour elle ? Lui, il se contenterait de s'appuyer d'une main à la charrette, il la pousserait au besoin, car ses jambes n'étaient pas près de lui manquer, mais il sentait bien que Nadia était à bout de forces.

Il attendit.

La charrette arriva bientôt au tournant de la route.

C'était un véhicule fort délabré, pouvant à la rigueur contenir trois personnes, ce qu'on appelle dans le pays une kibitka.

Un jeune homme la conduisait, ayant un chien près de lui.

Nadia reconnut que ce jeune homme était Russe. Il avait une figure douce et flegmatique qui inspirait la confiance. D'ailleurs, il ne paraissait pas pressé le moins du monde. Il marchait d'un pas tranquille, pour ne pas surmener son cheval, et, à le voir, on n'eût jamais cru qu'il suivait une route que les Tartares pouvaient couper d'un moment à l'autre.

Nadia, tenant Michel Strogoff par la main, s'était rangée de côté.

La kibitka s'arrêta, et le conducteur regarda la jeune fille en souriant.

« Et où donc allez-vous comme cela ? » lui demanda-t-il en faisant de bons yeux tout ronds.

Au son de cette voix, Michel Strogoff se dit qu'il l'avait entendue quelque part. Et, sans doute, elle suffit à lui faire reconnaître le conducteur de la kibitka, car son front se rasséréna aussitôt.

« Eh bien, où donc allez-vous ? répéta le jeune homme, en s'adressant plus directement à Michel Strogoff.

— Nous allons à Irkoutsk, répondit celui-ci.

— Oh ! petit père, tu ne sais donc pas qu'il y a encore bien des verstes et des verstes jusqu'à Irkoutsk ?

— Je le sais.

— Et tu vas à pied ?

— À pied.

— Toi, bien ! mais la demoiselle ?...

— C'est ma sœur, dit Michel Strogoff, qui jugea prudent de redonner ce nom à Nadia.

— Oui, ta sœur, petit père ! Mais, crois-moi, elle ne pourra jamais atteindre Irkoutsk !

— Ami, répondit Michel Strogoff en s'approchant, les Tartares nous ont dépouillés, et je n'ai pas un kopek à t'offrir ; mais si tu veux prendre ma sœur près de toi, je suivrai ta voiture à pied, je courrai s'il le faut, je ne te retarderai pas d'une heure...

— Frère, s'écria Nadia... je ne veux pas... je ne veux pas ! – Monsieur, mon frère est aveugle !

— Aveugle ! répondit le jeune homme d'une voix émue.

— Les Tartares lui ont brûlé les yeux ! répondit Nadia, en tendant ses mains comme pour implorer la pitié.

— Brûlé les yeux ? Oh ! pauvre petit père ! Moi, je vais à Krasnoiarsk. Eh bien, pourquoi ne monterais-tu pas avec ta sœur dans la kibitka ? En nous serrant un peu, nous y tiendrons tous les trois. D'ailleurs, mon chien ne refusera pas d'aller à pied. Seulement, je ne vais pas vite, pour ménager mon cheval.

— Ami, comment te nommes-tu ? demanda Michel Strogoff.

— Je me nomme Nicolas Pigassof.

— C'est un nom que je n'oublierai plus, répondit Michel Strogoff.

— Eh bien, monte, petit père aveugle. Ta sœur sera près de toi, au fond de la charrette, moi devant pour conduire. Il y a de la bonne écorce de bouleau et de la paille d'orge dans le fond. C'est comme un nid. – Allons, Serko, fais-nous place ! »

Le chien descendit sans se faire prier. C'était un

animal de race sibérienne, à poil gris, de moyenne taille, avec une bonne grosse tête caressante, et qui semblait être très attaché à son maître.

Michel Strogoff et Nadia, en un instant, furent installés dans la kibitka. Michel Strogoff avait tendu ses mains comme pour chercher celles de Nicolas Pigassof.

« Ce sont mes mains que tu veux serrer ! dit Nicolas. Les voilà, petit père ! Serre-les tant que cela te fera plaisir ! »

La kibitka se remit en marche. Le cheval, que Nicolas ne frappait jamais, allait l'amble. Si Michel Strogoff ne devait pas gagner en rapidité, du moins de nouvelles fatigues seraient-elles épargnées à Nadia.

Et tel était l'épuisement de la jeune fille, que, bercée par le mouvement monotone de la kibitka, elle tomba bientôt dans un sommeil qui ressemblait à une complète prostration. Michel Strogoff et Nicolas la couchèrent sur le feuillage de bouleau du mieux qu'il leur fut possible. Le compatissant jeune homme était tout ému, et si pas une larme ne s'échappa des yeux de Michel Strogoff, en vérité, c'est parce que le fer incandescent avait brûlé la dernière !

« Elle est gentille, dit Nicolas.

— Oui, répondit Michel Strogoff.

— Ça veut être fort, petit père, c'est courageux, mais au fond, c'est faible, ces mignonnes-là ! Est-ce que vous venez de loin ?

— De très loin.

— Pauvres jeunes gens ! Cela a dû te faire bien mal, quand ils t'ont brûlé les yeux !

— Bien mal, répondit Michel Strogoff, en se tournant comme s'il eût pu voir Nicolas.

— Tu n'as pas pleuré ?

— Si.

— Moi aussi, j'aurais pleuré. Penser qu'on ne reverra plus ceux qu'on aime ! Mais enfin, ils vous voient. C'est peut-être une consolation !

— Oui, peut-être ! Dis-moi, ami, demanda Michel Strogoff, est-ce que tu ne m'as jamais vu quelque part ?

— Toi, petit père ? Non, jamais.

— C'est que le son de ta voix ne m'est pas inconnu.

— Voyez-vous ! répondit Nicolas en souriant. Il connaît le son de ma voix ! Peut-être me demandes-tu cela pour savoir d'où je viens. Oh ! je vais te le dire. Je viens de Kolyvan.

— De Kolyvan ? dit Michel Strogoff. Mais alors c'est là que je t'ai rencontré. Tu étais au poste télégraphique ?

— Cela se peut, répondit Nicolas. J'y demeurais. J'étais l'employé chargé des transmissions.

— Et tu es resté à ton poste jusqu'au dernier moment ?

— Eh ! c'est surtout à ce moment-là qu'il faut y être ! »

Cette réponse peignait Nicolas Pigassof.

Après une journée de repos, Nadia eut recouvré une partie de ses forces. Nicolas veillait à ce qu'elle fût aussi bien que possible. Le voyage se faisait dans des conditions supportables, lentement sans doute, mais régulièrement. Il arrivait bien parfois que, pendant la nuit, Nicolas, tout en conduisant, s'endormait et ronflait avec une conviction qui témoignait du calme de sa conscience. Peut-être alors, en regardant bien, eût-on vu la main de Michel Strogoff chercher les guides du cheval et lui faire prendre une allure plus rapide, au grand étonnement de Serko, qui ne disait rien cependant. Puis, ce trot revenait immédiatement à l'amble, dès que Nicolas se réveillait, mais la kibitka n'en avait pas moins gagné quelques verstes sur sa vitesse réglementaire.

Le 22 août, la kibitka atteignit le bourg d'Atchinsk, à trois cent quatre-vingts verstes de Tomsk. Cent vingt verstes la séparaient encore de Krasnoiarsk. Aucun incident n'avait marqué ce voyage. Depuis six jours qu'ils étaient ensemble, Nicolas, Michel Strogoff et Nadia étaient restés les mêmes, l'un confit dans son calme inaltérable, les deux autres inquiets, et songeant au moment où leur compagnon viendrait à se séparer d'eux.

7

Le passage de l'Yeniseï

Le 25 août, à la tombée du jour, la kibitka arrivait en vue de Krasnoiarsk. Le voyage depuis Tomsk avait duré huit jours. S'il ne s'était pas accompli plus rapidement, quoi qu'eût pu faire Michel Strogoff, cela tenait surtout à ce que Nicolas avait peu dormi. De là, impossibilité d'activer l'allure de son cheval, qui, en d'autres mains, n'eût mis que soixante heures à faire ce parcours.

Puisque Nicolas Pigassof devait s'arrêter dans cette ville, il serait nécessaire de le remplacer par un guide, et de changer la kibitka pour un autre véhicule plus rapide. Michel Strogoff, après s'être adressé au gouverneur de la ville et avoir établi son identité et sa qualité de courrier du czar – ce qui lui serait aisé –, ne doutait pas qu'il ne fût mis à même d'atteindre Irkoutsk dans le plus court délai. Il n'aurait plus alors qu'à remercier ce brave Nicolas Pigassof et à partir immédiatement avec Nadia, car il ne voulait pas la quitter avant de l'avoir remise entre les mains de son père.

Cependant, si Nicolas avait résolu de s'arrêter à Krasnoiarsk, c'était, comme il le dit, « à la condition d'y trouver de l'emploi ».

En effet, cet employé modèle, après avoir tenu jusqu'à la dernière minute au poste de Kolyvan, cherchait à se mettre de nouveau à la disposition de l'administration.

La kibitka n'était plus qu'à une demi-verste de Krasnoiarsk. On voyait à droite et à gauche les nombreuses croix de bois qui se dressent sur le chemin aux approches de la ville. Il était sept heures du soir. Sur le ciel clair se dessinaient la silhouette des églises et le profil des maisons construites sur la haute falaise de l'Yeniseï. Les eaux du fleuve miroitaient sous les dernières lueurs éparses dans l'atmosphère.

La kibitka s'était arrêtée.

« Où sommes-nous, sœur ? demanda Michel Strogoff.

— À une demi-verste au plus des premières maisons, répondit Nadia.

— Est-ce donc une ville endormie ? reprit Michel Strogoff. Nul bruit n'arrive à mon oreille.

— Et je ne vois pas une lumière briller dans l'ombre, pas une fumée monter dans l'air, ajouta Nadia.

— La singulière ville ! dit Nicolas. On n'y fait pas de bruit et on s'y couche de bonne heure ! »

Michel Strogoff eut l'esprit traversé d'un pressentiment de mauvais augure.

« Eh bien, ami, dit-il à Nicolas, pourquoi n'avançons-nous pas ?

— C'est que je crains de réveiller les habitants de la ville avec le bruit de ma charrette ! »

Et, d'un léger coup de fouet, Nicolas stimula son cheval. Serko poussa quelques aboiements, et la kibitka descendit au petit trot la route qui s'engageait dans Krasnoiarsk. Dix minutes après, elle entrait dans la grande rue.

Krasnoïarsk était déserte ! Le dernier télégramme parti du cabinet du czar, avant la rupture du fil, avait donné ordre au gouverneur, à la garnison, aux habitants, quels qu'ils fussent, d'abandonner Krasnoiarsk, d'emporter tout objet ayant quelque valeur ou qui aurait pu être de quelque utilité aux Tartares, et de se réfugier à Irkoutsk. Même injonction à tous les habitants des bourgades de la province. C'était le désert que le gouvernement moscovite voulait faire devant les envahisseurs.

Michel Strogoff, Nadia et Nicolas parcoururent silencieusement les rues de la ville. Ils éprouvaient une involontaire impression de stupeur. Eux seuls produisaient le seul bruit qui se fit alors dans cette cité morte. Michel Strogoff ne laissa rien paraître de ce qu'il ressentait alors, mais il dut éprouver comme un mouvement de rage contre la mauvaise chance qui le poursuivait, car ses espérances étaient encore une fois trompées.

« Bon Dieu ! s'écria Nicolas, jamais je ne gagnerai mes appointements dans ce désert !

— Ami, dit Nadia, il faut reprendre avec nous la route d'Irkoutsk.

— Il le faut, en vérité ! répondit Nicolas. Le fil doit encore fonctionner entre Oudinsk et Irkoutsk, et là... Partons-nous, petit père ?

— Attendons à demain, répondit Michel Strogoff.

— Tu as raison, répondit Nicolas. Nous avons l'Yeniseï à traverser, et il est nécessaire d'y voir !...

— Y voir ! » murmura Nadia, en songeant à son compagnon aveugle.

Nicolas l'avait entendue, et, se retournant vers Michel Strogoff :

« Pardon, petit père, dit-il. Hélas ! la nuit et le jour, il est vrai que c'est tout un pour toi !

— Ne te reproche rien, ami, répondit Michel Strogoff, qui passa sa main sur ses yeux. Avec toi pour guide, je puis agir encore. Prends donc quelques heures de repos. Que Nadia se repose aussi. Demain, il fera jour ! »

Michel Strogoff, Nadia et Nicolas n'eurent pas à chercher longtemps pour trouver un lieu de repos. La première maison dont ils poussèrent la porte était vide, aussi bien que toutes les autres. Il ne s'y trouvait que quelques bottes de feuillage. Faute de mieux, le cheval dut se contenter de cette maigre nourriture. Quant aux provisions de la kibitka, elles n'étaient pas épuisées, et chacun en prit sa part. Puis, après s'être agenouillés devant une modeste image de la Panaghia, suspendue à la muraille, et que la dernière flamme d'une lampe éclairait encore, Nicolas et la jeune fille s'endormirent, tandis que veillait Michel Strogoff, sur qui le sommeil ne pouvait avoir prise.

Le lendemain, avant l'aube, la kibitka, réattelée, traversait le parc de bouleaux pour atteindre la berge de l'Yeniseï. Le jour commençait à se lever, lorsque la kibitka arriva sur la rive gauche, là même où aboutissait une des grandes allées du parc. En cet endroit, les berges dominaient d'une centaine de pieds le cours de l'Yeniseï. On pouvait donc l'observer sur une vaste étendue.

« Voyez-vous un bac ? demanda Michel Strogoff, en portant avidement ses yeux d'un côté et de l'autre, par une habitude machinale, sans doute, et comme s'il eût pu voir lui-même.

— Je n'en vois aucun, répondit Nicolas.

— Regarde bien, ami, sur cette rive et sur la rive opposée, aussi loin que puisse aller ta vue ! Un bateau, une barque, un canot d'écorce ! »

Nicolas et Nadia, se retenant aux derniers bouleaux de la falaise, s'étaient penchés au-dessus du fleuve. Le champ offert à leurs regards était immense alors. L'Yeniseï, en cet endroit, ne mesure pas moins d'une verste et demie, et forme deux bras, d'importance inégale, que les eaux suivaient avec rapidité. Entre ces bras reposent plusieurs îles, plantées d'aunes, de saules et de peupliers, qui semblaient être autant de navires verdoyants, ancrés dans le fleuve.

Mais, pas une embarcation, ni sur la rive gauche, ni sur la rive droite, ni à la berge des îles. Toutes avaient été emmenées ou détruites par ordre. Très certainement, si les Tartares ne faisaient pas venir du sud le matériel nécessaire à l'établissement d'un pont de bateaux, leur marche vers Irkoutsk serait arrêtée pendant un certain temps devant cette barrière de l'Yeniseï.

« Je me souviens, dit alors Michel Strogoff. Il y a plus haut, aux dernières maisons de Krasnoiarsk, un petit port d'embarquement. C'est là que les bacs accostent. Ami, remontons le cours du fleuve, et vois si quelque barque n'a pas été oubliée sur la rive. »

Vingt minutes après, tous trois avaient atteint le

petit port d'embarquement, dont les dernières maisons s'abaissaient au niveau du fleuve. C'était une sorte de village placé au bas de Krasnoiarsk.

Mais il n'y avait pas une embarcation sur la grève, pas un canot à l'estacade qui servait d'embarcadère, rien même dont on pût construire un radeau suffisant pour trois personnes.

Michel Strogoff avait interrogé Nicolas, et celui-ci avait fait cette décourageante réponse que la traversée du fleuve lui semblait être absolument impraticable.

« Nous passerons », répondit Michel Strogoff.

Et les recherches continuèrent. Nicolas et la jeune fille, chacun de son côté, avaient vainement fureté dans ces cabanes, et ils se disposaient à abandonner leurs recherches, lorsqu'ils s'entendirent appeler.

Tous deux regagnèrent la berge et aperçurent Michel Strogoff sur le seuil d'une porte.

« Venez ! » leur cria-t-il.

Nicolas et Nadia allèrent aussitôt vers lui, et, à sa suite, ils entrèrent dans la cabane.

« Qu'est-ce que cela ? demanda Michel Strogoff, en touchant de la main divers objets entassés au fond d'un cellier.

— Ce sont des outres, répondit Nicolas, et il y en a, ma foi, une demi-douzaine !

— Elles sont pleines ?...

— Oui, pleines de koumyss, et voilà qui vient à propos pour renouveler notre provision ! »

Le « koumyss » est une boisson fabriquée avec du lait de jument ou de chamelle, boisson fortifiante, enivrante même, et Nicolas ne pouvait que se féliciter de la trouvaille.

« Mets-en une à part, lui dit Michel Strogoff, mais vide toutes les autres.

— À l'instant, petit père.

— Voilà qui nous aidera à traverser l'Yeniseï.

— Et le radeau ?

— Ce sera la kibitka elle-même, qui est assez légère pour flotter. D'ailleurs, nous la soutiendrons, ainsi que le cheval, avec ces outres.

— Bien imaginé, petit père, s'écria Nicolas, et, Dieu aidant, nous arriverons à bon port... peut-être pas en droite ligne, car le courant est rapide !

— Qu'importe ! répondit Michel Strogoff. Passons d'abord, et nous saurons bien retrouver la route d'Irkoutsk au-delà du fleuve.

— À l'ouvrage », dit Nicolas, qui commença à vider les outres et à les transporter jusqu'à la kibitka.

Une outre, pleine de koumyss, fut réservée, et les autres, refermées avec soin après avoir été préalablement remplies d'air, furent employées comme appareils flottants. Deux de ces outres, attachées au flanc du cheval, étaient destinées à le soutenir à la surface du fleuve. Deux autres, placées aux brancards de la kibitka, entre les roues, eurent pour but d'assurer la ligne de flottaison de sa caisse, qui se transformerait ainsi en radeau.

Cet ouvrage fut bientôt achevé.

« Tu n'auras pas peur, Nadia ? demanda Michel Strogoff.

— Non, frère, répondit la jeune fille.

— Et toi, ami ?

— Moi ! s'écria Nicolas. Je réalise enfin un de mes rêves : naviguer en charrette ! »

En cet endroit, la berge, assez déclive, était favorable au lancement de la kibitka. Le cheval la traîna jusqu'à la lisière des eaux, et bientôt l'appareil et son moteur flottèrent à la surface du fleuve. Quant à Serko, il s'était bravement mis à la nage.

Les trois passagers, debout sur la caisse, s'étaient déchaussés par précaution, mais, grâce aux outres, ils n'eurent pas même d'eau jusqu'aux chevilles.

Michel Strogoff tenait les guides du cheval, et, selon les indications que lui donnait Nicolas, il dirigeait obliquement l'animal, mais en le ménageant, car il ne voulait pas l'épuiser à lutter contre le courant. Tant que la kibitka suivit le fil des eaux, cela alla bien, et, au bout de quelques minutes, elle avait dépassé les quais de Krasnoiarsk. Elle dérivait vers le nord, et il était déjà évident qu'elle n'accosterait l'autre rive que bien en aval de la ville. Mais peu importait.

La traversée de l'Yeniseï se serait donc faite sans grandes difficultés, même sur cet appareil imparfait, si le courant eût été établi d'une manière régulière. Mais, très malheureusement, plusieurs tourbillons se creusaient à la surface des eaux tumultueuses, et bientôt la kibitka, malgré toute la vigueur qu'employa Michel Strogoff à la faire dévier, fut irrésistiblement entraînée dans un de ces entonnoirs.

Là, le danger devint très grand. La kibitka n'obliquait plus vers la rive orientale, elle ne dérivait plus, elle tournait avec une extrême rapidité ; s'inclinant vers le centre du remous, comme un écuyer sur la piste d'un cirque. Sa vitesse était extrême. Le cheval pouvait à peine maintenir sa tête hors de l'eau et risquait d'être asphyxié dans le tourbillon. Serko avait dû prendre un point d'appui sur la kibitka.

La kibitka restait engagée dans ce tourbillon, et le

cheval était à bout d'efforts. Tout à coup, Michel Strogoff, se défaisant de ceux de ses vêtements qui pouvaient le gêner, se jeta à l'eau ; puis, empoignant d'un bras vigoureux la bride du cheval effaré, il lui donna une telle impulsion qu'il parvint à le rejeter hors du rayon d'attraction, et reprise aussitôt par le rapide courant, la kibitka dériva avec une nouvelle vitesse.

« Hurrah ! » s'écria Nicolas.

Deux heures seulement après avoir quitté le port d'embarquement, la kibitka avait traversé le grand bras du fleuve, et venait accoster la berge d'une île, à plus de six verstes au-dessous de son point de départ.

Là, le cheval remonta la charrette sur la rive, et une heure de repos fut donnée au courageux animal. Puis, l'île ayant été traversée dans toute sa largeur sous le couvert de ses magnifiques bouleaux, la kibitka se trouva au bord du petit bras de l'Yeniseï.

Cette traversée se fit plus facilement. Aucun tourbillon ne rompait le cours du fleuve dans ce second lit, mais le courant y était tellement rapide, que la kibitka n'accosta la rive droite qu'à cinq verstes en aval. C'était, en tout, onze verstes dont elle avait dérivé.

« Cela n'aurait pas été si amusant, s'écria Nicolas en se frottant les mains, lorsqu'il débarqua sur la rive droite du fleuve, si cela n'avait pas été si difficile !

— Ce qui n'a été que difficile pour nous, ami, répondit Michel Strogoff, sera peut-être impossible aux Tartares ! »

8

Un lièvre qui traverse la route

Michel Strogoff pouvait enfin croire que la route était libre jusqu'à Irkoutsk. Pour la première fois depuis la funeste rencontre d'Ivan Ogareff à Omsk, le courrier du czar se sentit moins inquiet et put espérer qu'aucun nouvel obstacle ne surgirait entre le but et lui.

La kibitka, après être redescendue obliquement vers le sud-est pendant une quinzaine de verstes, retrouva et reprit la longue voie tracée à travers la steppe.

La route était bonne, et même cette portion du chemin, qui s'étend entre Krasnoiarsk et Irkoutsk est considérée comme la meilleure de tout le parcours. Le temps favorisait les voyageurs. Il n'était ni orageux ni pluvieux. La chaleur était modérée, les nuits fraîches. La santé de Nadia, celle de Michel Strogoff se maintenaient, et, depuis qu'ils avaient quitté Tomsk, ils s'étaient peu à peu remis de leurs fatigues passées.

Cependant, Michel Strogoff avait pu obtenir de Nicolas qu'il imprimât à son cheval une allure plus rapide. Pour arriver à ce résultat, il lui avait confié que Nadia et lui allaient rejoindre leur père, exilé à Irkoutsk, et qu'ils avaient grande hâte d'être rendus. D'ailleurs, ce cheval était vigoureux et, par sa race même, très apte à supporter les longues fatigues. Les gras pâturages ne luit manquaient pas le long de la route, l'herbe y était abondante et forte. Donc, possibilité de lui demander un surcroît de travail.

Nicolas s'était rendu à ces raisons. Il avait été très ému de la situation de ces deux jeunes gens qui allaient partager l'exil de leur père. Rien ne lui paraissait plus touchant. Aussi, avec quel sourire il disait à Nadia :

« Bonté divine ! quelle joie éprouvera M. Korpanoff, lorsque ses yeux vous apercevront, quand ses bras s'ouvriront pour vous recevoir ! Si je vais jusqu'à Irkoutsk – et cela me paraît bien probable maintenant –, me permettrez-vous d'être présent à cette entrevue ! Oui, n'est-ce pas ? »

Puis, se frappant le front :

« Mais, j'y pense, quelle douleur aussi, quand il s'apercevra que son pauvre grand fils est aveugle ! Ah ! tout est bien mêlé en ce monde ! »

Enfin, de tout cela, il était résulté que la kibitka marchait plus vite, et suivant les calculs de Michel Strogoff, elle faisait maintenant dix à douze verstes à l'heure.

Il s'ensuit donc que, le 28 août, les voyageurs dépassaient le bourg de Balaisk, à quatre-vingts verstes de Krasnoiarsk, et le 29, celui de Ribinsk, à quarante verstes de Balaisk.

Le lendemain, trente-cinq verstes au-delà, elle arrivait à Kamsk, bourgade plus considérable, arrosée par la rivière du même nom, petit affluent de l'Yeniseï, qui descend des monts Sayansk. Ce n'est qu'une ville peu importante, dont les maisons de bois sont pittoresquement groupées autour d'une place ; mais elle est dominée par le haut clocher de sa cathédrale, dont la croix dorée resplendissait au soleil. La kibitka put traverser à gué, et sans trop de mal, la petite rivière qui coupe la route au-delà de Kamsk.

De Kamsk à la bourgade prochaine, l'étape fut très longue, environ cent trente verstes. Après avoir franchi la petite rivière de Biriousa, la kibitka atteignit Biriousinsk dans la matinée du 4 septembre. Là, très heureusement, Nicolas, qui voyait s'épuiser ses provisions, trouva dans un four abandonné une douzaine de « pogatchas », sorte de gâteaux préparés avec de la graisse de mouton, et une forte provision de riz cuit à l'eau. Ce surcroît alla rejoindre à propos la réserve de koumyss, dont la kibitka était suffisamment approvisionnée depuis Krasnoiarsk.

Après une halte convenable, la route fut reprise dans l'après-dînée du 8 septembre. La distance jusqu'à Irkoutsk n'était plus que de cinq cents verstes. Rien en arrière ne signalait l'avant-garde tartare. Michel Strogoff était donc fondé à penser que son voyage ne serait plus entravé, et que dans huit jours, dans dix au plus, il serait en présence du grand-duc.

En sortant de Biriousinsk, un lièvre vint à traverser le chemin, à trente pas en avant de la kibitka.

« Ah ! fit Nicolas.

— Qu'as-tu, ami ? demanda vivement Michel Strogoff, comme un aveugle que le moindre bruit tient en éveil.

— Tu n'as pas vu ?... » dit Nicolas, dont la souriante figure s'était subitement assombrie.

Puis il ajouta :

« Ah ! non ! tu n'as pu voir, et c'est heureux pour toi, petit père !

— Mais je n'ai rien vu, dit Nadia.

— Tant mieux ! tant mieux ! Mais moi... j'ai vu !...

— Qu'était-ce donc ? demanda Michel Strogoff.

— Un lièvre qui vient de croiser notre route ! » répondit Nicolas.

En Russie, lorsqu'un lièvre croise la route d'un voyageur, la croyance populaire veut que ce soit le signe d'un malheur prochain.

Nicolas, superstitieux comme le sont la plupart des Russes, avait arrêté la kibitka.

Michel Strogoff comprit l'hésitation de son compagnon, bien qu'il ne partageât aucunement sa crédulité à l'endroit des lièvres qui passent, et il voulut le rassurer.

« Il n'y a rien à craindre, ami, lui dit-il.

— Rien pour toi, ni pour elle, je le sais, petit père, répondit Nicolas, mais pour moi ! »

Et reprenant :

« C'est la destinée », dit-il.

Et il remit son cheval au trot.

Cependant, en dépit du fâcheux pronostic, la journée s'écoula sans aucun accident.

Le lendemain, à midi, la kibitka fit halte au bourg d'Alsalevsk, aussi désert que l'était toute la contrée environnante.

Là, sur le seuil d'une maison, Nadia trouva deux de ces couteaux à lame solide, qui servent aux chasseurs sibériens. Elle en remit un à Michel Strogoff, qui le cacha sous ses vêtements, et elle garda l'autre pour elle. La kibitka n'était plus qu'à soixante-quinze verstes de Nijni-Oudinsk.

La kibitka courait sur cette route. Oui, courait ! On sentait bien que Nicolas ne songeait plus à ménager son cheval, et que lui aussi avait maintenant hâte d'arriver. Malgré toute sa résignation un peu fataliste, il ne se croirait plus en sûreté que dans les murs d'Irkoutsk. Bien des Russes eussent pensé comme lui, et plus d'un, tournant les guides de son cheval, fût revenu en arrière, après le passage du lièvre sur sa route !

Cependant, quelques observations qu'il fit, et dont Nadia contrôla la justesse en les transmettant à Michel Strogoff, donnèrent à croire que la série des épreuves n'était peut-être pas close pour eux.

En effet, si le territoire avait été depuis Krasnoiarsk respecté dans ses productions naturelles, ses forêts portaient maintenant trace du feu et du fer, les prairies qui s'étendaient latéralement à la route étaient dévastées, et il était évident que quelque troupe importante avait passé par là.

Trente verstes avant Nijni-Oudinsk, les indices d'une dévastation récente ne purent plus être méconnus, et il était impossible de les attribuer à d'autres qu'aux Tartares.

En effet, ce n'étaient plus seulement des champs foulés du pied des chevaux, des forêts entamées à la hache. Les quelques maisons éparses au long de la route n'étaient pas seulement vides : les unes avaient été en partie démolies, les autres à demi incendiées. Des empreintes de balles se voyaient sur leurs murs.

On conçoit quelles furent les inquiétudes de Michel Strogoff. Il ne pouvait plus douter qu'un corps de Tartares n'eût récemment franchi cette partie de la route, et, cependant, il était impossible que ce fussent les soldats de l'émir, car ils n'auraient pu le devancer sans qu'il s'en fût aperçu. Mais alors quels étaient donc ces nouveaux envahisseurs, et par quel chemin détourné de la steppe avaient-ils pu rejoindre la grande route d'Irkoutsk ? À quels nouveaux ennemis le courrier du czar allait-il se heurter encore ?

Ces appréhensions, Michel Strogoff ne les communiqua ni à Nicolas, ni à Nadia, ne voulant pas les inquiéter. D'ailleurs, il était résolu à continuer sa route, tant qu'un infranchissable obstacle ne l'arrêterait pas. Plus tard, il verrait ce qu'il conviendrait de faire.

Pendant la journée suivante, le passage récent d'une importante troupe de cavaliers et de fantassins s'accusa de plus en plus. Des fumées furent aperçues au-dessus de l'horizon. La kibitka marcha avec précaution. Quelques maisons des bourgades abandonnées brûlaient encore, et, certainement, l'incendie n'y avait pas été allumé depuis plus de vingt-quatre heures.

Enfin, dans la journée du 8 septembre, la kibitka s'arrêta. Le cheval refusait d'avancer. Serko aboyait lamentablement.

« Qu'y a-t-il ? demanda Michel Strogoff.

— Un cadavre ! » répondit Nicolas, qui se jeta hors de la kibitka.

Ce cadavre était celui d'un moujik, horriblement mutilé et déjà froid.

Nicolas se signa. Puis, aidé de Michel Strogoff, il transporta ce cadavre sur le talus de la route. Il aurait voulu lui donner une sépulture décente, l'enterrer profondément, afin que les carnassiers de la steppe ne pussent s'acharner sur ses misérables restes, mais Michel Strogoff ne lui en laissa pas le temps.

« Partons, ami, partons ! s'écria-t-il. Nous ne pouvons nous retarder, même d'une heure ! »

Et la kibitka reprit sa marche.

D'ailleurs, si Nicolas eût voulu rendre les derniers devoirs à tous les morts qu'il allait maintenant rencontrer sur la grande route sibérienne, il n'aurait pu y suffire. Aux approches de Nijni-Oudinsk, ce fut par vingtaines que l'on trouva de ces corps, étendus sur le sol.

Ce jour-là, vers quatre heures du soir, Nicolas signala à l'horizon les hauts clochers des églises de Nijni-Oudinsk. Ils étaient couronnés de grosses volutes de vapeurs qui ne devaient pas être des nuages.

Nicolas et Nadia regardaient et communiquaient à Michel Strogoff le résultat de leurs observations. Il fallait prendre un parti. Si la ville était abandonnée, on pouvait la traverser sans risque, mais si, par un mouvement inexplicable, les Tartares l'occupaient, on devait à tout prix la tourner.

« Avançons prudemment, dit Michel Strogoff, mais avançons ! »

Une verste fut encore parcourue.

Il était indécis. Toutefois, après avoir pesé le pour et le contre, il pensa que, quelles que fussent les fatigues d'un voyage à travers la steppe, sans chemin frayé, il ne devait pas risquer de tomber une seconde fois entre les mains des Tartares. Il allait donc proposer à Nicolas de quitter la route et, s'il le fallait absolument, de ne la reprendre qu'après avoir tourné Nijni-Oudinsk, lorsqu'un coup de feu retentit sur la droite. Une balle siffla, et le cheval de la kibitka, frappé à la tête, tomba mort.

Au même instant, une douzaine de cavaliers se jetaient sur la route, et la kibitka était entourée. Michel Strogoff, Nadia et Nicolas, sans même avoir eu le temps de se reconnaître, étaient prisonniers et entraînés rapidement vers Nijni-Oudinsk.

Michel Strogoff, dans cette soudaine attaque, n'avait rien perdu de son sang-froid. N'ayant pu voir ses ennemis, il n'avait pu songer à se défendre. Eût-il eu l'usage de ses yeux, il ne l'aurait pas tenté. C'eût été courir au-devant d'un massacre. Mais, s'il ne voyait pas, il pouvait écouter ce qu'ils disaient et le comprendre.

En effet, à leur langage, il reconnut que ces soldats étaient des Tartares, et, à leurs paroles, qu'ils précédaient l'armée des envahisseurs.

Voici, d'ailleurs, ce que Michel Strogoff apprit, autant par les propos qui furent tenus en ce moment devant lui que par les lambeaux de conversation qu'il surprit plus tard.

Ces soldats n'étaient pas directement sous les ordres de l'émir, retenu encore en arrière de l'Yeniseï. Ils faisaient partie d'une troisième colonne, plus spécialement composée de Tartares des khanats de Khokland et de Koundouze, avec laquelle l'armée de Féofar devait opérer prochainement sa fonction aux environs d'Irkoutsk.

Voilà donc ce dont Michel Strogoff fut informé : arrivée devant Irkoutsk d'une troisième colonne de Tartares, et jonction prochaine de l'émir et d'Ivan Ogareff avec le gros de leurs troupes. Conséquemment, l'investissement d'Irkoutsk, et, par suite, sa reddition n'étaient plus qu'une affaire de temps, peut-être d'un temps très court.

On comprend de quelles pensées dut être assiégée Michel Strogoff ! Qui s'étonnerait si, dans cette situation, il eût enfin perdu tout courage, tout espoir ? Il n'en fut rien, cependant, et ses lèvres ne murmurèrent pas d'autres paroles que celles-ci :

« J'arriverai ! »

Une demi-heure après l'attaque des cavaliers tartares, Michel Strogoff, Nicolas et Nadia entraient à Nijni-Oudinsk. Le fidèle chien les avait suivis, mais de loin. Ils ne devaient pas séjourner dans la ville, qui était en flammes et que les derniers maraudeurs allaient quitter.

Les prisonniers furent donc jetés sur des chevaux et entraînés rapidement, Nicolas, résigné comme toujours, Nadia, nullement ébranlée dans sa foi en Michel Strogoff, Michel Strogoff, indifférent en apparence, mais prêt à saisir toute occasion de s'échapper.

Le lendemain, le détachement franchissait la bourgade de Chibarlinskoë.

Alors un incident se produisit, qui devait avoir des conséquences très graves.

La nuit était venue. Les cavaliers tartares, ayant fait halte, s'étaient plus ou moins enivrés. Ils allaient repartir.

Nadia, qui jusqu'alors, et comme par miracle, avait été respectée de ces soldats, fut insultée par l'un d'eux.

Michel Strogoff n'avait pu voir ni l'insulte, ni l'insulteur, mais Nicolas avait vu pour lui.

Alors, tranquillement, sans avoir réfléchi, sans peut-être avoir la conscience de son action, Nicolas alla droit au soldat, et, avant que celui-ci eût pu faire un mouvement pour l'arrêter, saisissant un pistolet aux fontes de sa selle, il le lui déchargea en pleine poitrine.

L'officier qui commandait le détachement accourut aussitôt au bruit de la détonation.

Les cavaliers allaient écharper le malheureux Nicolas, mais, à un signe de l'officier, on le garrotta, on le mit en travers sur un cheval, et le détachement repartit au galop.

La corde qui attachait Michel Strogoff, rongée par lui, se brisa dans l'élan inattendu du cheval, et son cavalier, à demi ivre, emporté dans une course rapide, ne s'en aperçut même pas.

Michel Strogoff et Nadia se trouvèrent seuls sur la route.

9
Dans la steppe

Michel Strogoff et Nadia étaient donc libres encore une fois, ainsi qu'ils l'avaient été pendant le trajet de Perm aux rives de l'Irtyche. Mais combien les conditions du voyage étaient changées ! Maintenant, ils étaient à pied, dans l'impossibilité de se procurer aucun moyen de locomotion, sans ressource, ne sachant même comment subvenir aux moindres besoins de la vie, et il leur restait encore quatre cents verstes à faire ! Et, de plus, Michel Strogoff ne voyait plus que par les yeux de Nadia.

Quant à cet ami que leur avait donné le hasard, ils venaient de le perdre dans les plus funestes circonstances.

Michel Strogoff s'était jeté sur le talus de la route. Nadia, debout, attendait un mot de lui pour se remettre en marche.

Il était dix heures du soir. Depuis trois heures et demie, le soleil avait disparu derrière l'horizon. Il n'y avait pas une maison, pas une hutte en vue. Les derniers Tartares se perdaient dans le lointain. Michel Strogoff et Nadia étaient bien seuls.

« Que vont-ils faire de notre ami ? s'écria la jeune fille. Pauvre Nicolas ! Notre rencontre lui aura été fatale ! »

Michel Strogoff se taisait. Immobile, la tête appuyée sur ses mains, à quoi pensait-il ? Bien qu'il ne lui répondît pas, entendait-il même Nadia lui parler ?

Oui ! il l'entendait, car, lorsque la jeune fille ajouta :

« Où te conduirai-je, Michel ?

— À Irkoutsk ! répondit-il.

— Par la grande route ?

— Oui, Nadia. »

Michel Strogoff était resté l'homme qui s'était juré d'arriver quand même à son but. Suivre la grande route, c'était y aller par le plus court chemin. Si l'avant-garde des troupes de Féofar-Khan apparaissait, il serait temps alors de se jeter par la traverse.

Nadia reprit la main de Michel Strogoff, et ils partirent.

Le lendemain matin, vingt verstes plus loin, au bourg de Toulounovskoë, tous deux faisaient une courte halte. Le bourg était incendié et désert. Pendant toute la nuit, Nadia avait cherché si le cadavre de Nicolas n'avait pas été abandonné sur la route, mais ce fut en vain qu'elle fouilla les ruines et qu'elle regarda parmi les morts. Jusqu'alors, Nicolas semblait avoir été épargné. Mais ne le réservait-on pas pour quelque cruel supplice, lorsqu'il serait arrivé au camp d'Irkoutsk ?

Nadia, épuisée par la faim, dont son compagnon souffrait cruellement aussi, fut assez heureuse pour trouver dans une maison du bourg une certaine quantité de viande sèche et de « soukharis », morceaux de pain qui, desséchés par évaporation, peuvent conserver indéfiniment leurs qualités nutritives. Michel Strogoff et la jeune fille se chargèrent de tout ce qu'ils purent emporter. Leur nourriture était ainsi assurée pour plusieurs jours, et, quant à l'eau, elle ne devait pas leur manquer dans une contrée que sillonnent mille petits affluents de l'Angara.

Ils se remirent en route. Michel Strogoff allait d'un pas assuré et ne le ralentissait que pour sa compagne. Nadia, ne voulant pas rester en arrière, se forçait à marcher. Heureusement, son compagnon ne pouvait voir à quel état misérable la fatigue l'avait réduite.

Cependant, Michel Strogoff le sentait.

« Tu es à bout de forces, pauvre enfant, lui disait-il quelquefois.

— Non, répondait-elle.

— Quand tu ne pourras plus marcher, je te porterai, Nadia.

— Oui, Michel. »

Pendant cette journée, il fallait passer le petit cours d'eau de l'Oka, mais il était guéable, et ce passage n'offrit aucune difficulté.

Le ciel était couvert, la température supportable. On pouvait craindre, toutefois, que le temps ne tournât à la pluie, ce qui eût été un surcroît de misère. Il y eut même quelques averses, mais elles ne durèrent pas.

Ils allaient toujours ainsi, la main dans la main, parlant peu, Nadia regardant en avant et en arrière. Deux fois par jour, ils faisaient halte. Ils se reposaient six heures par nuit. Dans quelques cabanes, Nadia trouva encore un peu de cette viande de mouton, si commune en ce pays qu'elle ne vaut pas plus de deux kopeks et demi la livre.

Mais, contrairement à ce qu'avait peut-être espéré Michel Strogoff, il n'y avait plus une seule bête de somme dans la contrée. Cheval, chameau, tout avait été massacré ou pris. C'était donc à pied qu'il lui fallait continuer à travers cette interminable steppe.

Les traces de la troisième colonne tartare, qui se dirigeait sur Irkoutsk, n'y manquaient pas. Ici quelque cheval mort, là un chariot abandonné. Les corps de malheureux Sibériens jalonnaient aussi la route, principalement à l'entrée des villages. Nadia, domptant sa répugnance, regardait tous ces cadavres !...

En somme, le danger n'était pas en avant, il était en arrière. L'avant-garde de la principale armée de l'émir, que dirigeait Ivan Ogareff, pouvait apparaître d'un instant à l'autre.

Aussi, à chaque halte, Nadia montait sur quelque hauteur et regardait attentivement du côté de l'ouest, mais nul tourbillon de poussière ne signalait encore l'apparition d'une troupe à cheval.

Puis, la marche était reprise, et lorsque Michel Strogoff sentait que c'était lui qui traînait la pauvre Nadia, il allait d'un pas moins rapide. Ils causaient peu, et seulement de Nicolas. La jeune fille rappelait tout ce qu'avait été pour eux ce compagnon de quelques jours.

En lui répondant, Michel Strogoff cherchait à donner à Nadia quelque espoir, dont on n'eût pas trouvé trace en lui-même, car il savait bien que l'infortuné n'échapperait pas à la mort.

Un jour, Michel Strogoff dit à la jeune fille :

« Tu ne me parles jamais de ma mère, Nadia ? »

Sa mère ! Nadia ne l'eût pas voulu. Pourquoi renouveler ses douleurs ? La vieille Sibérienne n'était-elle pas morte ? Son fils n'avait-il pas donné le dernier baiser à ce cadavre étendu sur le plateau de Tomsk ?

« Parle-moi d'elle, Nadia, dit cependant Michel Strogoff Parle ! Tu me feras plaisir ! »

Et, alors, Nadia fit ce qu'elle n'avait pas fait jusque-là. Elle raconta tout ce qui s'était passé entre Marfa et elle depuis leur rencontre à Omsk, où toutes deux s'étaient vues pour la première fois. Elle dit comment un inexplicable instinct l'avait poussée vers la vieille prisonnière sans la connaître, quels soins elle lui avait donnés, quels encouragements elle en avait reçus. À cette époque, Michel Strogoff n'était encore pour elle que Nicolas Korpanoff.

« Ce que j'aurais dû toujours être ! » répondit Michel Strogoff, dont le front s'assombrit.

Puis, plus tard, il ajouta :

« J'ai manqué à mon serment, Nadia. J'avais juré de ne pas voir ma mère !

— Mais tu n'as pas cherché à la voir, Michel ! répondit Nadia. Le hasard seul t'a mis en sa présence !

— J'avais juré, quoi qu'il arrivât, de ne point me trahir !

— Michel, Michel ! À la vue du fouet levé sur Marfa Strogoff, pouvais-tu résister ? Non ! Il n'y a pas de serment qui puisse empêcher un fils de secourir sa mère !

— J'ai manqué à mon serment, Nadia, répondit Michel Strogoff. Que Dieu et le Père me le pardonnent !

— Michel, dit alors la jeune fille, j'ai une question à te faire. Ne me réponds pas, si tu ne crois pas devoir me répondre. De toi, rien ne me blessera.

— Parle, Nadia.

— Pourquoi, maintenant que la lettre du czar t'a été enlevée, es-tu si pressé d'arriver à Irkoutsk ? »

Michel Strogoff serra plus fortement la main de sa compagne, mais il ne répondit pas.

« Connaissais-tu donc le contenu de cette lettre avant de quitter Moscou ? reprit Nadia.

— Non, je ne le connaissais pas.

— Dois-je penser, Michel, que le seul désir de me remettre entre les mains de mon père t'entraîne vers Irkoutsk ?

— Non, Nadia, répondit gravement Michel Strogoff. Je te tromperais, si je te laissais croire qu'il en est ainsi. Je vais là où mon devoir m'ordonne d'aller ! Quant à te conduire à Irkoutsk, n'est-ce pas toi, Nadia, qui m'y conduit maintenant ? N'est-ce pas par tes yeux que je vois, n'est-ce pas ta main qui me guide ? Ne m'as-tu pas rendu au centuple les services que j'ai pu d'abord te rendre ? Je ne sais si le sort cessera de nous accabler, mais le jour où tu me remercieras de t'avoir remise entre les mains de ton père, je te remercierai, moi, de m'avoir conduit à Irkoutsk !

— Pauvre Michel ! répondit Nadia tout émue. Ne parle pas ainsi ! Ce n'est pas la réponse que je te demande. Michel, pourquoi, maintenant, as-tu tant de hâte d'atteindre Irkoutsk ?

— Parce qu'il faut que j'y sois avant Ivan Ogareff ! s'écria Michel Strogoff.

— Même encore ?

— Même encore, et j'y serai ! »

Et, en prononçant ces derniers mots, Michel Strogoff ne parlait pas seulement par haine du traître. Mais Nadia comprit que son compagnon ne lui disait pas tout, et qu'il ne pouvait pas tout lui dire.

Le 15 septembre, trois jours plus tard, tous deux atteignaient la bourgade de Kouitounskoë, à soixante-dix verstes de Toulounovskoë. La jeune fille ne marchait plus sans d'extrêmes souffrances. Ses pieds endoloris pouvaient à peine la soutenir. Mais elle résistait, elle luttait contre la fatigue, et sa seule pensée était celle-ci :

« Puisqu'il ne peut pas me voir, j'irai jusqu'à ce que je tombe ! »

D'ailleurs, nul obstacle sur cette partie de la route, nul danger non plus, dans cette période du voyage, depuis le départ des Tartares. Beaucoup de fatigue seulement.

Soixante verstes séparent Kouitounskoë de Kimilteiskoë, petite bourgade située à peu de distance du Dinka, tributaire de l'Angara. Michel Strogoff ne songeait pas sans appréhension à l'obstacle que cet affluent d'une certaine importance plaçait sur sa route. De bacs ou de barques, il ne pouvait être question d'en trouver, et il se souvenait, pour l'avoir déjà traversé en des temps plus heureux, qu'il était difficilement guéable. Mais, ce cours d'eau une fois franchi, aucun fleuve, aucune rivière n'interromprait plus la route qui rejoignait Irkoutsk à deux cent trente verstes de là.

Il ne fallut pas moins de trois jours pour atteindre Kimilteiskoë. Nadia se traînait. Quelle que fût son énergie morale, la force physique allait lui manquer. Michel Strogoff ne le savait que trop !

Plusieurs fois, Nadia fut forcée de s'arrêter. Michel Strogoff la prenait alors dans ses bras, et n'ayant pas à penser à la fatigue de la jeune fille du moment où il la portait, il marchait plus rapidement et de son pas infatigable.

Le 18 septembre, à dix heures du soir, tous deux atteignirent enfin Kimilteiskoë. Du haut d'une colline, Nadia aperçut une ligne un peu moins sombre à l'horizon. C'était le Dinka. Quelques éclairs se réfléchissaient dans ses eaux, éclairs sans tonnerre qui illuminaient l'espace.

Nadia conduisit son compagnon à travers la bourgade ruinée. La cendre des incendies était froide. Il y avait au moins cinq ou six jours que les derniers Tartares étaient passés.

Arrivée aux dernières maisons de la bourgade Nadia se laissa tomber sur un banc de pierre.

« Nous faisons halte ? lui demanda Michel Strogoff.

— La nuit est venue, Michel, répondit Nadia. Ne veux-tu pas te reposer quelques heures ?

— J'aurais voulu passer le Dinka, répondit Michel Strogoff, j'aurais voulu le mettre entre nous et l'avant-garde de l'émir. Mais tu ne peux plus même te traîner, ma pauvre Nadia !

— Viens, Michel », répondit Nadia, qui saisit la main de son compagnon et l'entraîna.

C'était à deux ou trois verstes de là que le Dinka coupait la route d'Irkoutsk. Ce dernier effort que lui demandait son compagnon, la jeune fille voulut le tenter. Tous deux marchèrent donc à la lueur des éclairs. Ils traversaient alors un désert sans limites, au milieu duquel se perdait la petite rivière. Pas un arbre, pas un monticule ne faisait saillie sur cette vaste plaine, qui recommençait la steppe sibérienne. Pas un souffle ne traversait l'atmosphère, dont le calme eût laissé le moindre son se propager à une distance infinie.

Soudain, Michel Strogoff et Nadia s'arrêtèrent, comme si leurs pieds eussent été saisis dans quelque crevasse du sol.

Un aboiement avait traversé la steppe.

« Entends-tu ? » dit Nadia.

Puis, un cri lamentable lui succéda, un cri désespéré, comme le dernier appel d'un être humain qui va mourir.

« Nicolas ! Nicolas ! » s'écria la jeune fille, poussée par quelque sinistre pressentiment.

Michel Strogoff, qui écoutait, secoua la tête.

« Viens, Michel, viens », dit Nadia.

Et elle, qui tout à l'heure se traînait à peine, recouvra soudain ses forces sous l'empire d'une violente surexcitation.

« Nous avons quitté la route ? dit Michel Strogoff, sentant qu'il foulait, non plus un sol poudreux, mais une herbe rase.

— Oui... il le faut !... répondit Nadia. C'est de là, sur la droite, que le cri est venu ! »

Quelques minutes après, tous deux n'étaient plus qu'à une demi-verste de la rivière.

Un second aboiement se fit entendre, mais quoique plus faible, il était certainement plus rapproché.

Nadia s'arrêta.

« Oui ! dit Michel. C'est Serko qui aboie !... Il a suivi son maître !

— Nicolas ! » cria la jeune fille.

Son appel resta sans réponse.

Quelques oiseaux de proie seulement s'enlevèrent et disparurent dans les hauteurs du ciel.

Michel Strogoff prêtait l'oreille. Nadia regardait cette plaine, imprégnée d'effluves lumineux, qui miroitait comme une glace, mais elle ne vit rien.

Et, cependant, une voix s'éleva encore, qui, cette fois, murmura d'un ton plaintif : « Michel !... »

Puis, un chien, tout sanglant, bondit jusqu'à Nadia. C'était Serko.

Nicolas ne pouvait être loin ! Lui seul avait pu murmurer ce nom de Michel ! Où était-il ? Nadia n'avait même plus la force de l'appeler.

Michel Strogoff, rampant sur le sol, cherchait de la main.

Soudain, Serko poussa un nouvel aboiement et s'élança vers un gigantesque oiseau qui rasait la terre.

C'était un vautour. Lorsque Serko se précipita vers lui, il s'enleva, mais, revenant à la charge, il frappa le chien ! Celui-ci bondit encore vers le vautour !... Un coup du formidable bec s'abattit sur sa tête, et, cette fois, Serko retomba sans vie sur le sol.

En même temps, un cri d'horreur échappait à Nadia !

« Là... là ! » dit-elle.

Une tête sortait du sol ! Elle l'eût heurtée du pied, sans l'intense clarté que le ciel jetait sur la steppe.

Nadia tomba, à genoux, près de cette tête.

Nicolas, enterré jusqu'au cou, suivant l'atroce coutume tartare, avait été abandonné dans la steppe, pour y mourir de faim et de soif, et peut-être sous la dent des loups ou le bec des oiseaux de proie. Supplice horrible pour cette victime que le sol emprisonne, que presse cette terre qu'elle ne peut rejeter, ayant les bras attachés et collés au corps, comme ceux d'un cadavre dans son cercueil ! Le supplicié, vivant dans ce moule d'argile qu'il est impuissant à briser, n'a plus qu'à implorer la mort, trop lente à venir !

C'était là que les Tartares avaient enterré leur prisonnier depuis trois jours !... Depuis trois jours, Nicolas attendait un secours qui devait arriver trop tard !

Les vautours avaient aperçu cette tête au ras du sol, et, depuis quelques heures, le chien défendait son maître contre ces féroces oiseaux !

Michel Strogoff creusa la terre avec son couteau pour en exhumer ce vivant !

Les yeux de Nicolas, fermés jusqu'alors, se rouvrirent.

Il reconnut Michel et Nadia. Puis :

« Adieu, amis, murmura-t-il. Je suis content de vous avoir revus ! Priez pour moi !... »

Et ces paroles furent les dernières.

Michel Strogoff continua de creuser ce sol, qui, fortement foulé, avait la dureté du roc, et il parvint enfin à en retirer le corps de l'infortuné. Il écouta si son cœur battait encore !... Il ne battait plus.

Il voulut alors l'ensevelir, afin qu'il ne restât pas exposé sur la steppe, et ce trou, dans lequel Nicolas avait été enfoui vivant, l'élargit, il l'agrandit, de manière à pouvoir l'y coucher mort ! Le fidèle Serko devait être placé près de son maître !

En ce moment, un grand tumulte se produisit sur la route, distante au plus d'une demi-verste.

Michel Strogoff écouta.

Au bruit, il reconnut qu'un détachement d'hommes à cheval s'avançait vers le Dinka.

« Nadia ! Nadia ! » dit-il à voix basse.

À sa voix, Nadia, demeurée en prière, se redressa.

« Vois ! vois ! lui dit-il.

— Les Tartares ! » murmura-t-elle

C'était, en effet, l'avant-garde de l'émir, qui défilait rapidement sur la route d'Irkoutsk.

« Ils ne m'empêcheront pas de l'enterrer ! » dit Michel Strogoff.

Et il continua sa besogne.

Bientôt, le corps de Nicolas, les mains jointes sur la poitrine, fut couché dans cette tombe. Michel Strogoff et Nadia, agenouillés, prièrent une dernière fois pour le pauvre être, inoffensif et bon, qui avait payé de sa vie son dévouement envers eux.

« Et maintenant, dit Michel Strogoff, en rejetant la terre, les loups de la steppe ne le dévoreront pas ! »

Puis, sa main menaçante s'étendit vers la troupe de cavaliers qui passait.

« En route, Nadia ! » dit-il.

Michel Strogoff ne pouvait plus suivre le chemin, maintenant occupé par les Tartares. Il lui fallait se jeter à travers la steppe et tourner Irkoutsk. Il n'avait donc pas à se préoccuper de franchir le Dinka.

Nadia ne pouvait plus se traîner, mais elle pouvait voir pour lui. Il la prit dans ses bras et s'enfonça dans le sud-ouest de la province.

Plus de deux cents verstes lui restaient à parcourir. Comment les fit-il ? Comment ne succomba-t-il pas à tant de fatigues ? Comment put-il se nourrir en route ? Par quelle surhumaine énergie arriva-t-il à passer les premières rampes des monts Sayansk ? Ni Nadia ni lui n'auraient pu le dire !

Et cependant, douze jours après, à six heures du soir, une immense nappe d'eau se déroulait aux pieds de Michel Strogoff.

C'était le lac Baïkal.

10

Baïkal et Angara

C'était à la pointe sud-ouest du lac que Michel Strogoff venait d'arriver, portant Nadia, dont toute la vie, pour ainsi dire, se concentrait dans les yeux. La fatalité qui s'acharnait sur lui sembla vouloir l'épargner un instant. Cette extrémité du Baïkal, cette portion de la steppe qu'il croyait déserte, qui l'est en tout temps, ne l'était pas alors.

Une cinquantaine d'individus se trouvaient réunis à l'angle que forme la pointe sud-ouest du lac.

Nadia aperçut tout d'abord ce groupe, lorsque Michel Strogoff, la portant entre ses bras, déboucha du défilé des montagnes.

La jeune fille dut craindre un instant que ce ne fût un détachement tartare, envoyé pour battre les rives du Baïkal, auquel cas la fuite leur eût été interdite à tous deux.

Mais Nadia fut promptement rassurée à cet égard.

« Des Russes ! » s'écria-t-elle.

Et, après ce dernier effort, ses paupières se fermèrent et sa tête retomba sur la poitrine de Michel Strogoff.

Mais ils avaient été aperçus, et quelques-uns de ces Russes, courant à eux, amenèrent l'aveugle et la jeune fille au bord d'une petite grève à laquelle était amarré un radeau.

Le radeau allait partir.

Ces Russes étaient des fugitifs, de conditions diverses, que le même intérêt avait réunis en ce point du Baïkal. Repoussés par les éclaireurs tartares, ils cherchaient à se réfugier dans Irkoutsk, et ne pouvant y arriver par terre, depuis que les envahisseurs avaient pris position sur les deux rives de l'Angara, ils espéraient l'atteindre en descendant le cours du fleuve qui traverse la ville.

Leur projet fit bondir le cœur de Michel Strogoff. Une dernière chance entrait dans son jeu. Mais il eut la force de dissimuler, voulant garder plus sévèrement que jamais son incognito.

Toute embarcation manquait en cet endroit. Il avait fallu y suppléer. Un radeau, ou plutôt un train de bois, semblable à ceux qui dérivent ordinairement sur les rivières sibériennes, avait été construit. Une forêt de sapins, qui s'élevait sur la rive, avait fourni l'appareil flottant. Les troncs, reliés entre eux par des branches d'osier, formaient une plate-forme sur laquelle cent personnes eussent aisément trouvé place.

C'est sur ce radeau que Michel Strogoff et Nadia furent transportés. La jeune fille était revenue à elle. On lui donna quelque nourriture, ainsi qu'à son compagnon. Puis, couchée sur un lit de feuillage, elle tomba aussitôt dans un profond sommeil.

Il n'y avait pas un instant à perdre. D'ailleurs, le froid devenait de plus en plus vif. La température, pendant la nuit, tombait au-dessous de zéro. Quelques glaçons s'étaient déjà formés à la surface du Baïkal. Si le radeau pouvait facilement manœuvrer sur le lac, il n'en serait pas de même entre les rives de l'Angara, au cas où les glaçons viendraient à encombrer son cours.

Donc, pour toutes ces raisons, il fallait que les fugitifs partissent sans retard.

À huit heures du soir, les amarres furent larguées, et sous l'action du courant, le radeau suivit le littoral. De grandes perches, maniées par quelques robustes moujiks, suffisaient à rectifier sa direction.

Un vieux marinier du Baïkal avait pris le commandement du radeau. C'était un homme de soixante-cinq ans, tout hâlé par les brises du lac. Une barbe blanche, très épaisse, descendait sur sa poitrine. Un bonnet de fourrure coiffait sa tête, d'aspect grave et austère. Sa large et longue houppelande, serrée à la ceinture, lui tombait jusqu'aux talons. Ce vieillard taciturne, assis à l'arrière, commandait du geste et ne prononçait pas dix paroles en dix heures. D'ailleurs, toute la manœuvre se réduisait à maintenir le radeau dans le courant, qui filait le long du littoral, sans gagner au large.

Aucun incident ne marqua cette navigation. Nadia était restée plongée dans un assoupissement profond. Michel Strogoff avait veillé près d'elle. Le sommeil n'avait prise sur lui qu'à de longs intervalles seulement, et encore sa pensée veillait-elle toujours.

Au jour naissant, le radeau, retardé par une brise assez violente qui contrariait l'action du courant, était encore à quarante verstes de l'embouchure de l'Angara. Très vraisemblablement, il ne pourrait pas l'atteindre avant trois ou quatre heures du soir. Ce n'était pas un inconvénient, au contraire, car les fugitifs descendraient alors le fleuve pendant la nuit, et l'ombre devait favoriser leur arrivée à Irkoutsk.

À quatre heures du soir, l'embouchure de l'Angara fut signalée par le vieux marinier entre les hautes roches granitiques du littoral. On apercevait sur la rive droite le petit port de Livenitchnaia, son église, ses quelques maisons bâties sur la berge.

Mais, circonstance très grave, les premiers glaçons, venus de l'est, dérivaient déjà entre les rives de l'Angara, et, par conséquent, ils descendaient vers Irkoutsk. Cependant, leur nombre ne pouvait pas être encore assez grand pour obstruer le fleuve, ni le froid assez considérable pour les agréger.

Le radeau arriva au petit port et il s'y arrêta. Là, le vieux marinier avait décidé de relâcher pendant une heure, afin de faire quelques réparations indispensables. Les troncs, disjoints, menaçaient de se séparer, et il importait de les relier entre eux plus solidement pour résister au courant de l'Angara, qui est très rapide.

Le vieux marinier ne s'attendait pas à recueillir de nouveaux fugitifs au port de Livenitchnaia, et cependant, au moment où le radeau accostait, deux passagers, sortant d'une maison déserte, accoururent à toutes jambes sur la berge.

Nadia, assise à l'arrière, regardait d'un œil distrait.

Un cri faillit lui échapper. Elle saisit la main de Michel Strogoff, qui, à ce mouvement, releva la tête.

« Qu'as-tu, Nadia ? demanda-t-il.

— Nos deux compagnons de route, Michel.

— Ce Français et cet Anglais que nous avons rencontrés dans les défilés de l'Oural ?

— Oui. »

Michel Strogoff tressaillit, car le sévère incognito dont il ne voulait pas se départir risquait d'être dévoilé.

En effet, ce n'était plus Nicolas Korpanoff qu'Alcide Jolivet et Harry Blount allaient voir en lui maintenant, mais bien le vrai Michel Strogoff, courrier du czar.

« Nadia, dit-il, dès que ce Français et cet Anglais seront embarqués, prie-les de venir près de moi ! »

C'étaient, en effet, Harry Blount et Alcide Jolivet, que, non le hasard, mais la force des événements avait conduits au port de Livenitchnaia, comme elle y avait amené Michel Strogoff.

Alcide Jolivet se mit aussitôt en rapport avec le vieux marinier, et il lui demanda passage pour son compagnon et lui, offrant de payer le prix qu'il exigerait, quel qu'il fût.

« Ici, on ne paie pas, lui répondit gravement le vieux marinier, on risque sa vie, voilà tout. »

Les deux journalistes s'embarquèrent, et Nadia les vit prendre place à l'avant du radeau.

Harry Blount était toujours le froid Anglais, qui lui avait à peine adressé la parole pendant toute la traversée des monts Ourals.

Alcide Jolivet semblait être un peu plus grave que d'ordinaire, et l'on conviendra que sa gravité se justifiait par celle des circonstances.

Alcide Jolivet était donc installé à l'avant du radeau, lorsqu'il sentit une main s'appuyer sur son bras. Il se retourna et reconnut Nadia, la sœur de celui qui était, non plus Nicolas Korpanoff, mais Michel Strogoff, courrier du czar.

Un cri de surprise allait lui échapper, lorsqu'il vit la jeune fille porter un doigt à ses lèvres.

« Venez », lui dit Nadia.

Et, d'un air indifférent, Alcide Jolivet, faisant signe à Harry Blount de l'accompagner, la suivit.

Mais, si la surprise des journalistes avait été grande à rencontrer Nadia sur ce radeau, elle fut sans bornes, quand ils aperçurent Michel Strogoff, qu'ils ne pouvaient croire vivant.

À leur approche, Michel Strogoff n'avait pas bougé.

Alcide Jolivet s'était retourné vers la jeune fille.

« Il ne vous voit pas, messieurs, dit Nadia. Les Tartares lui ont brûlé les yeux ! Mon pauvre frère est aveugle ! »

Un vif sentiment de pitié se peignit sur la figure d'Alcide Jolivet et de son compagnon.

Un instant après, tous deux, assis près de Michel Strogoff, lui serraient la main et attendaient qu'il leur parlât.

« Messieurs, dit Michel Strogoff à voix basse, vous ne devez pas savoir qui je suis, ni ce que je suis venu faire en Sibérie. Je vous demande de respecter mon secret. Me le promettez-vous ?

— Sur l'honneur, répondit Alcide Jolivet.

— Sur ma foi de gentleman, ajouta Harry Blount.

— Bien, messieurs.

— Pouvons-nous vous être utile ? demanda Harry Blount. Voulez-vous que nous vous aidions à accomplir votre tâche ?

— Je préfère agir seul, répondit Michel Strogoff.

— Mais ces gueux-là vous ont brûlé la vue, dit Alcide Jolivet.

— J'ai Nadia, et ses yeux me suffisent ! »

Une demi-heure plus tard, le radeau, après avoir quitté le petit port de Livenitchnaia, s'engageait dans le fleuve. Il était cinq heures du soir. La nuit allait venir. Elle devait être très obscure et très froide aussi, car la température était déjà au-dessous de zéro.

Alcide Jolivet et Harry Blount, s'ils avaient promis le secret à Michel Strogoff, ne le quittèrent cependant pas. Ils causèrent à voix basse, et l'aveugle, complétant ce qu'il savait déjà par ce qu'ils lui apprirent, put se faire une idée exacte de l'état des choses.

Il était certain que les Tartares investissaient actuellement Irkoutsk, et que les trois colonnes avaient opéré leur jonction. On ne pouvait donc douter que l'émir et Ivan Ogareff ne fussent devant la capitale.

11

Entre deux rives

À huit heures du soir, ainsi que l'état du ciel l'avait fait pressentir, une obscurité profonde enveloppa toute la contrée. La lune, étant nouvelle, ne devait pas se lever sur l'horizon. Du milieu du fleuve, les rives restaient invisibles. Les falaises se confondaient à une faible hauteur avec ces nuages lourds qui se déplaçaient à peine. Par intervalles, quelques souffles venaient de l'est et semblaient expirer sur cette étroite vallée de l'Angara.

À bord du radeau régnait maintenant un absolu silence. Les fugitifs, étendus sur la plate-forme, rompaient à peine par la saillie de leurs corps la ligne horizontale des eaux. Le vieux marinier, couché à l'avant près de ses hommes, s'occupait seulement d'écarter les glaçons, manœuvre qui se faisait sans bruit.

Un froid très aigu se propageait à travers l'atmosphère. Les fugitifs en souffrirent cruellement, n'ayant d'autre abri que quelques branches de bouleau. Ils se pressaient les uns contre les autres, afin de mieux supporter l'abaissement de température, qui, pendant cette nuit, devait atteindre dix degrés au-dessous de zéro. Le peu de vent qui arrivait, après avoir effleuré les montagnes de l'est tapissées de neige, piquait vivement.

Michel Strogoff et Nadia, couchés à l'arrière, supportaient sans se plaindre ce surcroît de souffrance. Alcide Jolivet et Harry Blount, placés près d'eux, résistaient de leur mieux à ces premiers assauts de l'hiver sibérien. Ni les uns ni les autres ne causaient maintenant, même à voix basse. La situation, d'ailleurs, les absorbait tout entiers. À chaque instant, un incident pouvait se produire, un danger, une catastrophe même, dont ils ne se seraient pas tirés indemnes.

Cependant, le radeau dérivait rapidement au milieu des glaçons, dont les rangs se pressaient de plus en plus.

Jusqu'alors, aucun détachement tartare n'avait été signalé sur les berges de l'Angara, ce qui indiquait que le radeau n'était pas encore arrivé à la hauteur de leurs avant-postes. Cependant, vers dix heures du soir, Harry Blount crut voir de nombreux corps noirs qui se mouvaient à la surface des glaçons. Ces ombres, sautant de l'un à l'autre, se rapprochaient rapidement.

« Des Tartares ! » pensa-t-il.

Et se glissant près du vieux marinier qui se tenait à l'avant, il lui montra ce mouvement suspect.

Le vieux marinier regarda attentivement.

« Ce ne sont que des loups, dit-il. J'aime mieux ça que des Tartares. Mais il faut se défendre, et sans bruit ! »

En effet, les fugitifs eurent à lutter contre ces féroces carnassiers, que la faim et le froid jetaient à travers la province. Les loups avaient senti le radeau, et bientôt ils l'attaquèrent. De là, nécessité pour les fugitifs d'engager la lutte, mais sans se servir d'armes à feu, car ils ne pouvaient être éloignés des postes tartares. Les femmes et les enfants se groupèrent au centre du radeau, et les hommes, les uns armés de perches, les autres de leur couteau, la plupart de bâtons, se mirent en mesure de repousser les assaillants. Ils ne faisaient pas entendre un cri, mais les hurlements des loups déchiraient l'air.

Michel Strogoff n'avait pas voulu rester inactif. Il s'était étendu sur le côté du radeau attaqué par la bande des carnassiers. Il avait tiré son couteau, et, chaque fois qu'un loup passait à sa portée, sa main savait le lui enfoncer dans la gorge. Harry Blount et Alcide Jolivet ne chômèrent pas non plus, et ils firent une rude besogne. Leurs compagnons les secondaient courageusement. Tout ce massacre s'accomplissait en silence, bien que plusieurs des fugitifs n'eussent pu éviter de graves morsures.

Cependant, la lutte ne semblait pas devoir se terminer de sitôt. La bande de loups se renouvelait sans cesse, et il fallait que la rive droite de l'Angara en fût infestée.

« Ça ne finira donc jamais ! » disait Alcide Jolivet, en manœuvrant son poignard, rouge de sang.

Et, de fait, une demi-heure après le commencement de l'attaque, les loups couraient encore par centaines à travers les glaçons.

Les fugitifs, épuisés, faiblissaient visiblement alors. Le combat tournait à leur désavantage. En ce moment, un groupe de dix loups de haute taille, rendus féroces par la colère et la faim, les yeux brillant dans l'ombre comme des braises, envahirent la plate-forme du radeau. Alcide Jolivet et son compagnon se jetèrent au milieu de ces redoutables animaux, et Michel Strogoff rampait vers eux, lorsqu'un changement de front se produisit soudain.

En quelques secondes, les loups eurent abandonné non seulement le radeau, mais aussi les glaçons épars sur le fleuve. Tous ces corps noirs se dispersèrent, et il fut bientôt constant qu'ils avaient en toute hâte regagné la rive droite du fleuve.

C'est qu'il fallait à ces loups les ténèbres pour agir, et qu'alors une intense clarté éclairait tout le cours de l'Angara.

C'était la lueur d'un immense incendie. La bourgade de Poshkavsk brûlait tout entière. Cette fois, les Tartares étaient là, accomplissant leur œuvre. Depuis ce point, ils occupaient les deux rives jusqu'au-delà d'Irkoutsk. Les fugitifs arrivaient donc à la zone dangereuse de leur traversée, et ils se trouvaient encore à trente verstes de la capitale.

Il était onze heures et demie du soir. Le radeau continuait à glisser dans l'ombre au milieu des glaçons, avec lesquels il se confondait absolument ; mais de grandes plaques de lumière s'allongeaient parfois jusqu'à lui. Aussi, les fugitifs, étendus sur la plate-forme, ne se permettaient-ils pas un mouvement qui pût les trahir. Peu à peu, l'éclat de l'incendie s'affaiblit, ses crépitements diminuèrent, et les dernières lueurs disparurent au-delà des hautes falaises, qui se dressaient à un coude brusque de l'Angara.

Il était environ minuit. L'ombre, redevenue épaisse,

protégeait de nouveau le radeau. Les Tartares étaient toujours là, qui allaient et venaient sur les deux rives. On ne les voyait pas, mais on les entendait. Les feux des postes avancés brillaient extraordinairement.

Cependant, il devenait nécessaire de manœuvrer avec plus de précision au milieu des glaçons qui se resserraient.

Le vieux marinier se releva, et les moujiks reprirent leurs gaffes. Tous avaient fort à faire, et la conduite du radeau devenait de plus en plus difficile, car le lit du fleuve s'obstruait visiblement.

Michel Strogoff s'était glissé jusqu'à l'avant.

Alcide Jolivet l'avait suivi.

Tous deux écoutaient ce que disaient le vieux marinier et ses hommes.

« Veille sur la droite !

— Voilà les glaçons qui se prennent à gauche !

— Défends ! défends avec ta gaffe !

— Avant une heure, nous serons arrêtés !...

— Si Dieu le veut ! répondit le vieux marinier. Contre sa volonté, il n'y a rien à faire.

— Vous les entendez, dit Alcide Jolivet.

— Oui, répondit Michel Strogoff, mais Dieu est avec nous ! »

Cependant, la situation s'aggravait de plus en plus. Si la dérive du radeau venait à être suspendue, non seulement les fugitifs n'arriveraient pas à Irkoutsk, mais ils seraient obligés d'abandonner leur appareil flottant, qui, écrasé par les glaçons, ne tarderait pas à manquer sous eux. Les cordes d'osier se briseraient alors, les troncs de sapins, séparés violemment, s'engageraient sous la croûte durcie, et les malheureux n'auraient plus d'autre refuge que les glaçons eux-mêmes. Or, le jour venu, ils seraient aperçus des Tartares et massacrés sans pitié !

Michel Strogoff revint à l'arrière, là où Nadia l'attendait. Il s'approcha de la jeune fille, il lui prit la main et lui posa cette invariable question : « Nadia, es-tu prête ? » à laquelle elle répondit comme toujours :

« Je suis prête ! »

Pendant quelques verstes encore, le radeau continua de dériver au milieu des glaces flottantes. Si l'Angara se resserrait, il se formerait un barrage, et, conséquemment, il y aurait impossibilité de suivre le courant. Déjà la dérive se faisait beaucoup plus lentement. À chaque instant, c'étaient des chocs ou des détours. Ici, un abordage à éviter, là, une passe à prendre. Enfin, retards très inquiétants.

En effet, il n'y avait plus que quelques heures de nuit. Si les fugitifs n'atteignaient pas Irkoutsk avant cinq heures du matin, ils devaient perdre tout espoir d'y entrer jamais.

Or, à une heure et demie, malgré tous les efforts qui furent tentés, le radeau vint buter contre un épais barrage et s'arrêta définitivement. Les glaçons, qui dérivaient en amont, se jetèrent sur lui, le pressèrent contre l'obstacle et l'immobilisèrent, comme s'il eût été échoué sur un récif.

En cet endroit, l'Angara se resserrait, et son lit était réduit à la moitié de sa largeur normale. De là, accumulation des glaces, qui s'étaient peu à peu soudées les unes aux autres sous la double influence de la pression, qui était considérable, et du froid, dont l'intensité redoublait. Cinq cents pas en aval, le lit du fleuve s'élargissait de nouveau, et les glaçons, se détachant peu à peu du bord inférieur de ce champ, continuaient à dériver vers Irkoutsk. Donc il est probable que, sans ce resserrement des rives, le barrage ne se fût pas formé, et que le radeau aurait pu continuer à descendre le courant. Mais le malheur était irréparable, et les fugitifs devaient renoncer à tout espoir d'atteindre leur but.

S'ils avaient eu à leur disposition les outils qu'emploient ordinairement les baleiniers pour s'ouvrir des canaux à travers les ice-fields, s'ils avaient pu couper ce champ jusqu'à l'endroit où s'élargissait la rivière, peut-être le temps ne leur eût-il pas manqué ? Mais pas une scie, pas un pic, rien qui permît d'entamer cette croûte, que l'extrême froid rendait dure comme du granit.

Quel parti prendre ?

En ce moment, des coups de fusil éclatèrent sur la rive droite de l'Angara. Une pluie de balles fut dirigée sur le radeau. Les malheureux avaient-ils donc été aperçus ? Évidemment, car d'autres détonations retentirent sur la rive gauche. Les fugitifs, pris entre deux feux, devinrent le point de mire des tireurs tartares. Quelques-uns furent blessés par ces balles, bien que, au milieu de cette obscurité, elles n'arrivassent qu'au hasard.

« Viens, Nadia », murmura Michel Strogoff à l'oreille de la jeune fille.

Sans faire une seule observation, « prête à tout », Nadia prit la main de Michel Strogoff.

« Il s'agit de traverser le barrage, lui dit-il tout bas. Guide-moi, mais que personne ne nous voie quitter le radeau ! »

Nadia obéit. Michel Strogoff et elle se glissèrent

rapidement à la surface du champ, au milieu de cette profonde obscurité que déchiraient çà et là les coups de feu.

Nadia rampait en avant de Michel Strogoff Les balles tombaient autour d'eux comme une grêle violente et crépitaient sur les glaces. La surface du champ, raboteuse et sillonnée d'arêtes vives, leur mit les mains en sang, mais ils avançaient toujours.

Dix minutes plus tard, le bord inférieur du barrage était atteint. Là, les eaux de l'Angara redevenaient libres. Quelques glaçons, détachés peu à peu du champ, reprenaient le courant et descendaient vers la ville.

Nadia comprit ce que voulait tenter Michel Strogoff. Elle vit un de ces glaçons qui ne tenait plus que par une étroite langue.

« Viens », dit Nadia.

Et tous deux se couchèrent sur ce morceau de glace, qu'un léger balancement dégagea du barrage.

Le glaçon commença à dériver. Le lit du fleuve s'élargissant, la route était libre.

Michel Strogoff et Nadia écoutaient les coups de feu, les cris de détresse, les hurlements de Tartares qui se faisaient entendre en amont... Puis, peu à peu, ces bruits de profonde angoisse et de joie féroce s'éteignirent dans l'éloignement.

« Pauvres compagnons ! » murmura Nadia.

Pendant une demi-heure, le courant entraîna rapidement le glaçon qui portait Michel Strogoff et Nadia. À tout moment, ils pouvaient craindre qu'il ne s'effondrât sous eux. Pris dans le fil des eaux, il suivait le milieu du fleuve, et il ne serait nécessaire de lui imprimer une direction oblique que lorsqu'il s'agirait d'accoster les quais d'Irkoutsk.

Michel Strogoff, les dents serrées, l'oreille au guet, ne prononçait pas une seule parole. Jamais il n'avait été si près du but. Il sentait qu'il allait l'atteindre !...

Vers deux heures du matin, une double rangée de lumières étoila le sombre horizon dans lequel se confondaient les deux rives de l'Angara.

À droite, c'étaient les lueurs jetées par Irkoutsk. À gauche, les feux du camp tartare.

Michel Strogoff n'était plus qu'à une demi-verste de la ville.

« Enfin ! » murmura-t-il.

Mais, soudain, Nadia poussa un cri.

À ce cri, Michel Strogoff se redressa sur le glaçon, qui vacillait. Sa main se tendit vers le haut de l'Angara. Sa figure, tout éclairée de reflets bleuâtres, devint effrayante à voir, et alors, comme si ses yeux se fussent rouverts à la lumière :

« Ah ! s'écria-t-il, Dieu lui-même est donc contre nous ! »

12

Irkoutsk

Irkoutsk est la résidence du gouverneur général de la Sibérie orientale. Au-dessous de lui fonctionnent un gouverneur civil, aux mains duquel se concentre l'administration de la province, un maître de police, fort occupé dans une ville où les exilés abondent, et enfin un maire, chef des marchands, personnage considérable par son immense fortune et par l'influence qu'il exerce sur ses administrés.

La garnison d'Irkoutsk se composait alors d'un régiment de Cosaques à pied, qui comptait environ deux mille hommes, et d'un corps de gendarmes sédentaires, portant le casque et l'uniforme bleu galonné d'argent.

En outre, on le sait, et par suite de circonstances particulières, le frère du czar était enfermé dans la ville depuis le début de l'invasion.

Cette situation veut être précisée.

C'était un voyage d'une importance politique qui

avait conduit le grand-duc dans ces lointaines provinces de l'Asie orientale.

Le grand-duc, après avoir parcouru les principales cités sibériennes, voyageant en militaire plutôt qu'en prince, sans aucun apparat, accompagné de ses officiers, escorté d'un détachement de Cosaques, s'était transporté jusqu'aux contrées transbaïkaliennes. Nikolaevsk, la dernière ville russe qui soit située au littoral de la mer d'Okhotsk, avait été honorée de sa visite.

Arrivé aux confins de l'immense empire moscovite, le grand-duc revenait vers Irkoutsk, où il comptait reprendre la route de l'Europe, quand lui arrivèrent les nouvelles de cette invasion aussi menaçante que subite. Il se hâta de rentrer dans la capitale, mais, lorsqu'il y arriva, les communications avec la Russie allaient être interrompues. Il reçut encore quelques télégrammes de Pétersbourg et de Moscou, il put même y répondre. Puis, le fil fut coupé dans les circonstances que l'on connaît.

Irkoutsk était isolée du reste du monde.

Le grand-duc n'avait plus qu'à organiser la résistance, et c'est ce qu'il fit avec cette fermeté et ce sang-froid dont il a donné, en d'autres circonstances, d'incontestables preuves.

Les nouvelles de la prise d'Ichim, d'Omsk, de Tomsk parvinrent successivement à Irkoutsk. Il fallait donc à tout prix sauver de l'occupation cette capitale de la Sibérie. On ne devait pas compter sur des secours prochains. Le peu de troupes disséminées dans les provinces de l'Amour et dans le gouvernement d'Iakoutsk ne pouvaient arriver en assez grand nombre pour arrêter les colonnes tartares. Or, puisque Irkoutsk était dans l'impossibilité d'échapper à l'investissement, ce qui importait avant tout, c'était de mettre la ville en état de soutenir un siège de quelque durée.

Ces travaux furent commencés le jour où Tomsk tombait entre les mains des Tartares. En même temps que cette dernière nouvelle, le grand-duc apprenait que l'émir de Boukhara et les khans alliés dirigeaient en personne le mouvement, mais ce qu'il ignorait, c'était que le lieutenant de ces chefs barbares fût Ivan Ogareff, un officier russe qu'il avait lui-même cassé de ses grades et qu'il ne connaissait pas.

Tout d'abord, ainsi qu'on l'a vu, les habitants de la province d'Irkoutsk furent mis en demeure d'abandonner villes et bourgades. Ceux qui ne se réfugièrent pas dans la capitale durent se reporter en arrière, au-delà du lac Baïkal, là où très probablement l'invasion n'étendrait pas ses ravages. Les récoltes en blé et en fourrages furent réquisitionnées pour la ville, et ce dernier rempart de la puissance moscovite dans l'extrême Orient fut mis à même de résister pendant quelque temps.

Irkoutsk, fondée en 1611, est située au confluent de l'Irkout et de l'Angara, sur la rive droite de ce fleuve. Deux ponts en bois, bâtis sur pilotis, disposés de manière à s'ouvrir dans toute la largeur du chenal pour les besoins de la navigation, réunissent la ville à ses faubourgs qui s'étendent sur la rive gauche. De ce côté, la défense était facile. Les faubourgs furent abandonnés, les ponts détruits. Le passage de l'Angara, fort large en cet endroit, n'eût pas été possible sous le feu des assiégés.

Mais le fleuve pouvait être franchi en amont et en aval de la ville, et, par conséquent, Irkoutsk risquait d'être attaquée par sa partie est, qu'aucun mur d'enceinte ne protégeait.

C'est donc à des travaux de fortification que les bras furent occupés tout d'abord. On travailla jour et nuit. Le grand-duc trouva une population zélée à la besogne, que, plus tard, il devait retrouver courageuse à la défense. Soldats, marchands, exilés, paysans, tous se dévouèrent au salut commun. Huit jours avant que les Tartares parussent sur l'Angara, des murailles en terre avaient été élevées. Un fossé, inondé par les eaux de l'Angara, était creusé entre l'escarpe et la contre-escarpe. La ville ne pouvait plus être enlevée par un coup de main. Il fallait l'investir et l'assiéger.

La troisième colonne tartare – celle qui venait de remonter la vallée de l'Yeniseï – parut le 24 septembre en vue d'Irkoutsk. Elle occupa immédiatement les faubourgs abandonnés, dont les maisons mêmes avaient été détruites, afin de ne point gêner l'action de l'artillerie du grand-duc, malheureusement insuffisante.

Les Tartares s'organisèrent donc en attendant l'arrivée des deux autres colonnes, commandées par l'émir et ses alliés.

La jonction de ces divers corps s'opéra le 25 septembre, au camp de l'Angara, et toute l'armée, sauf les garnisons laissées dans les principales villes conquises, fut concentrée sous la main de Féofar-Khan.

Le passage de l'Angara ayant été regardé par Ivan Ogareff comme impraticable devant Irkoutsk, une forte partie des troupes traversa le fleuve, à quelques verstes en aval, sur des ponts de bateaux qui furent établis à cet effet. Le grand-duc ne tenta pas de s'opposer à ce passage. Il n'eût pu que le gêner, non l'empêcher, n'ayant point d'artillerie de campagne à sa disposition, et c'est avec raison qu'il resta renfermé dans Irkoutsk.

Les Tartares occupèrent donc la rive droite du fleuve ; puis, ils remontèrent vers la ville, ils brûlèrent en passant la maison d'été du gouverneur général, située dans les bois qui dominent de haut le cours de l'Angara, et ils vinrent définitivement prendre position pour le siège, après avoir entièrement investi Irkoutsk.

Ivan Ogareff, ingénieur habile, était très certainement en état de diriger les opérations d'un siège régulier ; mais les moyens matériels lui manquaient pour opérer rapidement. Ivan Ogareff pensa alors à demander à la trahison ce que la force ne pouvait lui donner. On sait que son projet était de pénétrer dans la ville, d'arriver jusqu'au grand-duc, de capter sa confiance, et, le moment venu, de livrer une des portes aux assiégeants ; puis, cela fait, d'assouvir sa vengeance sur le frère du czar.

La tsigane Sangarre, qui l'avait accompagné au camp de l'Angara, le poussa à mettre ce projet à exécution.

En effet, il convenait d'agir sans retard. Les troupes russes du gouvernement d'Iakoutsk marchaient sur Irkoutsk. Elles s'étaient concentrées sur le cours supérieur de la Lena, dont elles remontaient la vallée. Avant six jours, elles devaient être arrivées. Il fallait donc qu'avant six jours Irkoutsk fût livrée par trahison.

Ivan Ogareff n'hésita plus.

Un soir, un conseil de guerre fut tenu dans le grand salon du palais du gouverneur général. C'est là que résidait le grand-duc.

Ce palais, élevé à l'extrémité de la rue de Bolchaïa, dominait le cours du fleuve sur un long parcours. À travers les fenêtres de sa principale façade, on apercevait le camp tartare, et une artillerie assiégeante de plus grande portée que celle des Tartares l'eût rendu inhabitable.

Le grand-duc, le général Voranzoff et le gouverneur de la ville, le chef des marchands, auxquels s'étaient réunis un certain nombre d'officiers supérieurs, venaient d'arrêter diverses résolutions.

« Messieurs, dit le grand-duc, vous connaissez exactement notre situation. J'ai le ferme espoir que nous pourrons tenir jusqu'à l'arrivée des troupes d'Iakoutsk. Nous saurons bien alors chasser ces hordes barbares, et il ne dépendra pas de moi qu'ils ne paient chèrement cet envahissement du territoire moscovite.

— Votre Altesse sait qu'elle peut compter sur toute la population d'Irkoutsk, répondit le général Voranzoff.

— Oui, général, répondit le grand-duc, et je rends hommage à son patriotisme. Grâce à Dieu, elle n'a pas encore été soumise aux horreurs de l'épidémie ou de la famine, et j'ai lieu de croire qu'elle y échappera, mais aux remparts, je n'ai pu qu'admirer son courage. Vous entendez mes paroles, monsieur le chef des marchands, et je vous prierai de les rapporter telles.

— Je remercie Votre Altesse au nom de la ville, répondit le chef des marchands. Oserai-je lui demander quel délai extrême elle assigne à l'arrivée de l'armée de secours ?

— Six jours au plus, monsieur, répondit le grand-duc. Un émissaire adroit et courageux a pu pénétrer ce matin dans la ville, et il m'a appris que cinquante mille Russes s'avançaient à marche forcée sous les ordres du général Kisselef. Ils étaient, il y a deux jours, sur les rives de la Lena, à Kirensk, et, maintenant, ni le froid ni les neiges ne les empêcheront d'arriver. Cinquante mille hommes de bonnes troupes, prenant en flanc les Tartares, auront bientôt fait de nous dégager.

— J'ajouterai, dit le chef des marchands, que le jour où Votre Altesse ordonnera une sortie, nous serons prêts à exécuter ses ordres.

— Bien, monsieur, répondit le grand-duc. Attendons que nos têtes de colonnes aient paru sur les hauteurs, et nous écraserons les envahisseurs. »

Puis, se retournant vers le général Voranzoff :

« Nous visiterons demain, dit-il, les travaux de la rive droite. L'Angara charrie des glaçons, il ne tardera pas à se prendre, et, dans ce cas, les Tartares pourraient peut-être le passer.

— Que Votre Altesse me permette de lui faire une observation, dit le chef des marchands.

— Faites, monsieur.

— J'ai vu la température tomber plus d'une fois à trente et quarante degrés au-dessous de zéro, et l'Angara a toujours charrié sans se congeler entièrement. Cela tient sans doute à la rapidité de son cours. Si donc les Tartares n'ont d'autre moyen de franchir le fleuve, je puis garantir à Votre Altesse qu'ils n'entreront pas ainsi dans Irkoutsk. »

Le gouverneur général confirma l'assertion du chef des marchands.

« C'est une circonstance heureuse, répondit le grand-duc. Néanmoins, nous nous tiendrons prêts à tout événement. »

Se retournant alors vers le maître de police :

« Vous n'avez rien à me dire, monsieur ? lui demanda-t-il.

— J'ai à faire connaître à Votre Altesse, répondit le maître de police, une supplique qui lui est adressée par mon intermédiaire.

— Adressée par... ?

— Par les exilés de Sibérie, qui, Votre Altesse le sait, sont au nombre de cinq cents dans la ville. »

Les exilés politiques, répartis dans toute la province, avaient été en effet concentrés à Irkoutsk depuis le début de l'invasion. Ils avaient obéi à l'ordre de rallier la ville et d'abandonner les bourgades où ils exerçaient des professions diverses, ceux-ci médecins, ceux-là professeurs, soit au Gymnase, soit à l'École japonaise, soit à l'École de navigation. Dès le début, le grand-duc, se fiant, comme le czar, à leur patriotisme, les avait armés, et il avait trouvé en eux de braves défenseurs.

« Que demandent les exilés ? dit le grand-duc.

— Ils demandent à Votre Altesse, répondit le maître de police, l'autorisation de former un corps spécial et d'être placés en tête à la première sortie.

— Oui, répondit le grand-duc avec une émotion qu'il ne chercha point à cacher, ces exilés sont des Russes, et c'est bien leur droit de se battre pour leur pays !

— Je crois pouvoir affirmer à Votre Altesse, dit le gouverneur général, qu'elle n'aura pas de meilleurs soldats.

— Mais il leur faut un chef, répondit le grand-duc. Quel sera-t-il ?

— Ils voudraient faire agréer à Votre Altesse, dit le maître de police, l'un d'eux qui s'est distingué en plusieurs occasions.

— C'est un Russe ?

— Oui, un Russe des provinces baltiques.

— Il se nomme... ?

— Wassili Fédor. »

Cet exilé était le père de Nadia.

Wassili Fédor, on le sait, exerçait à Irkoutsk la profession de médecin. C'était un homme instruit et charitable, et aussi un homme du plus grand courage et du plus sincère patriotisme. Tout le temps qu'il ne consacrait pas aux malades, il l'employait à organiser la résistance. C'est lui qui avait réuni ses compagnons d'exil dans une action commune. Les exilés, jusqu'alors mêlés aux rangs de la population, s'étaient comportés de manière à fixer l'attention du grand-duc. Dans plusieurs sorties, ils avaient payé de leur sang leur dette a la Sainte Russie – sainte, en vérité et adorée de ses enfants ! Wassili Fédor s'était conduit héroïquement. Son nom avait été cité à plusieurs reprises, mais il n'avait jamais demandé ni grâces ni faveurs, et lorsque les exilés d'Irkoutsk eurent la pensée de former un corps spécial, il ignorait même qu'ils eussent l'intention de le choisir pour leur chef.

Lorsque le maître de police eut prononcé ce nom devant le grand-duc, celui-ci répondit qu'il ne lui était pas inconnu.

« En effet, répondit le général Voranzoff, Wassili Fédor est un homme de valeur et de courage. Son influence sur ses compagnons a toujours été très grande.

— Depuis quand est-il à Irkoutsk ? demanda le grand-duc.

— Depuis deux ans.

— Et sa conduite... ?

— Sa conduite, répondit le maître de police, est celle d'un homme soumis aux lois spéciales qui le régissent.

— Général, répondit le grand-duc, général, veuillez me le présenter immédiatement. »

Les ordres du grand-duc furent exécutés, et une demi-heure ne s'était pas écoulée, que Wassili Fédor était introduit en sa présence.

C'était un homme ayant quarante ans au plus, grand, la physionomie sévère et triste. On sentait que toute sa vie se résumait dans ce mot : la lutte, et qu'il avait lutté et souffert. Ses traits rappelaient remarquablement ceux de sa fille Nadia Fédor.

Plus que tout autre, l'invasion tartare l'avait frappé dans sa plus chère affection et ruiné la suprême espérance de ce père, exilé à huit mille verstes de sa ville natale. Une lettre lui avait appris la mort de sa femme, et, en même temps, le départ de sa fille, qui avait obtenu du gouvernement l'autorisation de le rejoindre à Irkoutsk.

Nadia avait dû quitter Riga le 10 juillet. L'invasion était du 15 juillet. Si, à cette époque, Nadia avait passé la frontière, qu'était-elle devenue au milieu des envahisseurs ? On conçoit que ce malheureux père fût dévoré d'inquiétude, puisque, depuis cette époque, il était sans aucune nouvelle de sa fille.

Wassili Fédor, en présence du grand-duc, s'inclina et attendit d'être interrogé.

« Wassili Fédor, lui dit le grand-duc, tes compagnons d'exil ont demandé à former un corps d'élite. Ils n'ignorent pas que, dans ces corps, il faut savoir se faire tuer jusqu'au dernier ?

— Ils ne l'ignorent pas, répondit Wassili Fédor.

— Ils te veulent pour chef.

— Moi, Altesse ?

— Consens-tu à te mettre à leur tête ?

— Oui, si le bien de la Russie l'exige.

— Commandant Fédor, dit le grand-duc, tu n'es plus exilé.

— Merci, Altesse, mais puis-je commander à ceux qui le sont encore ?

— Ils ne le sont plus ! »

C'était la grâce de tous ses compagnons d'exil, maintenant ses compagnons d'armes, que lui accordait le frère du czar !

Wassili Fédor serra avec émotion la main que lui tendit le grand-duc, et il sortit.

Celui-ci, se retournant alors vers ses officiers :

« Le czar ne refusera pas d'accepter la lettre de grâce que je tire sur lui ! dit-il en souriant. Il nous faut des héros pour défendre la capitale de la Sibérie, et je viens d'en faire. »

C'était, en effet, un acte de bonne justice et de bonne politique que cette grâce si généreusement accordée aux exilés d'Irkoutsk.

La nuit était arrivée alors. Dix heures du soir venaient de sonner. Le grand-duc allait congédier ses officiers et se retirer dans ses appartements, quand un certain tumulte se produisit en dehors du palais.

Presque aussitôt, la porte du salon s'ouvrit, un aide de camp parut, et, s'avançant vers le grand-duc :

« Altesse, dit-il, un courrier du czar ! »

13

Un courrier du czar

Un mouvement simultané porta tous les membres du conseil vers la porte entrouverte. Un courrier du czar, arrivé à Irkoutsk ! Si ces officiers eussent un instant réfléchi à l'improbabilité de ce fait, ils l'auraient certainement tenu pour impossible.

Le grand-duc avait vivement marché vers son aide de camp.

« Ce courrier ! » dit-il.

Un homme entra. Il avait l'air épuisé de fatigue. Il portait un costume de paysan sibérien, usé, déchiré même, et sur lequel on voyait quelques trous de balle. Un bonnet moscovite lui couvrait la tête. Une balafre, mal cicatrisée, lui coupait la figure. Cet homme avait évidemment suivi une longue et pénible route. Ses chaussures, en mauvais état, prouvaient même qu'il avait dû faire à pied une partie de son voyage.

« Son Altesse le grand-duc ? » s'écria-t-il en entrant.

Le grand-duc alla à lui :

« Tu es courrier du czar ? demanda-t-il.
— Oui, Altesse.
— Tu viens... ?
— De Moscou.
— Tu as quitté Moscou... ?
— Le 15 juillet.
— Tu te nommes... ?
— Michel Strogoff. »

C'était Ivan Ogareff. Il avait pris le nom et la qualité de celui qu'il croyait réduit à l'impuissance. Ni le grand-duc, ni personne ne le connaissait à Irkoutsk, et il n'avait pas même eu besoin de déguiser ses traits. Comme il était en mesure de prouver sa prétendue identité, nul ne pourrait douter de lui. Il venait donc, soutenu par une volonté de fer, précipiter par la trahison et par l'assassinat le dénouement du drame de l'invasion.

Après la réponse d'Ivan Ogareff, le grand-duc fit un signe, et tous ses officiers se retirèrent.

Le faux Michel Strogoff et lui restèrent seuls dans le salon.

Le grand-duc regarda Ivan Ogareff pendant quelques instants, et avec une extrême attention. Puis :

« Tu étais, le 15 juillet, à Moscou ? lui demanda-t-il.
— Oui, Altesse, et, dans la nuit du 14 au 15, j'ai vu Sa Majesté le czar au Palais-Neuf.
— Tu as une lettre du czar ?
— La voici. »

Et Ivan Ogareff remit au grand-duc la lettre impériale, réduite à des dimensions presque microscopiques.

« Cette lettre t'a été donnée dans cet état ? demanda le grand-duc.

— Non, Altesse, mais j'ai dû en déchirer l'enveloppe, afin de mieux la dérober aux soldats de l'émir.

— As-tu donc été prisonnier des Tartares ?

— Oui, Altesse, pendant quelques jours, répondit Ivan Ogareff. De là vient que, parti le 15 juillet de Moscou, comme l'indique la date de cette lettre, je ne suis arrivé à Irkoutsk que le 2 octobre, après soixante-dix-neuf jours de voyage. »

Le grand-duc prit la lettre. Il la déplia et reconnut la signature du czar, précédée de la formule sacramentelle, écrite de sa main. Donc, nul doute possible sur l'authenticité de cette lettre, ni même sur l'identité du courrier. Si sa physionomie farouche avait d'abord inspiré une méfiance dont le grand-duc ne laissa rien voir, cette méfiance disparut tout à fait.

Le grand-duc resta quelques instants sans parler. Il lisait lentement la lettre, afin de bien en pénétrer le sens. Reprenant ensuite la parole :

« Michel Strogoff, tu connais le contenu de cette lettre ? demanda-t-il.

— Oui, Altesse. Je pouvais être forcé de la détruire pour qu'elle ne tombât pas entre les mains des Tartares, et, le cas échéant, je voulais en rapporter exactement le texte à Votre Altesse.

— Tu sais que cette lettre nous enjoint de mourir à Irkoutsk plutôt que de rendre la ville ?

— Je le sais.

— Tu sais aussi qu'elle indique les mouvements des troupes qui ont été combinés pour arrêter l'invasion ?

— Oui, Altesse, mais ces mouvements n'ont pas réussi.

— Que veux-tu dire ?

— Je veux dire qu'Ichim, Omsk, Tomsk, pour ne parler que des villes importantes des deux Sibéries, ont été successivement occupées par les soldats de Féofar-Khan.

— Mais y a-t-il eu combat ? Nos Cosaques se sont-ils rencontrés avec les Tartares ?

— Plusieurs fois, Altesse.

— Et ils ont été repoussés ?

— Ils n'étaient pas en forces suffisantes.

— Où ont eu lieu les rencontres dont tu parles ?

— À Kolyvan, à Tomsk... »

Jusqu'ici, Ivan Ogareff n'avait dit que la vérité ; mais, dans le but d'ébranler les défenseurs d'Irkoutsk en exagérant les avantages obtenus par les troupes de l'émir, il ajouta :

« Et une troisième fois en avant de Krasnoiarsk.

— Et ce dernier engagement ?... demanda le grand-duc, dont les lèvres serrées laissaient à peine passer les paroles.

— Ce fut plus qu'un engagement, Altesse, répondit Ivan Ogareff, ce fut une bataille.

— Une bataille ?

— Vingt mille Russes, venus des provinces de la frontière et du gouvernement de Tobolsk, se sont heurtés contre cent cinquante mille Tartares, et, malgré leur courage, ils ont été anéantis.

— Tu mens ! s'écria le grand-duc, qui essaya, mais vainement, de maîtriser sa colère.

— Je dis la vérité, Altesse, répondit froidement Ivan Ogareff. J'étais présent à cette bataille de Krasnoiarsk, et c'est là que j'ai été fait prisonnier ! »

Le grand-duc se calma, et, d'un signe, il fit comprendre à Ivan Ogareff qu'il ne doutait pas de sa véracité.

« Quel jour a eu lieu cette bataille de Krasnoiarsk ? demanda-t-il.

— Le 2 septembre.

— Et maintenant toutes les troupes tartares sont concentrées autour d'Irkoutsk ?

— Toutes.

— Et tu les évalues... ?

— À quatre cent mille hommes. »

Nouvelle exagération d'Ivan Ogareff dans l'évaluation des armées tartares, et tendant toujours au même but.

« Et je ne dois attendre aucun secours des provinces de l'ouest ? demanda le grand-duc.

— Aucun, Altesse, du moins avant la fin de l'hiver.

— Eh bien, entends ceci, Michel Strogoff. Aucun secours ne dût-il jamais m'arriver ni de l'ouest ni de l'est, et ces barbares fussent-ils six cent mille, je ne rendrai pas Irkoutsk ! »

L'œil méchant d'Ivan Ogareff se plissa légèrement. Le traître semblait dire que le frère du czar comptait sans la trahison.

Le grand-duc, d'un tempérament nerveux, avait grand-peine à conserver son calme en apprenant ces désastreuses nouvelles. Il allait et venait dans le salon, sous les yeux d'Ivan Ogareff, qui le couvaient comme une proie réservée à sa vengeance. Il s'arrêtait aux fenêtres, il regardait les feux du camp tartare, il cherchait à percevoir les bruits, dont la plupart provenaient du choc des glaçons entraînés par le courant de l'Angara.

Un quart d'heure se passa sans qu'il fît aucune autre question. Puis, reprenant la lettre, il en relut un passage et dit :

« Tu sais, Michel Strogoff, qu'il est question dans cette lettre d'un traître dont j'aurai à me méfier.

— Oui, Altesse.

— Il doit essayer d'entrer dans Irkoutsk sous un déguisement, de capter ma confiance, puis, l'heure venue, de livrer la ville aux Tartares.

— Je sais tout cela, Altesse, et je sais aussi qu'Ivan Ogareff a juré de se venger personnellement du frère du czar.

— Pourquoi ?

— On dit que cet officier a été condamné par le grand-duc à une dégradation humiliante.

— Oui... je me souviens... Mais il la méritait, ce misérable, qui devait plus tard servir contre son pays et y conduire une invasion de barbares !

— Sa Majesté le czar, répondit Ivan Ogareff, tenait surtout à ce que vous fussiez prévenu des criminels projets d'Ivan Ogareff contre votre personne.

— Oui... la lettre m'en informe...

— Et Sa Majesté me l'a dit elle-même en m'avertissant que, pendant mon voyage à travers la Sibérie, j'eusse surtout à me méfier de ce traître.

— Tu l'as rencontré ?

— Oui, Altesse, après la bataille de Krasnoiarsk. S'il avait pu soupçonner que je fusse porteur d'une lettre adressée à Votre Altesse et dans laquelle ses projets étaient dévoilés, il ne m'eût pas fait grâce.

— Oui, tu étais perdu ! répondit le grand-duc. Et comment as-tu pu t'échapper ?

— En me jetant dans l'Irtyche.

— Et tu es entré à Irkoutsk ?...

— À la faveur d'une sortie qui a été faite ce soir même pour repousser un détachement tartare. Je me suis mêlé aux défenseurs de la ville, j'ai pu me faire reconnaître, et l'on m'a aussitôt conduit devant Votre Altesse.

— Bien, Michel Strogoff, répondit le grand-duc. Tu as montré du courage et du zèle pendant cette difficile mission. Je ne t'oublierai pas. As-tu quelque faveur à me demander ?

— Aucune, si ce n'est celle de me battre à côté de Votre Altesse, répondit Ivan Ogareff.

— Soit, Michel Strogoff. Je t'attache dès aujourd'hui à ma personne, et tu seras logé dans ce palais.

— Et si, conformément à l'intention qu'on lui prête, Ivan Ogareff se présente à Votre Altesse sous un faux nom ?...

— Nous le démasquerons, grâce à toi, qui le connais, et je le ferai mourir sous le knout. Va. »

Ivan Ogareff salua militairement le grand-duc, n'oubliant pas qu'il était capitaine au corps des courriers du czar, et il se retira.

Ivan Ogareff venait donc de jouer avec succès son indigne rôle. La confiance du grand-duc lui était accordée pleine et entière. Il pourrait en abuser où et quand il lui conviendrait. Il habiterait ce palais même. Il serait dans le secret des opérations de la défense. Il tenait donc la situation dans sa main. Personne dans Irkoutsk ne le connaissait, personne ne pouvait lui arracher son masque. Il résolut donc de se mettre à l'œuvre sans retard.

En effet, le temps pressait. Il fallait que la ville fût rendue avant l'arrivée des Russes du nord et de l'est, et c'était une question de quelques jours. Les Tartares une fois maîtres d'Irkoutsk, il ne serait pas facile de la leur reprendre. En tout cas, s'ils devaient l'abandonner plus tard, ils ne le feraient pas sans l'avoir ruinée de fond en comble, sans que la tête du grand-duc eût roulé aux pieds de Féofar-Khan.

Pendant les deux jours qui suivirent, le grand-duc demanda plusieurs fois le prétendu Michel Strogoff et lui fit répéter tout ce qu'il avait entendu dans le cabinet impérial du Palais-Neuf. Ivan Ogareff, préparé à toutes ces questions, répondit sans jamais hésiter. Il ne cacha pas, à dessein, que le gouvernement du czar avait été absolument surpris par l'invasion, que le soulèvement avait été préparé dans le plus grand secret, que les Tartares étaient déjà maîtres de la ligne de l'Obi, quand les nouvelles arrivèrent à Moscou, et, enfin, que rien n'était prêt dans les provinces russes pour jeter en Sibérie les troupes nécessaires à repousser les envahisseurs.

Puis, Ivan Ogareff, entièrement libre de ses mouvements, commença à étudier Irkoutsk, l'état de ses fortifications, leurs points faibles, afin de profiter ultérieurement de ses observations, au cas où quelque circonstance l'empêcherait de consommer son acte de trahison. Il s'attacha plus particulièrement à examiner la porte de Bolchaïa, qu'il voulait livrer.

Deux fois, le soir, il vint sur les glacis de cette porte. Il s'y promenait, sans crainte de se découvrir aux coups des assiégeants, dont les premiers postes étaient à moins d'une verste des remparts. Il savait bien qu'il n'était pas exposé, et même qu'il était reconnu. Il avait entrevu une ombre qui se glissait jusqu'au pied des terrassements.

Sangarre, risquant sa vie, venait essayer de se mettre en communication avec Ivan Ogareff.

D'ailleurs, les assiégés, depuis deux jours, jouissaient d'une tranquillité à laquelle les Tartares ne les avaient point habitués depuis le début de l'investissement.

C'était par ordre d'Ivan Ogareff. Le lieutenant de Féofar-Khan avait voulu que toutes tentatives pour emporter la ville de vive force fussent suspendues. Aussi, depuis son arrivée à Irkoutsk, l'artillerie se taisait-elle absolument. Peut-être – du moins il l'espérait – la surveillance des assiégés se relâcherait-elle ? En tout cas, aux avant-postes, plusieurs milliers de Tartares se tenaient prêts à s'élancer vers la porte dégarnie de ses défenseurs, lorsqu'Ivan Ogareff leur aurait fait connaître l'heure d'agir.

Cela ne pouvait tarder, cependant. Il fallait en finir avant que les corps russes arrivassent en vue d'Irkoutsk. Le parti d'Ivan Ogareff fut pris, et, ce soir-là, du haut des glacis, un billet tomba entre les mains de Sangarre.

C'était le lendemain, à deux heures du matin, qu'Ivan Ogareff avait résolu de livrer Irkoutsk.

14

La nuit du 5 au 6 octobre

Le plan d'Ivan Ogareff avait été combiné avec le plus grand soin, et, sauf des chances improbables, il devait réussir. Il importait que la porte de Bolchaïa fût libre au moment où il la livrerait. Aussi, à ce moment, était-il indispensable que l'attention des assiégés fût attirée sur un autre point de la ville. De là, une diversion convenue avec l'émir.

Cette diversion devait s'opérer du côté du faubourg d'Irkoutsk, en amont et en aval du fleuve, sur sa rive droite. L'attaque sur ces deux points serait très sérieusement conduite, et, en même temps, une tentative de passage de l'Angara serait feinte sur la rive gauche. La porte de Bolchaïa serait donc probablement abandonnée, d'autant plus que, de ce côté, les avant-postes tartares, reportés en arrière, sembleraient avoir été levés.

On était au 5 octobre. Avant vingt-quatre heures, la capitale de la Sibérie orientale devait être entre les mains de l'émir, et le grand-duc au pouvoir d'Ivan Ogareff.

Pendant cette journée, un mouvement inaccoutumé se produisit au camp de l'Angara. Des fenêtres du palais et des maisons de la rive droite, on voyait distinctement des préparatifs importants se faire sur la berge opposée. De nombreux détachements tartares convergeaient vers le camp et venaient d'heure en heure renforcer les troupes de l'émir. C'était la diversion convenue qui se préparait, et d'une manière très ostensible.

D'ailleurs, Ivan Ogareff ne cacha point au grand-duc qu'il y avait quelque attaque à craindre de ce côté. Il savait, disait-il, qu'un assaut devait être donné, en amont et en aval de la ville, et il conseilla au grand-duc de renforcer ces deux points plus directement menacés.

Les préparatifs observés venant à l'appui des recommandations faites par Ivan Ogareff, il était urgent d'en tenir compte. Aussi, après un conseil de guerre qui se réunit au palais, des ordres furent donnés de concentrer la défense sur la rive droite de l'Angara et aux deux extrémités de la ville, où les terrassements venaient s'appuyer sur le fleuve.

C'était précisément ce que voulait Ivan Ogareff. Il ne comptait évidemment pas que la porte de Bolchaïa resterait sans défenseurs, mais ceux-ci n'y seraient plus qu'en petit nombre. D'ailleurs, Ivan Ogareff allait donner à la diversion une importance telle que le grand-duc serait obligé d'y opposer toutes ses forces disponibles.

En effet, un incident d'une gravité exceptionnelle, imaginé par Ivan Ogareff, devait aider puissamment à l'accomplissement de ses projets. Lors même qu'Irkoutsk n'eût pas été attaquée sur des points éloignés de la porte de Bolchaïa et par la rive droite du fleuve, cet incident aurait suffi à attirer le concours de tous les défenseurs là où Ivan Ogareff voulait précisément les amener. Il devait provoquer en même temps une catastrophe épouvantable.

Toutes les chances étaient donc pour que la porte, libre à l'heure indiquée, fut livrée aux milliers de Tartares qui attendaient sous l'épais couvert des forêts de l'est.

Pendant cette journée, la garnison et la population d'Irkoutsk furent constamment sur le qui-vive. Toutes les mesures que commandait une attaque imminente des points jusqu'alors respectés avaient été prises. Le grand-duc et le général Voranzoff visitèrent les postes, renforcés par leurs ordres. Le corps d'élite de Wassili Fédor occupait le nord de la ville, mais avec injonction de se porter où le danger serait le plus pressant. La rive droite de l'Angara avait été garnie du peu d'artillerie dont on avait pu disposer. Avec ces mesures, prises à temps, grâce aux recommandations faites si à propos par Ivan Ogareff, il y avait lieu d'espérer que l'attaque préparée ne réussirait pas. Dans ce cas, les Tartares, momentanément découragés, remettraient sans doute à quelques jours une nouvelle tentative contre la ville. Or, les troupes attendues par le grand-duc pouvaient arriver d'une heure à l'autre. Le salut ou la perte d'Irkoutsk ne tenait donc qu'à un fil.

Ce jour-là, le soleil, qui s'était levé à six heures vingt minutes, se couchait à cinq heures quarante, après avoir tracé pendant onze heures son arc diurne au-dessus de l'horizon. Le crépuscule devait lutter contre la nuit pendant deux heures encore. Puis, l'espace s'emplirait d'épaisses ténèbres, car de gros nuages s'immobilisaient dans l'air, et la lune, en conjonction, ne devait pas paraître.

Cette profonde obscurité allait favoriser plus complètement les projets d'Ivan Ogareff.

Aucun incident ne se produisit jusqu'à minuit. Du côté de l'est, au-delà de la porte Bolchaïa, calme complet. Pas un feu dans ce massif des forêts qui se confondaient à l'horizon avec les basses nuées du ciel.

Au camp de l'Angara, agitation assez grande, attestée par le fréquent déplacement des lumières.

À une verste en amont et en aval du point où l'escarpe venait s'appuyer aux berges de la rivière, il se faisait un sourd murmure, qui prouvait que les Tartares étaient sur pied, attendant un signal quelconque.

Une heure s'écoula encore. Rien de nouveau.

Deux heures du matin allaient sonner au clocher de la cathédrale d'Irkoutsk, et pas un mouvement n'avait encore trahi chez les assiégeants d'intentions hostiles.

Le grand-duc et ses officiers se demandaient s'ils n'avaient pas été induits en erreur, s'il entrait réellement dans le plan des Tartares d'essayer de surprendre la ville. Les nuits précédentes n'avaient pas été aussi calmes, à beaucoup près. La fusillade éclatait dans la direction des avant-postes, les obus sillonnaient l'air, et, cette fois, rien.

Le grand-duc, le général Voranzoff, leurs aides de camp, attendaient donc, prêts à donner leurs ordres suivant les circonstances.

On sait qu'Ivan Ogareff occupait une chambre du palais. C'était une assez vaste salle, située au rez-de-chaussée et dont les fenêtres s'ouvraient sur une terrasse latérale. Il suffisait de faire quelques pas sur cette terrasse pour dominer le cours de l'Angara.

Une profonde obscurité régnait dans cette salle.

Ivan Ogareff, debout près d'une fenêtre, attendait que l'heure d'agir fût arrivée. Évidemment, le signal ne pouvait venir que de lui. Une fois ce signal donné, lorsque la plupart des défenseurs d'Irkoutsk auraient été appelés aux points attaqués ouvertement, son projet était de quitter le palais et d'aller accomplir son œuvre.

Il attendait donc, dans les ténèbres, comme un fauve prêt à s'élancer sur une proie.

Deux heures sonnèrent. C'était le moment de provoquer la diversion convenue avec les Tartares, disposés pour l'assaut.

Ivan Ogareff ouvrit la fenêtre de sa chambre, et il alla se poster à l'angle nord de la terrasse latérale.

Au-dessous de lui, dans l'ombre, passaient les eaux de l'Angara, qui mugissaient en se brisant aux arêtes des piliers.

Ivan Ogareff tira une amorce de sa poche, il l'enflamma, et il alluma un peu d'étoupe, imprégnée de pulvérin, qu'il lança dans le fleuve...

Des sources de naphte étaient exploitées au-dessus d'Irkoutsk, sur la rive droite, entre la bourgade de Poshkavsk et la ville. Ivan Ogareff avait résolu d'employer ce moyen terrible de porter l'incendie dans Irkoutsk. Il s'empara donc des immenses réservoirs qui renfermaient le liquide combustible. Il suffisait de démolir un pan de mur pour en provoquer l'écoulement à grands flots.

L'étoupe avait été lancée sur les eaux de l'Angara. En un instant, comme si le courant eût été fait d'alcool, tout le fleuve s'enflamma, en amont et en aval, avec une rapidité électrique. Des volutes de flammes bleuâtres couraient entre les deux rives. De grosses vapeurs fuligineuses se tordaient au-dessus. Les quelques glaçons qui s'en allaient en dérive, saisis par le liquide igné, fondaient comme de la cire à la surface d'une fournaise, et l'eau vaporisée s'échappait dans l'air en sifflets assourdissants.

À ce moment même, la fusillade éclata au nord et au sud de la ville. Les batteries du camp de l'Angara tirèrent à toute volée. Plusieurs milliers de Tartares se précipitèrent à l'assaut des terrassements. Les maisons des berges, construites en bois, prirent feu de toutes parts. Une immense clarté dissipa les ombres de la nuit.

« Enfin ! » dit Ivan Ogareff.

Et il pouvait s'applaudir à bon droit ! La diversion qu'il avait imaginée était terrible. Les défenseurs d'Irkoutsk se voyaient entre l'attaque des Tartares et les désastres de l'incendie. Les cloches sonnèrent, et tout ce qui était valide dans la population se porta aux points attaqués et aux maisons dévorées par le feu, qui menaçait de se communiquer à la ville entière.

La porte de Bolchaïa était presque libre. C'est à peine si l'on y avait laissé quelques défenseurs. Et même, sous l'inspiration du traître, et pour que l'événement accompli pût s'expliquer en dehors de lui et par des haines politiques, ces rares défenseurs avaient-ils été choisis dans le petit corps des exilés.

Ivan Ogareff rentra dans sa chambre, alors brillamment éclairée par les flammes de l'Angara, qui dépassaient la balustrade des terrasses. Puis, il se disposa à sortir.

Mais, à peine avait-il ouvert la porte, qu'une femme se précipitait dans cette chambre, les vêtements trempés, les cheveux en désordre.

« Sangarre ! » s'écria Ivan Ogareff, dans le premier moment de surprise, et n'imaginant pas que ce pût être une autre femme que la tsigane.

Ce n'était pas Sangarre, c'était Nadia.

Au moment où, réfugiée sur le glaçon, la jeune fille avait jeté un cri en voyant l'incendie se propager avec le courant de l'Angara, Michel Strogoff l'avait saisie dans ses bras, et il avait plongé avec elle pour chercher dans les profondeurs mêmes du fleuve un abri contre les flammes. On sait que le glaçon qui les portait ne se trouvait plus alors qu'à une trentaine de brasses du premier quai, en amont d'Irkoutsk.

Après avoir nagé sous les eaux, Michel Strogoff était parvenu à prendre pied sur le quai avec Nadia.

Michel Strogoff touchait enfin au but ! Il était à Irkoutsk !

« Au palais du gouverneur ! » dit-il à Nadia.

Moins de dix minutes après, tous deux arrivaient à l'entrée de ce palais, dont les longues flammes de l'Angara léchaient les assises de pierre, mais que l'incendie ne pouvait atteindre.

Au-delà, les maisons de la berge flambaient toutes.

Michel Strogoff et Nadia entrèrent sans difficulté dans ce palais, ouvert à tous. Au milieu de la confusion générale, nul ne les remarqua, bien que leurs vêtements fussent trempés.

Une foule d'officiers venant chercher des ordres, et de soldats courant les exécuter, encombrait la grande salle du rez-de-chaussée. Là, Michel Strogoff et la jeune fille, dans un brusque remous de la multitude affolée, se trouvèrent séparés l'un de l'autre.

Nadia courait, éperdue, à travers les salles basses, appelant son compagnon, demandant à être conduite devant le grand-duc.

Une porte, donnant sur une chambre inondée de lumière, s'ouvrit devant elle. Elle entra, et elle se trouva inopinément en face de celui qu'elle avait vu à Ichim, qu'elle avait vu à Tomsk, en face de celui dont, un instant plus tard, la main scélérate allait livrer la ville !

« Ivan Ogareff ! » s'écria-t-elle.

En entendant prononcer son nom, le misérable frémit. Son vrai nom connu, tous ses plans échouaient. Il n'avait qu'une chose à faire : tuer l'être, quel qu'il fût, qui venait de le prononcer.

Ivan Ogareff se jeta sur Nadia ; mais la jeune fille, un couteau à la main, s'adossa au mur, décidée à se défendre.

« Ivan Ogareff ! cria encore Nadia, sachant bien que ce nom détesté ferait venir à son secours.

— Ah ! tu te tairas ! dit le traître.

— Ivan Ogareff ! » cria une troisième fois l'intrépide jeune fille, et d'une voix dont la haine avait décuplé la force.

Ivre de fureur, Ivan Ogareff tira un poignard de sa ceinture, s'élança sur Nadia et l'accula dans un angle de la salle.

C'en était fait d'elle, lorsque le misérable, soulevé soudain par une force irrésistible, alla rouler à terre.

« Michel ! » s'écria Nadia.

C'était Michel Strogoff.

Michel Strogoff avait entendu l'appel de Nadia. Guidé par sa voix, il était arrivé jusqu'à la chambre d'Ivan Ogareff et il était entré par la porte demeurée ouverte.

« Ne crains rien, Nadia, dit-il, en se plaçant entre elle et Ivan Ogareff.

— Ah ! s'écria la jeune fille, prends garde, frère !... Le traître est armé !... Il voit clair, lui !... »

Ivan Ogareff s'était relevé, et, croyant avoir bon marché de l'aveugle, il se précipita sur Michel Strogoff.

Mais, d'une main, l'aveugle saisit le bras du clairvoyant, et de l'autre, détournant son arme, il le rejeta une seconde fois à terre.

Ivan Ogareff, pâle de fureur et de honte, se souvint qu'il portait une épée. Il la tira du fourreau et revint à la charge.

Il avait reconnu, lui aussi, Michel Strogoff. Un aveugle ! Il n'avait, en somme, affaire qu'à un aveugle ! La partie était belle pour lui !

Nadia, épouvantée du danger qui menaçait son compagnon dans une lutte si inégale, se jeta sur la porte en appelant au secours !

« Ferme cette porte, Nadia ! dit Michel Strogoff. N'appelle personne et laisse-moi faire ! Le courrier du czar n'a rien à craindre aujourd'hui de ce misérable ! Qu'il vienne à moi, s'il l'ose ! Je l'attends. »

Cependant, Ivan Ogareff, ramassé sur lui-même comme un tigre, ne proférait pas un mot. Le bruit de son pas, de sa respiration même, il eût voulu le soustraire à l'oreille de l'aveugle. Il voulait le frapper avant même qu'il fût averti de son approche, le frapper à coup sûr. Le traître ne songeait pas à se battre, mais à assassiner celui dont il avait volé le nom.

Nadia, épouvantée et confiante à la fois, contemplait avec une sorte d'admiration cette scène terrible. Il semblait que le calme de Michel Strogoff l'eût gagnée subitement. Michel Strogoff n'avait que son couteau sibérien pour toute arme, il ne voyait pas son adversaire, armé d'une épée c'est vrai. Mais par quelle grâce du Ciel semblait-il le dominer, et de si haut ? Comment, sans presque bouger, faisait-il face toujours à la pointe même de son épée ?

Ivan Ogareff épiait avec une anxiété visible son étrange adversaire. Ce calme surhumain agissait sur lui. En vain, faisant appel à sa raison, se disait-il que, dans l'inégalité d'un tel combat, tout l'avantage était en sa faveur ! Cette immobilité de l'aveugle le glaçait. Il avait cherché des yeux la place où il devait frapper sa victime... Il l'avait trouvée !... Qui donc le retenait d'en finir ?

Enfin, il fit un bond et porta en pleine poitrine un coup de son épée à Michel Strogoff.

Un mouvement imperceptible du couteau de l'aveugle détourna le coup. Michel Strogoff n'avait pas été touché, et, froidement, il sembla attendre, sans même la défier, une seconde attaque.

Une sueur glacée coulait du front d'Ivan Ogareff. Il recula d'un pas, puis fonça de nouveau. Mais, pas plus que le premier, ce second coup ne porta. Une simple parade du large couteau avait suffi à faire dévier l'inutile épée du traître.

Celui-ci, fou de rage et de terreur en face de cette vivante statue, arrêta ses regards épouvantés sur les yeux tout grands ouverts de l'aveugle. Ces yeux qui semblaient lire jusqu'au fond de son âme et qui ne voyaient pas, qui ne pouvaient pas voir, ces yeux opéraient sur lui une sorte d'effroyable fascination.

Tout à coup, Ivan Ogareff jeta un cri. Une lumière inattendue s'était faite dans son cerveau.

« Il voit, s'écria-t-il, il voit !... »

Et, comme un fauve essayant de rentrer dans son antre, pas à pas, terrifié, il recula jusqu'au fond de la salle.

Alors, la statue s'anima, l'aveugle marcha droit à Ivan Ogareff, et se plaçant en face de lui :

« Oui, je vois ! dit-il. Je vois le coup de knout dont je t'ai marqué, traître et lâche ! Je vois la place où je vais te frapper ! Défends ta vie ! C'est un duel que je daigne t'offrir ! Mon couteau me suffira contre ton épée ! »

« Il voit ! se disait Nadia. Dieu secourable, est-ce possible ! »

Ivan Ogareff se sentit perdu. Mais, par un sursaut de sa volonté, reprenant courage, il se précipita l'épée en avant sur son impassible adversaire. Les deux lames se croisèrent, mais au choc du couteau de Michel Strogoff, manié par cette main de chasseur sibérien, l'épée vola en éclats, et le misérable, atteint au cœur, tomba sans vie sur le sol.

À ce moment, la porte de la chambre, repoussée du dehors, s'ouvrit. Le grand-duc, accompagné de quelques officiers, se montra sur le seuil.

Le grand-duc s'avança. Il reconnut à terre le cadavre de celui qu'il croyait être le courrier du czar.

Et alors, d'une voix menaçante :

« Qui a tué cet homme ? demanda-t-il.

— Moi », répondit Michel Strogoff.

Un des officiers lui posa son revolver sur la tempe, prêt à faire feu.

« Ton nom ? demanda le grand-duc, avant de donner l'ordre de lui fracasser la tête.

— Altesse, répondit Michel Strogoff, demandez-moi plutôt le nom de l'homme étendu à vos pieds !

— Cet homme, je le reconnais ! C'est un serviteur de mon frère ! C'est le courrier du czar !

— Cet homme, Altesse, n'est pas un courrier du czar ! C'est Ivan Ogareff !

— Ivan Ogareff ? s'écria le grand-duc.

— Oui, Ivan le traître !

— Mais toi, qui es-tu donc ?

— Michel Strogoff ! »

15

Conclusion

Michel Strogoff n'était pas, n'avait jamais été aveugle. Un phénomène purement humain, à la fois moral et physique, avait neutralisé l'action de la lame incandescente que l'exécuteur de Féofar avait fait passer devant ses yeux.

On se rappelle qu'au moment du supplice, Marfa Strogoff était là, tendant les mains vers son fils. Michel Strogoff la regardait comme un fils peut regarder sa mère, quand c'est pour la dernière fois. Remontant à flots de son cœur à ses yeux, des larmes, que sa fierté essayait en vain de retenir, s'étaient amassées sous ses paupières et, en se volatilisant sur la cornée, lui avaient sauvé la vue. La couche de vapeur formée par ses larmes, s'interposant entre le sabre ardent et ses prunelles, avait suffi à annihiler l'action de la chaleur. C'est un effet identique à celui qui se produit, lorsqu'un ouvrier fondeur, après avoir trempé sa main dans l'eau, lui fait impunément traverser un jet de fonte en fusion.

Michel Strogoff avait immédiatement compris le danger qu'il aurait couru à faire connaître son secret à qui que ce fût. Il avait senti le parti qu'il pourrait, au contraire, tirer de cette situation pour l'accomplissement de ses projets. C'est parce qu'on le croirait aveugle, qu'on le laisserait libre. Il fallait donc qu'il fût aveugle, qu'il le fût pour tous, même pour Nadia, qu'il le fût partout en un mot, et que pas un geste, à aucun moment, ne pût faire douter de la sincérité de son rôle. Sa résolution était prise. Sa vie même, il devait la risquer pour donner à tous la preuve de sa cécité, et on sait comment il la risqua.

Seule, sa mère connaissait la vérité, et c'était sur la place même de Tomsk qu'il la lui avait dite à l'oreille, quand, penché dans l'ombre sur elle, il la couvrait de ses baisers.

On comprend, dès lors que lorsque Ivan Ogareff avait, par une cruelle ironie, placé la lettre impériale devant ses yeux qu'il croyait éteints, Michel Strogoff avait pu lire, avait lu cette lettre qui dévoilait les odieux desseins du traître. De là, cette énergie qu'il déploya pendant la seconde partie de son voyage. De là, cette indestructible volonté d'atteindre Irkoutsk et d'en arriver à remplir de vive voix sa mission. Il savait que la ville devait être livrée ! Il savait que la vie du grand-duc était menacée ! Le salut du frère du czar et de la Sibérie était donc encore dans ses mains.

En quelques mots, toute cette histoire fut racontée au grand-duc, et Michel Strogoff dit aussi, et avec quelle émotion ! la part que Nadia avait prise à ces événements.

« Quelle est cette jeune fille ? demanda le grand-duc.

— La fille de l'exilé Wassili Fédor, répondit Michel Strogoff.

— La fille du commandant Fédor, dit le grand-duc, a cessé d'être la fille d'un exilé. Il n'y a plus d'exilés à Irkoutsk ! »

Nadia, moins forte dans la joie qu'elle ne l'avait été dans la douleur, tomba aux genoux du grand-duc, qui la releva d'une main, pendant qu'il tendait l'autre à Michel Strogoff.

Une heure après, Nadia était dans les bras de son père.

Michel Strogoff, Nadia, Wassili Fédor étaient réunis. Ce fut, de part et d'autre, le plein épanouissement du bonheur.

Les Tartares avaient été repoussés dans leur double attaque contre la ville. Wassili Fédor, avec sa petite troupe, avait écrasé les premiers assaillants qui s'étaient présentés à la porte de Bolchaïa, comptant qu'elle leur serait ouverte, et dont, par un instinctif pressentiment, il s'était obstiné à rester le défenseur.

En même temps que les Tartares étaient refoulés, les assiégés se rendaient maîtres de l'incendie. Le naphte liquide ayant rapidement brûlé à la surface de l'Angara, les flammes, concentrées sur les maisons de la rive, avaient respecté les autres quartiers de la ville.

Avant le jour, les troupes de Féofar-Khan étaient rentrées dans leurs campements, laissant bon nombre de morts sur le revers des remparts.

Au nombre des morts était la tsigane Sangarre, qui avait essayé vainement de rejoindre Ivan Ogareff.

Pendant deux jours, les assiégeants ne tentèrent

aucun nouvel assaut. Ils étaient découragés par la mort d'Ivan Ogareff. Cet homme était l'âme de l'invasion, et lui seul, par ses trames depuis longtemps ourdies, avait eu assez d'influence sur les khans et sur leurs hordes pour les entraîner à la conquête de la Russie asiatique.

Cependant, les défenseurs d'Irkoutsk se tinrent sur leurs gardes, et l'investissement durait toujours.

Mais le 7 octobre, dès les premières lueurs du jour, le canon retentit sur les hauteurs qui environnent Irkoutsk.

C'était l'armée de secours qui arrivait sous les ordres du général Kisselef et signalait ainsi sa présence au grand-duc.

Les Tartares n'attendirent pas plus longtemps. Ils ne voulaient pas courir la chance d'une bataille livrée sous les murs de la ville, et le camp de l'Angara fut immédiatement levé.

Irkoutsk était enfin délivrée.

Avec les premiers soldats russes, deux amis de Michel Strogoff étaient entrés, eux aussi, dans la ville. C'étaient les inséparables Blount et Jolivet. En gagnant la rive droite de l'Angara par le barrage de glace, ils avaient pu s'échapper, ainsi que les autres fugitifs, avant que les flammes de l'Angara eussent atteint le radeau. Ce qui avait été noté par Alcide Jolivet sur son carnet, et de cette façon :

« Failli finir comme un citron dans un bol de punch ! »

Leur joie fut grande à retrouver sains et saufs Nadia et Michel Strogoff, surtout lorsqu'ils apprirent que leur vaillant compagnon n'était pas aveugle. Ce qui amena Harry Blount à libeller ainsi cette observation :

« Fer rouge peut être insuffisant pour détruire la sensibilité du nerf optique. À modifier ! »

Puis, les deux correspondants, bien installés à Irkoutsk, s'occupèrent à mettre en ordre leurs impressions de voyage. De là, l'envoi à Londres et à Paris de deux intéressantes chroniques relatives à l'invasion tartare, et qui, chose rare, ne se contredisaient guère que sur les points les moins importants.

La campagne, du reste, fut mauvaise pour l'émir et ses alliés. Cette invasion, inutile comme toutes celles qui s'attaquent au colosse russe, leur fut très funeste. Ils se trouvèrent bientôt coupés par les troupes du czar, qui reprirent successivement toutes les villes conquises. En outre, l'hiver fut terrible, et de ces hordes, décimées par le froid, il ne rentra qu'une faible partie dans les steppes de la Tartarie.

La route d'Irkoutsk aux monts Ourals était donc libre. Le grand-duc avait hâte de retourner à Moscou, mais il retarda son voyage pour assister à une touchante cérémonie, qui eut lieu quelques jours après l'entrée des troupes russes.

Michel Strogoff avait été trouver Nadia, et, devant son père, il lui avait dit :

« Nadia, ma sœur encore, lorsque tu as quitté Riga pour venir à Irkoutsk, avais-tu laissé derrière toi un autre regret que celui de ta mère ?

— Non, répondit Nadia, aucun et d'aucune sorte.

— Ainsi, rien de ton cœur n'est resté là-bas ?

— Rien, frère.

— Alors, Nadia, dit Michel Strogoff, je ne crois pas que Dieu, en nous mettant en présence, en nous faisant traverser ensemble de si rudes épreuves, ait voulu nous réunir autrement que pour jamais.

— Ah ! » fit Nadia, en tombant dans les bras de Michel Strogoff.

Et se tournant vers Wassili Fédor :

« Mon père ! dit-elle toute rougissante.

— Nadia, lui répondit Wassili Fédor, ma joie sera de vous appeler tous les deux mes enfants ! »

La cérémonie du mariage se fit à la cathédrale d'Irkoutsk. Elle fut très simple dans ses détails, très belle par le concours de toute la population militaire et civile, qui voulut témoigner de sa profonde reconnaissance pour les deux jeunes gens, dont l'odyssée était déjà devenue légendaire.

Alcide Jolivet et Harry Blount assistaient naturellement à ce mariage, dont ils voulaient rendre compte à leurs lecteurs.

« Et cela ne vous donne pas envie de les imiter ? demanda Alcide Jolivet à son confrère.

— Peuh ! fit Harry Blount. Si, comme vous, j'avais une cousine !...

— Ma cousine n'est plus à marier ! répondit en riant Alcide Jolivet.

— Tant mieux, ajouta Harry Blount, car on parle de difficultés qui vont surgir entre Londres et Péking. Est-ce que vous n'avez pas envie d'aller voir ce qui se passe par là ?

— Eh parbleu, mon cher Blount, s'écria Alcide Jolivet, j'allais vous le proposer ! »

Et voilà comment les deux inséparables partirent pour la Chine !

Quelques jours après la cérémonie, Michel et Nadia Strogoff, accompagnés de Wassili Fédor, reprirent la route d'Europe. Ce chemin de douleurs à l'aller fut un chemin de bonheur au retour. Ils voyagèrent avec une extrême vitesse, dans un de ces traîneaux qui glissent comme un express sur les steppes glacées de la Sibérie.

Cependant, arrivés aux rives du Dinka, en avant de Birskoë, ils s'arrêtèrent un jour.

Michel Strogoff retrouva la place où il avait enterré le pauvre Nicolas. Une croix y fut plantée, et Nadia pria une dernière fois sur la tombe de l'humble et héroïque ami que ni l'un ni l'autre ne devaient jamais oublier.

À Omsk, la vieille Marfa les attendait dans la petite maison des Strogoff. Elle pressa dans ses bras avec passion celle qu'elle avait déjà cent fois dans son cœur nommée sa fille. La courageuse Sibérienne eut, ce jour-là, le droit de reconnaître son fils et de se dire fière de lui.

Après quelques jours passés à Omsk, Michel et Nadia Strogoff rentrèrent en Europe, et, Wassili Fédor s'étant fixé à Saint-Pétersbourg, ni son fils ni sa fille n'eurent d'autre occasion de le quitter que pour aller voir leur vieille mère.

Le jeune courrier avait été reçu par le czar, qui l'attacha spécialement à sa personne et lui remit la croix de Saint-Georges.

Michel Strogoff arriva, par la suite, à une haute situation dans l'empire. Mais ce n'est pas l'histoire de ses succès, c'est l'histoire de ses épreuves qui méritait d'être racontée.

TABLE

PREMIÈRE PARTIE

Deuxième partie

Le Livre de Poche s'engage pour
l'environnement en réduisant
l'empreinte carbone de ses livres.
Celle de cet exemplaire est de :
350g éq. CO_2
Rendez-vous sur
www.livredepoche-durable.fr

PAPIER À BASE DE
FIBRES CERTIFIÉES

« Pour l'éditeur, le principe est d'utiliser des papiers composés de fibres naturelles, renouvelables, recyclables et fabriquées à partir de bois issus de forêts qui adoptent un système d'aménagement durable. En outre, l'éditeur attend de ses fournisseurs de papier qu'ils s'inscrivent dans une démarche de certification environnementale reconnue. »

Édité par la Librairie Générale Française - LPJ
(58 rue Jean Bleuzen, 92178 Vanves Cedex)

Composition PCA
Achevé d'imprimer en Espagne par CPI
Dépôt légal 1re publication mai 2015
32.2660.2/08 - ISBN : 978-2-01-322660-8
Loi n° 49-956 du 16 juillet 1949 sur les publications destinées à la jeunesse
Dépôt légal : janvier 2017